# 宇宙的落幕

王晋康 欧阳广聪 等 著

THE DOOM' S DAY
OF THE UNIVERSE

北京理工大学出版社
BEIJING INSTITUTE OF TECHNOLOGY PRESS

## 科幻硬阅读

——献给那些聪明的头脑和有趣的灵魂

当小鲜肉、流量明星、鸡汤文和小清新大行其道，当坚硬强悍磊落豪雄变成小众，当拼爹、晒富、割韭菜成为常态，当群氓乱舞中理性精神和至性深情被某些人弃如敝屣——我愿反其道而行，向极小极小的一小部分喜欢阅读和思考的读者，推出一套比较烧脑，但能让神经更粗壮大条的作品——“科幻硬阅读”系列图书。

科幻不是目的，思考才是根本。有趣的灵魂诗意栖居大地。理性使其无惑，感性助其丰盈，个性使其独特，青春致其张扬，而爱的疼痛与快乐，则为灵魂刻下一抹深沉隽永……

所以这套书里除了“烧脑”科幻，兼或还会有其他一些提神醒脑类作品，希望它们能给读者朋友带来一丝极致的阅读体验——极致的思考或震撼、极致的美丽与忧愁、极致的愉悦和放松……不求完美，但求在某方面达到极致——极致，便是“硬阅读”的注脚。

但这种“硬”绝不应该是艰深晦涩，故作深沉！

好看的作品通常都是柔软而流动的，如水、亦似爱人或者时光，默默陪伴，于悄无声息间渗透血脉、融入心魂，让我们在一条注定是一去不返的人生路上，逐渐、逐渐，获得一分坚强和硬度！

愿所有可爱而有趣的灵魂，脚踩大地，仰望星辰，追逐梦想。

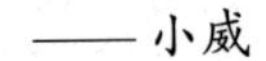

—— 小威

独立思考，个性书写，充分表达，

拥有独属于自己的风格和调性。

科幻
硬阅读
DEEP READ
不求完美 追逐极致

# 目录

# 重启

宇宙重启

文／欧阳广聪

科 幻
硬阅读
DEEP READ
不求完美 追逐极致

## ◆1◆

高温的天气会使犯罪率提升。今天高温，室外 40℃。

识趣的人们都躲在空调底下了，连野狗也趴在树荫下吐舌头。

谢辉烦死了。他最近耳鸣严重，在清净的时候耳中总有“嗡嗡”的声音持续不断地响着。他需要吵嚷，需要热闹，需要火爆。

昨晚听哥特金属，最大音量的，不出意外被邻居投诉了。谢辉一夜没有合眼，在屋子里转来转去。天亮得很早，外面蝉声大作。谢辉像听到了召唤，出门。

这是一个养尊处优的年代，几乎所有人都安心地蹲在家里。机器人工厂，无人机物流，云端虚拟社区，VR 互动娱乐……技术让出门成为没有必要的行为。昨晚的新闻说最后一家汽车企业也倒闭了。城市里那条最新的马路是五十年前修的。生育率一直在下降，全球人口在逐渐减少，城市在萎缩。警察们疲于应付高科技犯罪，大部分工作就是坐在计算机前冥思苦想，和高智商的恶作剧者玩捉迷藏。他们没什么外勤，也不愿意外勤，甚至害怕外勤。

每天的新闻播报结束后，虚拟主持人都会特别加一段友情提示：别出门，别出门！

一出门就是蛮荒世界，就是不法之地，就是地狱。

谢辉大摇大摆地走了出去。

智能门发出警报声。谢辉知道，一串比特信号已经传递到天网，他作为危险的游弋者的记录已经加入数据中心。这反而让他产生一种奇异的罪恶快感，使他身心愉悦，步履轻健。

天空是灰黄色的。走在马路上，只见满地的杂草和腐叶，空气中有一股久违的原始味道。

树荫下的野狗瞥了他一眼，黑不溜秋的眼珠子透露出嘲弄的神色，舌尖和齿间的垂涎汩汩而下。

废弃的房屋外墙被游弋者刷满各种莫名其妙的图案和标语。

“人？？？”

谢辉注意到了这个巨幅标语，就一个字，在字的周围画满了或大或小五颜六色的问号。

谢辉像一条狗般左嗅嗅右扒扒，踟蹰而行。

“人呢？”

他在找人，找热闹的人群，或者不能叫人，因为在新闻播报里他们被形容为魑魅魍魉，应该叫“鬼”才对。

好热。谢辉把上衣脱下，搭在肩上。他皮肤惨白，体毛茂盛。这是一个极其危险的返祖特征，它如此引人注目，果然吸引到一名游弋者。

那游弋者像鬼一般冒了出来，走近谢辉。

“你好，同志。”

这“鬼”身材匀称，一张俊俏的东亚脸颇具亲和力。从外表一看就知道，他无疑具备了极佳的人种基因。谢辉感受到对方血液中的催产素的威力，非常乐意地做出友好回应。

“你好。”

在热浪炙人的马路上，两人饶有兴味地寒暄着。谢辉已经很久没有跟真实的人面对面交流，也许有一年了。他的情绪逐渐高涨起来。在云端，他们都习惯了陌生人社交，此刻所谈的话题也就包罗万有，百无禁忌。

“我不信‘大撕裂’。千百亿年好不容易造出来的一切，为什么要毁掉？”对方说。

谢辉故作深沉地说：“美好的东西从来就是要毁掉的，这是注定的命运。”

“咱们有分歧。”

“那是因为你不是我。”

“你也不是我呀！”

两人相视而笑，猛然发觉聊了半天还没有分别自我介绍。

“我叫谢辉，C 区的。”

“叫我琣，微视中心的。”

“你是神女培养？”

“对。”

琣没有姓，那么很可能就是在天巢集团的神女系统那儿直接“生”出来的。这个很好猜。当然琣只是一个方便的称呼，能表明他身份的是一串复杂的编号，记录着他经过人类改良学家们精打细算的 DNA 排列组合。

或许这么交谈下去，两人很快就能成为一对好朋友，继而进到别的故事里去了。

可就在这时候，马路尽头传来了警笛声。

警笛声本身十分普通，就是古老的警匪电影里经常听到的那种，但是在现实生活中听到的话，就会显得非同寻常，因为如上面所说的，警察基本上是不会出外勤的。

谢辉和琣好奇，于是往前走。

假如还有人记得这条马路一百年前的样子，今天来到此地必然会被所见到的景象激发出物是人非的感慨。若忽略掉那些数十年因无人照料而备受岁月锈蚀的残破痕迹，跟脑中久远的影像记忆对比，他会发现马路两边的墙垣还是那个老样子，马路还是如印象中那般宽阔平整。沿马路往北一路走过去，他会看到路旁的古护城河犹在，河水本来是污浊不堪的，现今反而长了青青水草，甚至还有一群小鱼在其中嬉戏觅食。转过街角，在岔道上竖着的古旧牌坊上“小西天”3字仍然依稀可辨。

过去车水马龙的情景已不复存在，今天的这里空荡荡一片荒凉。举目环顾四周，密密麻麻的无人居民楼和废弃的商厦百无聊赖地伫立着。这是石屎森林之墓。

此地如此寂寥，在平日里连狗都懒得游荡过来。

今天却极为反常。

过了牌坊走到一片开阔地前，只见近40名落汤鸡一样的游弋者或远或近围拢成一圈，圈里有两人精赤上身你来我往正在比赛摔跤，几个青年手持消防水枪向圈里圈外起劲喷水。人群中还有不少年轻美女，都是湿淋淋几乎一丝不挂，肆无忌惮地暴露着胴体。

这里不但有狗，还不止一条。这些平日里离群索居、生人勿近的野狗，今天竟然钻在兴奋的人群里跟着玩耍。

口哨，欢呼，惨嚎，犬吠，好不热闹。

人群之外，马路中央停着一辆警用防弹车，车头的警报器发出阵阵尖厉的啸声。正是这啸声打断了谢辉和琣的交谈，并把他们引来这里。

“是王教授，”琣说，“还有他的第一助手，Kathy。”

王教授早就下了车，他一身白袍举止庄重，俨然古希腊贤者。问题是他的皮肤不好，脸色很白，看上去就像一具涂了一层石灰的干尸。

Kathy在他身边站着，同样穿着白衣，孔雀开屏状的铂金色头饰束着短发，欧亚混血的脸，知性而矜持。

十几名身着荧绿色防护服，遍插各式高科技挂件，武装到瞳孔的保安，猥猥琐琐像生怕踩到了地上的蚂蚁般小心翼翼陆续下车。

令王教授一行人感到尴尬的是，即便警报声响个没完，即便他们气势汹汹如狼似虎，却被眼前的欢乐人群完全无视了。他们还是玩他们的。

王教授神色不豫，不过，他的脸色从来就不好看，无论是恼羞成怒时还是在神清气爽时。

他的手在白袍下按了个什么指令，车头警报器的音频音高飙升，极其刺耳极其难忍，舞动的人群终于凝滞，都停下来了，野狗们有如惊弓之鸟几秒之内就跑得不见踪影。

然而场内除了琣露出惊骇的神情外，其他人都只是表现出不满和不屑。

“王教授,这儿没你的事。”一个肌肉结实的汉子带头发声。

“催生婆来兼职城管，别搞笑了！”众人跟着喧哗起来。

王教授只是冷冷哼出一个词：“异类。”

人群开始骚动，那个还抱着对手铆着劲儿的摔跤手推开对方，转过来满脸狠恶地对着王教授吼起来：“你说什么？”

王教授不为所动，语气仍然冰冷：“这里的人，都要强制消毒，做一次基因完备性复核，查出问题的，送去修复。叫中心调3 辆大车来。”

他的话貌似是给身边的 Kathy 等人发号施令，却是对着众人说的。

未等 Kathy 做出回应，那摔跤手攥着拳头走近几步压抑着怒火说：“你疯了么？这是妨害自由！我们拒绝服从。”

其他人也都愤愤不平，安全部门多年来对游弋者从来都只是跟踪记录，不采取任何强制措施。

“按条令，我们有权这么做。”Kathy 走前两步，半挡在摔跤手和王教授之间，板起脸说道。

“什么条令？”

“《防止无义、缺陷、瑕疵基因交叉感染条例》。”

“什么狗屁条例？没听说过！”

“半小时前安全部、人类改良协会和公民代表一致通过并立即生效。”Kathy 环视众人，“请通过你们的芯片接入资讯中心，自然就能看到。”

人体植入芯片如今大行其道，这里大部分游弋者都有，他们很快就查明 Kathy 所言非虚。

“笑话，我们出来散散步，又不是生孩子，还能交叉感染？况且，我们都有基因完备证明！哪来的缺陷？”

王教授双手叉在胸前：“40 多度跑到这太阳底下吃紫外线，是正常人吗？你们现在干的事，纯属无意识社交，跟动物有区别吗？有没有缺陷，有没有感染，要听仪器怎么说，我也无权判断，我只负责执行条例。明白？”

法令和条例有着不可违抗的效力，谁要不从，其后果是极其严重的，大家心知肚明。

许多人此时都皱起了眉头，整理着衣襟，扔下水枪，准备束手就擒了。

那个本来还咋咋呼呼的摔跤手也颓了下去，神色不安。

“这条例违宪，无效！我们拒绝服从！”有人突然高声争辩。

王教授眉头一挑：“违宪？”

“东联宪章第十章第六条，人人有权享有人身自由和安全。第八条，任何人不得加以任意逮捕或拘禁。第三十五条，人人有享受休息和闲暇的权利。……”

提起东半球联盟的那个因循守旧的宪章王教授就来气：“够了！不用废话。”他向保安一招手，“行动！”

那十几个保安手持电击枪唯唯诺诺、迟迟疑疑地逼近过来。他们显然是第一次干这种“逮捕”工作，表现得十分笨拙，很不熟练。

这些游弋者或多或少都是20年来大规模基因工程的产物，他们通过或整体或部分的基因编辑后，基因里无一例外都驻留着“心性纯良”的编码。他们虽然面露不爽，但是并不抵抗。

问题是那些保安笨手笨脚，不免出现磕碰。

“你干什么？”一名年轻美女娇呼一声，双臂掩在胸前踉跄倒地，溅了一身泥水。

她前面的保安上来弯腰搀扶，慌乱间竟然把电击枪撞到美女的肩膀上。美女惨叫。

琣不知道哪里来的应激反应，猛地冲上去，把保安推开，抱起美女。

其他保安目睹琣的攻击性行为，神经极度紧张，掏出各式武器就要用来对付琣。

琣护着美女缩作一团，瑟瑟发抖。

王教授走上前来，认出了琣：“是你？”

琣抬头：“教授。”

王教授有点震惊：“怎么是你？不可能。你的全基因组都是选的最好的。你怎么能跑到街上来？”

琣面露痛苦：“对不起，教授。我也不知道……”

王教授挥手示意：“抓起来，送去测序！”

“慢！”

突然有人喊了一声。这一声“慢”语气平缓，声音不大，却十分冷傲，带着某种奇特的魔力。它是拒绝沟通的，不容置辩的，暗藏杀意的，摇动心魄的。这根本不是正常人说话的语调。它表面上是一个字“慢”，实际上却是“去死吧”3 个字，20 年来没有人敢说的 3 个字。

所有人的目光全都转向声音发出之处。

那是谢辉。

谢辉抓起地上的消防水枪，掉过头来就往众保安身上发射。

只是一股普通的水柱，竟把全副武装的保安喷得人仰马翻，杀猪般叫唤起来。

保安们纷纷避让。谢辉感受到一种残酷的快意，面容逐渐变得癫狂，他缓缓移动手中水枪，对准 Kathy。

水柱喷洒到 Kathy 的身上。Kathy“啊”的一声坐到地上去了，可惜了那一身洁净的白衣。

水柱继而喷到王教授的脸上，王教授岿然不动，眼睛一眨不眨直愣愣地瞧着谢辉。

谢辉哈哈大笑。

他的心情从来都没有这么舒畅，他甚至发现自己的耳鸣症状都好像没了。

“玩你们的，你们什么地方都不用去！”谢辉对琣和游弋者们说。

那些游弋者这时候却是一个个呆若木鸡，看着谢辉就像看着待宰的鸡，扔到锅里的螃蟹，走上断头台的罪犯一样。

这是一个炎热的上午。真的很热。蝉声越发暴躁了。

蝉蛹待在土里几年甚至十几年才能成虫，然后不顾一切地嘶鸣。它们一两个月后就会死掉。

银光闪动的喷流下，王教授嘴角微弯，很难得地笑了一下。

“带走。”

◆2◆

“发现未知编码。”Kathy 神色仓皇地大步跨进王教授的办公舱。

王教授坐在一堆复杂的保健仪器前，一边执行人工脏器护理，一边进入冥想。这是他每日的例行工作，也是他长寿的秘诀。

“慌什么？”王教授对 Kathy 的举止不太满意，但是他的脸上丝毫不见愠色。事实上他数十年来未曾动怒，心境一直保持平和，这也是他长寿的秘诀。

Kathy 道歉：“Sorry sir。”她把薄如蝉翼的数字平板递给教授，“这是那个人的测序报告。”

“那个人。”王教授睁开眼瞄了一眼平板，额下的两道白眉不易察觉地颤抖了一下。

Kathy 解释：“这个人返祖特征非常严重，基因组里带着许多陈旧的编码。”

王教授“嗯”了一声，不置可否。

Kathy 继续说：“他不像现代人，就好像来自上个世纪。我怀疑，他是非法的克隆人，而且使用的是被禁止的旧人类瑕疵基因。”

王教授摇头：“不是。”

“不是？”

“他不是好像来自上个世纪，他就是上个世纪的。”

Kathy 睁圆了眼睛：“这怎么可能？他还不到 30 岁。”

王教授提示她：“没有什么不可能，千万不要用‘不可能’来妨碍你的思考。”

Kathy 想了想：“难道……难道他是冷冻人？”

“你看，他全基因组都是未经编辑的。毋庸置疑，他是复活的冷冻人，冷冻了起码 110 年。”

“可是，可是冷冻人在 50 年前被协会判定为违法，生命权一概取缔，已经被全部销毁。即便他是漏网之鱼，您怎么准确判断他冷冻了 110 年？”

Kathy 对王教授有着坚定的崇拜，王教授说 110 年，她自然是相信的，可是她想不到判断依据。

王教授指着平板上的一张照片说道：“看他身上的这个文身，是个头像，你知道是谁吗？”

Kathy 皱眉：“不是什么有名的人物，我还真不知道。”

王教授微微叹了一口气：“这是 120 多年前死于乳腺癌的一名汉族女歌手。这个叫谢辉的人在数据库里有 10 年的活跃记录，他应该是解冻于 10 年前……”

“我明白了！”Kathy 豁然开朗。

“至于这段编码……”

“对，这段编码。”Kathy 用玉指操作平板，给王教授展示，“我比对过基因库，没有找到样例。它要么是后天突变的新码，要么是……”

王教授摆摆手：“你只比对了人类基因，对不对？”

Kathy 愣了一下：“教授的意思是……”

王教授踱步到虚拟风景窗前：“这种基因片段是不会被收录到人类基因库的，你知道为什么吗？”

Kathy 摇头：“教授，请指教。”

“20 年前，基因编辑还只有第七代技术的时候，我在安全部工作，负责研究缺陷基因和先天人格的关系。我接触过很多罪犯。有一种特殊的罪犯，他们极其可怕，跟他们接触几分钟，就让我好几个晚上难以入睡。”王教授转身面对 Kathy，面露沉痛之色，“天生的反人类、反社会人格。他们还没有出生，就已经堕入黑暗之中。他们直到死，也无法从黑暗中逃离。当时我好不容易分析出这种先天性人格跟一段基因编码有关，这段编码的表达会损坏大脑前额叶，使得人不再是人，变成魔鬼。”

“把这段基因编辑掉，不可以吗？”Kathy 现在的模样就好像一个正在听着大人讲鬼故事而被吓坏了的小女孩一般。

“前额叶的损坏是一次性的，无法修复。”

“这样啊……”Kathy 下意识地在衣服上擦了擦手心的汗。

“我的报告送到协会后，协会果断地做出了最佳决定：对这段基因赶尽杀绝。至于他们具体做了什么，你还是不知道为好。而且这还不够。假如有人偷偷把这段编码录入人类胚胎里，让魔鬼复活，协会所做的一切就前功尽弃了。所以，这段编码成为零级机密，你能接触到的基因库不可能收录到。相似的基因序列，也只能在动物基因库里才能找到。”

“教授，难，难道那个人……”

王教授点了点头：“我对这段编码太熟悉了，太熟悉了……”

## ◆3◆

天巢生物工程集团是东联10个超大型科技集团公司之一。几乎没有人不知道天巢，因为几乎所有人身上，都有天巢的编辑印记，更不用说那些直接在神女系统里出生的“完人”。

在东联，人们在生活中可以没有厕所，但是不可以没有天巢。

天巢集团的各种生命托儿所、健康中心、基因修复医院、研究所遍布任何城市的任何社区。

王教授的研究所却设在人迹罕至的郊区，混杂在各种无人值守农田和自动化工厂之间。

由于数十年来人口总量急剧下降，加上人们习惯了居家生活，闲置土地越来越多。王教授的研究所的占地面积也就越来越大。

并不是因为王教授有复古情结，喜欢当个大地主，他只是预料到这些土地必将会利用上。

荒地开始施工了，围栏正在支起，简易楼房正在砌上。

谢辉听着外面工地上嘈杂的声音，努力地把心绪引出去，强迫自己想一些与自身无关的事情。

那些无家可归无人理睬的野狗，自由自在地奔跑，幕天席地随时睡觉，真好！

那些天真迷人的姑娘，如今谁也记不起来了吧？

据说有人能够主宰梦境，他不是原来的自己了。

……

门开了，Kathy 抱着一只小狗走了进来。

“谢辉同志，今天精神状态如何？”Kathy 笑吟吟地跟谢辉打招呼。

这几天谢辉和 Kathy 交流了多次，算是熟络了。

“挺好的。我什么时候能走呢？”

“不急，不急。我们必须把您的问题完全解决了。无论是我们，还是您自己，都需要百分百放心呢！”

Kathy 通过不咸不淡的对话来掩饰她对谢辉的戒备。

谢辉指了指 Kathy 怀抱中的小狗：“这是？”

“哈多利系博美。可爱吗？”

那小狗傻乎乎地瞅了谢辉一眼，貌似对谢辉无感，扭头看别的地方，还打了个哈欠。

“嗯……”谢辉并没有动脑筋去评判这条狗的可爱与否和可爱程度，他算计的是 Kathy 抱一条狗给他看是什么意思。

Kathy 把狗送到谢辉面前：“您要抱抱吗？”

“好。”谢辉把狗抱住。狗没有抗拒。

“坐，我有话要跟您说。”

两人坐下。

“请说。”

谢辉逼人的目光注视 Kathy，让 Kathy 有点不自在，她低头沉吟。

“呃，是这样的……”

“说吧，不管好话坏话，我都不会介意的。”

“我就直说吧。根据您的基因测序报告，我们发现您患有先天的 APD，Antisocial Personality Disorder，也就是反社会人格障碍。您先别急，等我说完。嗯，这种人格障碍本身可轻可重，而且受后天环境影响。在小部分案例中，携带这种基因片段的人并没有表现出后天的反社会人格障碍症状，基因表达完全被抑制了。有的案例还有随着年龄增长而逐渐减轻的情况。针对您的情况，我们还要进一步分析判断，嗯，就是说，我们需要时间。”Kathy 尝试一边直视谢辉的眼睛一边说话，最终没能坚持住，她的目光不由自主地游移到小狗身上和墙角某处。

谢辉的脸色阴晴不定地在短时间内变化了好几次，终于镇定下来。

“了解，了解了。我相信我的情况，就是你说的基因表达被完全抑制的情况。我不觉得自己有任何反社会倾向。3 天前，我只是看着热闹，一时贪玩，才做了不好的事。我真的很抱歉伤到了你，真的。”

Kathy 勉强笑了笑：“您不用这样，您已经道歉过多少次了！我没伤着，一点都没有。我也看得出来，您不是有意的。”

“那就好，那就好。既然这样，我可以走了吗？”

“我刚才也说了，我们需要时间……”

“我懂。我接受测试，我保证我能通过测试。这小狗真的好可爱！”

“它叫‘桃子’。您留下它，解解闷吧。”

“太好了！”

聊得差不多了，Kathy 用眼角再次向墙角那边瞟了一下。

那里有个摄像头，连通到王教授所在的监控室。王教授站在监视器前，冷冷地看着屏幕中正在抚摸小狗的谢辉。

他冲微型对讲机说道：“可以了，出来吧。”

在屏幕中可以看到 Kathy 站起来与谢辉告别，款款走了出去，门自动关闭了。

屋子里只有谢辉和桃子了。谢辉给桃子喂食，和桃子嬉戏，桃子逐渐接受了谢辉，欢快地和谢辉互动。

“教授，我觉得他有自控力，能沟通，有爱心，几乎看不出来是反社会人格，并没有您说的那么可怕。”Kathy 回来了。

“直觉呢？”

“啊？”

“通过你的直觉，不要理性分析。在你眼中，谢辉是什么样的人？尽管说实话。”王教授看着 Kathy 的眼神颇有点深意。

Kathy 犹豫了片刻，眼睛里放出异彩：“He’s charming. 噢，他挺迷人的。怎么说呢，他有一种充满野性的魔力，令人既不敢直视，又想依靠。”

“这就对了。”王教授好像有点妒意，“极端的 APD，都有着极其强大的自我认知。强大、坚定而邪恶。他无时无刻地、自觉或者不自觉地寻找着猎物，寻找那些被他玩弄，为他操控，受他虐待，甚至杀害的猎物。为此，他必须是迷人的雄狮。”

Kathy 激灵了一下，争辩：“教授，他不一定是因为有病态人格而迷人。迷人只是果，原因可以有很多。”

“你可以继续观察。”王教授指指监视器屏幕。

谢辉跟桃子互动完毕，无所事事地一边喝水一边看着新闻播报。

桃子希望谢辉跟它玩耍，不知疲倦地在他身边折腾，一不小心撞翻了茶杯，浇了谢辉一裤子。

谢辉扬手作势就要暴打，突然生生忍住，反而抱起桃子，对它温柔而不失严厉地责备了几句。

王教授冷笑："他知道有监控。"

"据我所知，APD 易怒，冲动，不顾后果。他们的行为抑制系统较弱，而行为激活系统较强。教授，您想想，就算是我们，被小狗这么一弄，也是会生气的，第一反应都会想揍它，也就是说，我们会在这一瞬间给自己激活了惩罚小狗的行为。这不反常，更谈不上反社会。况且，谢辉很快就抑制了自己，他知道面临着我们的测试而中止了自己的行为，恰恰如此，我就能判断出他完全可以因法令和条例的禁止而控制自己的行动。他的行为抑制系统是正常的。"Kathy 分析得头头是道。

王教授不以为然地说："Kathy，你结论下得太早了。你了解的东西还不够啊！"

"教授，请指教！"

"当年我第一次发现这种由基因决定的先天性APD的时候，我很激动。这是'超人基因'，它可以大幅强化一个人的自我意识，可以让他拥有强大的魅力和活力，就好像给一台永动机赋能。这段基因假如编辑到一名凡人身上，他就会变得非同凡响。通过基因工程将凡人进化为超人，是我一直以来的梦想。问题是，APD 生来的黑暗属性，无法转移，无法剔除，无法压制，只能禁绝和消灭。可惜，可惜了！"

王教授开始在一个智能家居系统上进行某些操作："你千万不要被他的表象迷惑了。他是一头狮子，现在正充满着戒备。在这种戒备状态下，你给他《人格诊断问卷》，他会撒谎。你对他进行情绪、认知和注意力测试，他会超常发挥。你搬来连续脑电波记录仪，他会切换到平衡态来欺骗机器。现在我们是无法证实他的精神病态的。但是……”

Kathy 竖起了耳朵。

“但是他坚持不了多久了，我们只是需要一点时间。”

◆4◆

谢辉已经忍无可忍。

Kathy 对他承诺，假如他通过了人格测试，证明自己没有人格障碍，那他就自由了。他的冷冻人身份不妨碍他在这个世界合法地生活。因为他活着，所以他便拥有了宪章赋予的不可侵犯的生命权，除非他犯下足以被判死刑的罪行，且成为既成事实。现在，他只是被怀疑为反社会人格，在出去后有可能会犯下重罪，因此才禁锢他。

谢辉有时候确实会怀疑自己可能不是一个正常人，特别是不久前在众目睽睽之下做出匪夷所思的举动。

谢辉出生于 1996 年，他还有记忆的“第一段人生”是在 21 世纪初的 15 年里度过的，至今已经过去了 120 年了。他是一个过气的人，懵懵懂懂地生活在今天。父母、亲朋好友全都消逝不闻，10 年来一点一点地融入现代社会。在这种背景下，他患上轻度的心理疾病，是完全可以理解的，无可厚非的。而且在这 10 年间，他没有做过什么坏事。

我怎么可能是反社会的呢？怎么可能？

王教授和 Kathy 的测试手段真是层出不穷。

他被要求浏览了上千张人脸照片，这些人样貌不同，表情各异。帅哥美女他自然是欣赏的，笑容能感染他，伤心落泪的样子则让他不适。

他被迫看了许多感情细腻的电影，他很容易陷入剧情里，情不自禁地抹眼泪。也有恐怖惊悚的，他被吓得面如死灰，惊叫连连。

他玩了许多莫名其妙的电视游戏，基本上是在考验他的反应和耐性。他的游戏天赋很强，应付起来十分轻松随意。

……

可是，他被禁止登陆云端虚拟社区，只有桃子陪伴，基本上与世隔绝。无聊，孤独，令人烦躁。

到了夜晚，“你需要充足的睡眠”，灯很早就熄灭了。周围黑漆漆伸手不见五指。耳朵里嗡嗡的鸣叫声开始还不明显，后来越发响亮，最后就像阵阵洪钟大吕，震荡着整个脑海。他根本睡不着。他两眼瞪着眼前浑浊的黑暗，一只手有节奏地抚摸着桃子的小狗头，一、二、三、四，一、二、三、四……可能循环了上千次，他才能进入半睡半醒的状态。第二天，他发现自己没有睡好，在困倦中还要时刻准备着应对测试。好不容易熬到了晚上，还是睡不着！

Kathy 察觉到谢辉跟她对话的时候总是在打哈欠，逐渐对她表现出不耐烦的样子了。

“您跟现代人接触的时候，会感到自卑吗？”

“啊，呵。不，我不自卑，大家都是普通人。”谢辉回答，有点心不在焉。

“您喜欢把情绪表达出来，还是隐藏起来？”

“……”

“您喜欢把情绪表达出来，还是隐藏起来？”

“表达出来。”

“解冻以来的 10 年里，您有恋爱过吗？”

“什么？”

“这几年，您有谈过女朋友吗？”

“有啊，有。”

“是什么样的女孩子？”

“好看的。不过只是网恋啦。啊，呵。这个你就别再问了，个人隐私。”

“好的。下一个问题，您尝试过伤害自己甚至自杀吗？”

“哈哈，笑话，好不容易活过来，我怎么会自杀？”

“您小时候虐待过动物吗？”Kathy 越问越快。

谢辉一愣。

120 多年前，孩子们基本上还可以区分为农村孩子和城市孩子两种。谢辉是农村孩子，他有过一段行走在田园阡陌的童年记忆。

他干了很多坏事。

他曾经拿一条针线，把抓到的几十只稻蝗刺通胸部，一只只串起来，然后扔到地上，看着它们胡乱挣扎。

他把活青蛙放到碗里，然后把烧化的白蜡浇上去，把它做成标本。

他把从河里摸到的福寿螺使劲砸到墙上，砸成一摊烂泥。

他……

停！停！停！

谢辉制止自己的回忆，把浮现在脑子里的过往画面赶紧删除。

“没有。”谢辉很爽快地回答。

“您小时候偷过东西吗？”

“没有！没有！”谢辉摆摆手，“Kathy姐，对不起，我昨晚睡得不好，想休息一下。剩下的问题……”

“好的，好的。”Kathy目光闪烁，站起来跟谢辉道别。

当天的夜晚更漫长了。

凌晨，值班人员小J把睡梦中的Kathy摇醒，喊到监控室。

监视器上黑乎乎看不到任何影像。

“没有异常呀！”Kathy疑惑。

小 J 神态严肃，也不搭话，他操作控制器，拖动音量按钮到最大。

“啊……啊……啊……”

凄厉的声音从音箱里传出，是谢辉的叫声。

这声音饱含痛苦，令人不忍卒听。

“出事了。” Kathy 往外冲去。

她跑到谢辉的禁闭室，开门，亮灯。

Kathy 目瞪口呆。

谢辉坐在床头惨嚎，在他的身边，是血淋淋的桃子，脑袋被捏碎了。

## ◆5◆

王教授的“驯鹿”工作室、第四代“完人”优生研究所、缺陷和瑕疵基因监测站的工作人员正在集合开会。

所谓“集合”，其实仅仅是使用全息投影把大家凑到一块。

吴站长一本正经地汇报：“就初步的调查分析结果看，情况不容乐观。单单一个蓟城，8 月 10 日发现 127 例，8 月 11 日发现 133 例，8 月 12 日发现 152 例……我这里有个统计表，请各位来看，截至 8 月 15 日，检测异常个体总计 935 例，其中 4.8% 为后天突变，10.2% 为 PTSD，17.3% 为非法编辑，21.3% 为无证黑户，46.4% 原因不明。”

“原因不明？”有人发出疑问。

吴站长有点尴尬：“是的，这些个体通过基因测序，精神病态检验，生理健康检查……都没有发现异常。这些人，我们不得不在结果出来后的第一时间就释放了。”

“你们抓错人了吧？把正常人当作异类抓了过去！”

“你第一时间放了人家，人家也第一时间到协会投诉你了！”

“协会已经发来警告函了！”

……

会议的气氛开始紧张。王教授始终一言不发，脸上不见一丝波澜。

这时候，身材健硕、肤色黝黑的研究所所长 Diarra 干咳了一声，其他人全都噤声了。

Diarra 向吴站长点了点头，然后转向其他人说道：“吴站长是做事的，做事的人最大。你们呀，站着说话不腰疼。吴站长给出来的所有资料我都过目了，调查分析过程没有问题，统计结果相当可靠。至于抓人，录像我也看了，全都是按条例来办的，外在行为表征符合异类的标准，逮捕程序合法，也没有问题。要我说，一个大活人，不是一台机器，他是混沌的，有时候会出现随机行为，偶发而已，不是常态。就拿我自己来说吧，我有时候也会在脑子里闪过念头——要不到街上逛逛？假如我一时兴起，真跑到外面去待上两分钟，你难道也要把我当异类看待吗？这些人，确实是抓错了。而我们合法地抓，合法地放，不存在任何过错。协会来问，我可以解释，这都不是要紧的事。……”

Diarra 是一位阳光、帅气而自信的黑人科学家，精通汉语，说话颇有感染力，是大家很喜爱的上司。会上发生什么争执，Diarra 一出面，气氛都会缓和下来，大家也就回归到正常的讨论和沟通了。

今天是例外。

Kathy 突然开口：“所长，您说得不对。”

Diarra 吃了一惊，他知道 Kathy 一直以来就是他的小迷妹，对自己十分倾慕，他为此也相当自得。此刻她竟然当众向自己叫板，这是怎么回事？

Diarra 脸色一沉：“Kathy ？”

Kathy 瞥了一眼王教授，王教授依然眼观鼻鼻观心，没有阻止她的意思。她于是鼓起勇气大声说：“异类就是异类！原因不明，并不意味着没有原因，只是我们现在还没有找到原因。您用随机行为这个说法来敷衍协会，我不敢苟同。您这么做会出事的！”

Diarra 和其他与会者在吃惊的情绪中还没有回过神来，无人接话。

Kathy 环顾众人，降低声调说道：“最近两周，我跟随王教授考察了一个个案。我已经把这个案子的详细情况上传到信息中心，现在，请各位直接调取查看，编号是 TKS076521360818-

372IV。”

“谢辉？反社会人格？”Diarra 皱着眉头开始浏览资料，很快又惊觉自己现在的样子不够自然，他赶紧把僵硬的面部肌肉放松下来，然后不声不响地坐到座椅上。

众人也在翻阅这份资料，神色都渐渐凝重起来。

“这段‘反社会’的 DNA 编码在哪里？你没有录入。”有遗传学专家发问。他对这一信息非常在意。

Kathy 微笑：“这段编码的细节属于零级机密，我这份报告的密级只有IV 级。低密级的文件不可以记录更高级的保密信息。”

“这是一桩特殊的个案，非常特殊。”Diarra 看完了，把资料扔开，“特殊问题，特殊对待。这个谢辉，不属于那种有异常行为但是检查不到原因的问题，他是一名冷冻人，整个序列都是未经编辑的旧人类基因，属于黑户，一时半会儿根本不可能放出去。Kathy，有一句话，我不知道该不该现在就说出来。”

“没关系的，请说。”

“你走进误区了。”Diarra 抓到了机会，“听说过‘孤儿药’吗？”

Kathy 点头。

Diarra 来了精神：“当年，为了治疗那些发病率只有千万分之一，甚至亿分之一的罕见病，天巢集团在舆论压力下，曾经耗费巨大的人力物力研制特定的药物和治疗方法。最后，我们发现所做的一切都是极大的浪费，而且不公。我们在 60 年间用孤儿药救治了 357 人，而数千万的人却死在大众病上。”

说这话的时候，Diarra 有意无意瞟了对面的王教授一眼。

王教授保持着面无表情。

其他与会者听着 Diarra 的话，都显露出深以为然的样子，纷纷把资料扔下。

Kathy 又点点头：“我明白所长的意思。不必多说，我们把话题转回来。所长，我认为您没有真正理解这份材料。请看，”Kathy 把她的报告中的图文投影在自己的右后方，“谢辉在八天里完美地通过了我们的所有检测，到第九天才终于暴露。从这个案例可知，有的异类分子隐蔽性极高，短时间的检测是无法识别的。而且，他不是因为害怕被人发现自己属于异类而进行伪装，他坚定地认为自己并非异类，因此他在配合调查时的表现更加无懈可击。我猜测，吴站长的统计表中那原因不明的 46.4%，很可能隐藏着大量异类分子！他们没有被检测出来，我认为原因可能有两个：第一，我们使用的常规检测手段在短时间内无法发现这些异类分子的心理异常和行为异常。第二，我们的人类基因库有遗漏，在比对异类分子的基因序列的时候，许多未知编码因为无法识别而被我们判定为无义基因，许多非编码区域的基因被我们判定为垃圾基因。然而，这些基因不是真的无义，真的垃圾，它们实际上起着不为人所知的作用。所以，我们对异类分子的测定会出现极大的误判。……”

Kathy 认为自己说的话本应引起巨大的震动，不料在场的人几乎都笑了出来。

“Kathy 同志，假如我原来不认识你，听到你这些话，我会以为你是个民科。”

“你把我关个十天八天，没有异常都会被你逼出异常来，那你说我就是异类了？”

“对人类遗传密码的研究已有两百多年了，姑娘！你今天能空口白牙说基因库不完整，明天不定还会说我们的非编码基因里有外星人的信息，因此地球人是外星人的后代呢！”

……

Kathy 听着大家的聒噪，呆住了好一会儿，然后把求助的目光投向王教授。

王教授却低着头闭着双眼，呼吸悠长，对外界充耳不闻，好像早就睡着了。

Diarra 循着 Kathy 的视线也看了看王教授，他很快又移开目光，快乐地跟着大家笑了起来，露出一口标志性的白牙。

“王教授恐怕是真的老了。”

## ◆6◆

“你这个老混蛋，你这天生的狗食，你瞎了眼，昏了头。”

“哇哦，姐姐饶命！”

荒地上，一名蓬蓬头女子手执竹竿追打着几名保安。她骂一句，打一下，节奏感蛮不错。保安们惨叫连连。

四周密密麻麻的围栏和铁丝网将这片荒地重重包围住了。女子把几名保安打跑后，开始四下打量，研究着怎么样才能出去。

“怎么回事？”保安队队长赵志背着手站在板楼大门外的台阶上向保安们喝问。

“麻药提前失效了。”一名瘦小保安宋刚回答。

“她就一疯婆子！”另一名保安张伟补充了一句。

“那你们还等什么？抓起来！”

“她力气很大……”

“用你们的电击枪，还需要我教吗？”

“Yes sir！”

宋刚急忙拉上张伟，两人挺着武器往女子的方向逼近。

Kathy 抱着一箱子仪器和平板路过，赵志跟她打了个招呼：“Kathy 姐。”

“这是躁狂症吧？”Kathy 随口问了一句。

未等赵志说话，却见那女子把竹竿一丢，蹲在地上，竟抽泣起来。

“不对，不对。”Kathy 很快否定了自己的判断，“难道是……分裂型人格？”

宋刚、张伟走近女子，收回武器，开始你一句我一句地劝解女子。女子哭得更厉害了。

Kathy 摇摇头不再理会，她径自走进板楼大门，穿过廊道，停在资料舱前，轻启朱唇：“开。”

通过瞳孔、声线、掌纹三重校验，资料舱的门开了。

王教授站在舱内一张桌子旁边，手握硕大的毛笔在一幅 6 尺对开的宣纸上写字。

当今已经没多少人会写毛笔字了，而写得如王教授这么好的，更没有人了。

Kathy 驻足一边看着，等着。

这个时候，Kathy 是绝对不能说话的，一说话，王教授就会责备她涵养功夫又变浅了。

Kathy 搓着手，强忍着。终于，王教授写完了。

Kathy 走上前，放下手中的东西，然后接过王教授的毛笔送进水盆一边清洗，一边说：“教授，我……”

王教授打断了她的话：“Kathy 啊，你看见我写的字了吗？”

“看见了。”

“写的什么？”

“呃……”

“你读一下，让我听听。”

“大、石、万、山、石，呃，这个张，张……”

“这个字不是‘大’，是‘士’，士兵的士。这个，不是‘石’，是‘不’，不好的不。这俩字呢，你也看错了，不叫‘万山’，是‘可以’。咳……”

王教授叹了一口气：“算啦，算啦。这些故纸堆里的把戏，你也不必费心学了。”

“教授，昨天那些人……”

“不必提了，鼠目寸光。先做我们的事。”

“哦。”Kathy显然还没从委屈的情绪里解脱出来，言不由衷地应着。

“我们现在要做的最重要的事情不是去给那些无知而短视的人讲解说明。那个人现在状态如何？”

“谢辉现在总是在发呆，浑浑噩噩地吃饭、睡觉，整天不说一句话。”

“嗯。”王教授用嘴使劲吹宣纸上未干的墨迹。

Kathy收拾好桌子，找空隙向王教授征询：“教授，刚才您提到最重要的事情，那最重要的事情是什么？”

“你不知道吗？”

Kathy欲言又止，摇头低声说道：“不知道……”

“假设你在这个屋子里发现了一颗地雷，你该怎么处理？”

“教授的意思是说谢辉就是一颗地雷？”

“你先回答，该怎么处理？”

“拆除销毁？局部引爆？直接转移出去不管？”

“很好。类比到那个人，你觉得怎么处理才是最好的呢？”

Kathy 作为千挑百选而来的双商强大的高端人才，是王教授非常青睐和看好的未来接班人。她的脑子转动几下，很快就明白王教授的意思，而且她无须把自己的理解以言语表达出来，因为双方都已经心领神会了。于是很多废话都可以省略，她直接就说：“我们无法治愈谢辉的 APD，也没有权力无限期囚禁谢辉，更不能对谢辉实施人道毁灭，如果把他放出去，又会危害社会……没有什么好的处理办法，更不用说最好的处理办法了。教授，我不得不问您，协会当年究竟是怎么做的？”

王教授沉默，好像在回忆着什么，过了好一会终于开口说道：“在不讲究人道主义的过去，这个问题就不是问题，三下五除二就解决掉了。但是自从 20 年前我们公决实行‘女娲计划’之后，所有对自然人的权利法案都大幅升格了。这段历史你是知道的。”

Kathy 当然知道，正因为这段历史，随后才有了东联的“百万神童计划”，才有了 19 岁就进入顶级机构、接触最前沿事务的她。她是第一批“转基因人类”（因为该名词被群众认为含有贬义，现在已经改称“完人”了），而且是其中的佼佼者。

Kathy 静静地等待王教授说下去。

“局部引爆，这个办法是尝试过的。”

说完这句话，王教授却顿住了，没再继续。

Kathy 忍不住开口表示疑惑："地雷的局部引爆我懂，也就是把地雷限制在一个窄小的密闭空间里爆炸，控制它的杀伤力。但是，对人，怎么才叫局部引爆？"

"有一段时期，安全部和协会里的主流思想很激进。为免麻烦，他们对确认无法治愈的精神病患者索性采取放任自流的态度。那些严重的癔症、神经症、解离症患者本来就有强烈的自残或自杀倾向，在缺乏有效保护和控制的情况下大都自行了断了。那时候有些工作者甚至还使用一些隐蔽的暗示和刺激手段，促使患者更'顺利地'自杀。唉！"王教授长叹一口气，"这是人类改良的代价。"

"局部引爆……"Kathy 吃惊地睁圆了眼睛。

"对。"

Kathy 突然想起了那只叫"桃子"的小狗。她好像明白了什么。

"教授，难道我们……我们也要'引爆'谢辉吗？"

王教授察觉到 Kathy 的不安，立刻予以安抚："你想歪了。我们不会这么做，而且也做不到。我说过，极端的 APD 有着强大、坚定而邪恶的自我认知，像谢辉这种人是绝对不可能自杀的，除非……"

Kathy 期待着"除非"的下文，王教授却没有说下去，而且好像再也不想说什么了。

Kathy 更忍不住了："既然局部引爆无效，那么协会最后采取了什么办法？教授，请指教！"

王教授看了一眼Kathy，有点戏谑的意思："Kathy，要不，你就别管了，不要再跟进谢辉这个事了吧？"

Kathy大摇其头："不，我要继续跟进。"

"你确定？"

"我确定！"

王教授指指宣纸："好吧，等你把这十几个汉字认出来了，我就带你去一个地方。"

"啊？"Kathy傻眼了。

◆7◆

"听说了吗？Diarra被调去集团总部了！"

这年头通信有点过于发达了，小道消息的传播速度简直惊人。

第四代"完人"研究所所长Diarra擢拔到总部去了，王教授这个原副所长升任代所长，这是表面信息。然而研究所的人都不傻，把目前研究所面临的问题和这次调动安排结合起来稍经推敲，就知道总部对Diarra的表现不满，希望王教授出来主持大局。Diarra看似晋升，实质上就是到总部去照看饮水机的。

"意料之中嘛，Diarra这只小菜鸡怎么可能是老狐狸的对手。"

王教授是生命科学界的巨擘，基因工程领域首屈一指的权威，他在许多世界顶级高校、洲级科学院、东联首席顾问委员会、人类改良协会都有过工作经历，70 岁后在安全部、天巢集团退休返聘，再退休再返聘，资历之深无人可及。丰硕的研究成果，精深的学术造诣，顶级的专业素养，再加上言传身教，授业解惑，桃李遍天下，王教授是公认的当代大师，受到整个东联的尊崇和礼遇。在研究所里，王教授担任副所长之职去辅助 Diarra 这个所长，美其名曰“传帮带”，其实是反压一头的，甚至可以说是碾压。只是 Diarra 洒脱干练，人缘还不错，且有天巢集团总部的力挺，因此这个所长才不至于名不副实。

Diarra 的个人发展本来是和第四代“完人”研究所的未来前景深度绑定的，如今他直接被调走，显然是因为做错什么了。

“他做错什么了？”

“他太蠢了，根本没有意识到集团出现了严重危机。”

“什么危机？”

“‘完人’出问题了！”

◆8◆

也许是因为王教授青年时曾参过军，据说还上过战场——那恐怕是 21 世纪的往事了，所以王教授怀有某种军旅情结，这个研究所分部所在也就建成了老式军营的模样。荒地的西侧是五排彩钢快拼房，被“确诊”的异类分子都送到这里了，一人住一间。

异类分子一旦确诊就需要强制治疗。这里类似戒毒所、精神病院，行动自由是受到限制的。不过幸好还不是监狱，毕竟他们不是罪犯，只是有“极高的危害社会可能性”而已。因此在每天的饭后时间，大家都可以溜达出来。

实际上，大家都会溜达出来。Kathy 早就总结到了，这些异类分子有一个共同特征：关在屋子里的时候都静不下来，总是烦躁地走来走去。他们吃饭非常迅猛，而后急不可耐地跑出屋，找不同的人聊天，聊一会儿就换个人聊。窃窃私语，神色不安。

谢辉是异类中的异类，他多日来都是缩在自己的房间里，无意识地吃喝拉撒，其余时间就是发呆和睡觉，有如行尸走肉。

今天的午餐有鱼饼，谢辉把木制的刀叉扔开，使用筷子夹起鱼饼咬了一口。鱼饼鲜嫩可口，让他想起了小时候。天还蒙蒙亮，母亲就把他和妹妹温柔地叫醒，等他睡眼惺忪地洗漱完毕走出来，母亲在厨房里熬的生菜鱼饼粥也快好了。香味远远传来，他用鼻子深深吸了一口，大脑突然就完全清醒，新的一天开始了。

“我不会发疯了。”谢辉重重地吐出一口气，脑子恢复了通透明亮。16 天前的那个晚上，他失魂落魄，真的差点就疯了。这么多天来，他克制着自己，不回想，不反刍，不琢磨，不计算，保持着一种空灵的忘我状态。现在，他恢复了过来。

他高兴了，匆匆吃完饭，像其他异类一样溜达出屋。

“注意！谢辉出来了！”监控室的小 J 在谢辉迈出大门还没走两步路就通知到保安队队长赵志。

“谢辉出来了！”赵志立刻通告其他同事。

“收到！谢辉出来了！他出来了！”保安们互相提醒，如临大敌。

“他出来了……又怎么样？”宋刚傻乎乎地问。

“对啊，他出来了又咋地？”保安们开始疑惑。

“队长，我们要做什么？”

“蠢货！要做什么你们都不知道吗？”

“就是不知道才问你啊。”

“你问我？我……我问谁去？”

“切，你也不知道啊！”

“你们能不知道，我就不能不知道吗？”

……

谢辉走下梯子，漫步在快拼房前的空地上，空地上坑坑洼洼，还保留着施工的痕迹。其他异类分子三三两两散落在房檐下、渣土堆边、梯子上，向路过的谢辉投来异样的目光。有不认识谢辉的，很快就通过他人的闲言碎语获悉谢辉不久前的“光辉事迹”。

这年头，暴力分子就像大熊猫一样是稀有物种。

“琣，是你吗？”谢辉发现一个熟人。

“你认识我？”琣现在颇有点萎靡，这不奇怪，奇怪的是他表现出一副很陌生的样子。

“谢辉，C 区的，不认得我了？”

“我认得你，你那天帮了我。”

“这就对了。”

“问题不在这里，问题是你为什么知道我名字？”

“你那天告诉我的，你忘了？我们在马路上聊了好久，然后才去的小西天。”

“我明白了。”琣的眼神透露出某种恐惧。

谢辉感到很不寻常，连忙把琣拉到一个角落低声问：“怎么回事？王教授对你做什么了？”

“没做什么。”

“你说你明白了，你明白到什么了？”

琣的脸色越发苍白，嘴唇颤抖：“我不想说。”

“你说，有什么事，我一定会帮你的。”

……

“注意监听！”小 J 一边紧盯监控画面，一边通过对讲机提示赵志。

“监听什么？”

“谢辉！”

“那儿没有拾音器。”

“用你的耳朵！”

“我离他 300 多米，听不到哇！”

“赵志同志，你好笨呀！现在听不到，你走过去听呀！”

“收到！……宋刚、赵伟，跟我走！”

“咳，回头请王教授给你安排一次‘聪明基因’编辑吧！真笨！”小 J 老气横秋地规劝了一句。

赵志摘下对讲机，对宋刚、赵伟说道：“竟然说我笨，他是猪吗？他们看到我靠近，肯定就不说了，还听个屁啊！”

“队长，注意素质！素质！”

……

培终究还是说了：“不知道从什么时候起，大约是两年前，我发现自己出现了很奇特的症状——这种症状要不是亲身体验很难说明白。我一点点地疏远自己、脱离现实。在严重的时候，我会觉得自己的身体和我无关，甚至‘我自己’都是不真实的。我眼前的世界是扁平的，虚幻的，就好像隔着一层模糊的玻璃。‘我’好像在照常生活，在做着什么，但是我的精神几乎感知不到这些。在稍微好转一点的时候，我夺回了自己身体的控制权，赶紧查了资料，才知道这个病症叫‘人格解体’！”

“人格解体？”

“也叫自我感丧失和现实解离。”

谢辉的眉头皱成一个“川”字：“难道是另一个自我意识或者人格侵入你的大脑，要把原来的你赶走？”

“不是，人格解体和人格分裂是两回事。”

“噢……”

“病症很快就恶化。终于有一天，‘我’完全丢失了，没了，什么都不知道了。”培说着说着，额头上冒出了冷汗，他伸手擦了擦。

谢辉定定地看着培：“你……没了？那现在……”

“现在回想起来，这个没有‘我’的状态大约过去两年时间了。就在那天，在小西天，‘我’突然又回来了。一开始，我脑子里一片空白，只是有了点视觉，看到好几个人在攻击一个女孩，我不知道怎么的，就冲上去了……在看到王教授的时候，我的大脑猛地想起了一切，恢复了自我意识。我回到了现实世界。但是，这两年间发生了什么，我做了什么，我是怎么跑到小西天的，全都不记得了。”

谢辉骇然：“也就是说，在马路上跟我说话的那个人，就不是你。”

“我不记得跟你说过话。”

“关键问题是，那个跟我说话的人是谁？”

培愣了一会儿，摇头。

谢辉瞥见赵志等人走近，笑着拍拍培的肩膀：“没事，回来就好！给你重新介绍一下，我叫谢辉，C 区的。”

◆9◆

“我向协会推荐了你，要求把你列入特级机要名单，协会同意了。”王教授和 Kathy 坐上了地底穿梭机，机舱里只有他们两人。

Kathy 感到难以置信：“什么？”

王教授似笑非笑地说：“事实证明，Diarra 不堪重任，协会和集团已经清楚了。你才是研究所的未来。更何况，你已经接触到零级机密信息了，以后还会接触到更多。把你列到名单里，是必须的也是必然的。”

Kathy 通过人体植入芯片检查了档案，果然发现自己的权限一项已经从 B1 级一下子提升到 S* 级。这意味着她已经成为东联的高阶人物，拥有协会的最高委员会候补委员身份。据说 S* 级及以上的人数也就 200 人左右，而在这 200 人里，年龄没有低于 35 岁的。原本年龄最小的候补委员恰恰就是 35 岁的 Diarra。

22 世纪的人类社会结构和世界格局发生了奇妙的变化。最显著的特征就是科学家们逐渐掌握了政治权力（政治家因为不懂科技而导致致命的决策失误给我们留下了许多惨痛的教训，掌握着某些黑科技的人或团体又展示出无法反制的统治力，就连民间科学家都有崛起的迹象）。而在“女娲计划”实施后，生命科学家主导的人类改良协会不可避免地成为东联权力最大的机构。作为人类改良协会的标杆式人物，王教授的威望不仅仅是学术上的，还是政治上的。他发一句牢骚都有可能引起立法和司法上的巨变。而年纪轻轻的Kathy或许就是下一个王教授，令人瞩目。

穿梭机的隔音效果很好，机舱里几乎没有什么杂音，Kathy确信自己没有听错。

“教授，我不知道该说什么感谢的话，总之，我一定会努力的，不会让您失望。”

“你不会的。”王教授淡淡地回应了一句，他瞧了瞧自动驾驶仪面板，“到了。”

穿梭机停下，门开启，两人走入一部只有简易钢架的电梯。电梯下沉了约百米才停住。两人走出电梯，穿过一条狭窄的长长的甬道，开启三重厚重的合金闸门，进入一间巨大的地下室。地下室黑暗而潮湿，充满着土腥味。黑暗中一排排颜色各异的信号灯或快或慢不停地闪烁着，犹如满天星斗般延伸到目力所及的极远处，在最远端汇聚成一团亮斑。

“这是什么地方？”Kathy心中暗暗猜测这里必定是一处不祥之地，她怯怯地问道。

“‘异世界之墓’。”

王教授伸手在总控制台上触摸了几下，地下室的穹顶上一盏盏防爆白炽灯顿时大亮。室内的景象变得清晰，立刻把Kathy整个人完全震住了。只见一排排五层结构8米高的铁架子上密密麻麻地摆满了透明营养舱。每一个营养舱里都仰躺着一名全身赤裸的人类，秃头上插满神经电极接口，微闭着双眼，口鼻上罩着呼吸机，四肢和躯干上也接满各种导管、感应器、植入芯片块，泡在酒绿色的不明液体中。营养舱以一层透明的类玻璃材料覆盖，这层材料同时也是显示屏，复杂的数据和图表正在刷新展示，旁边的信号灯使用不同的颜色反映着营养舱内这个人的某些个关键状态。

在两人所站立的较宽的过道左右两侧，这样的铁架子各有5排，一个接一个连成直线，一直连到过道深处的视线尽头。就眼前所能看到的营养舱数量就有将近一万具。每一个营养舱内几乎都有人。

“你问过我一个问题，协会当年是怎么处理那些像谢辉一样的人的？现在你知道了，他们都在这里。”王教授背着手，神情凝重。

Kathy瞠目结舌，久久说不出话来。

她看向身前的营养舱，舱内躺着一位皮肤白皙、身材凹凸有致的年轻女性。Kathy凝视良久，发现这女子并非绝对安静，她脸上会有轻微的表情变化，她的睫毛时不时颤动一下，眼珠子微微打着转。她那几近完美的纤纤素手有时候还会轻轻抽搐一下，勾勾手指头，好像在抚摸着什么。

Kathy向前走，边走边看。一个原是苦瓜脸的老头，皱纹舒张开来，很是惬意的样子。一名瘦弱的妇女，身上皮肤有过明显的割伤痕迹，这时候早已愈合，静静地躺着了无牵挂。一个面相凶恶的男子，现在看起来却是无知无觉沉沉入睡，毫无威胁。一个残疾人，卧姿十分舒适……

“他们都还是活着的。”Kathy 转身向王教授说道。

“是的，不仅活着，还活得很好。他们活在另一个世界里。”

“您是说……”

“一个美好的虚拟世界。他们把自己永久安放在那里了。”

“自愿的？”

“当然。现实世界不再需要他们，甚至容不下他们。他们是人类进化的包袱，绊脚石。他们有的没有用了，被遗弃了。有的可能还是一颗随时都会爆炸的炸弹，因此一辈子都要被禁足，被看守。既然这样，又何必待在现实世界里苦苦挣扎？他们又不会寻死觅活，对生活还有憧憬，还想要一份美好人生。那好，他们于是就到这儿来了。”

Kathy 既了解又疑惑：“就好像我们在VR 游戏中找到成就感，找到满足感……可是，我们当前的VR 技术还处于第二代的水平，只能在视觉效果上搞些花样，可是分辨率还不够，真实感和沉浸感差强人意，玩家都是尝个新鲜就无感了。在我看来，VR 技术发展相当缓慢。协会在20 年前怎么会有这种直接接管脑电波的虚拟现实技术？这根本不是第二代技术的升级版，而且已经远超第三代，是十代往后！这是黑科技啊！”

“这就是你至今接触到的第二个零级机密。”王教授颇有点得意地说。

“教授，您的意思是说协会还有其他很多零级机密？比如说类似这样的地下空间，不过是用在别的方面……”

王教授把得意的神色一收，连忙说道："没有，我没有这个意思。Kathy 啊，你别引申联想过度。要不得，要不得。"

难得看到王教授的窘态，Kathy 想笑，但看看周围，却一点都笑不出来了。

她看向一个空的营养舱，心中充满忧思。

"那个谢辉会愿意躺进去么？"

◆ 10 ◆

"你看这里的人，"琣对谢辉说，"他们很可能都不是原来的自己。"

琣在人格解体后丢失了原来的自我，出现了分离性漫游和失忆的症状。在此之前，他是从未"游弋"的。他因此认为这些已经被确诊为异类分子的游弋者（实际上处于分离性漫游状态）也是人格解体的患者。

谢辉双手抱胸，缓缓扫视周边的异类分子：一个个都是良善面孔，他们是怯生生的，苦闷的，淳朴的。其中有几人，谢辉在小西天见到过的，当时恣意狂欢，张扬跳脱的样子已经完全没了。

"我们其实对这一点无法进行有效判断。在'醒过来'之前，他们现在的自我意识会认为过去的'我'就是现在的'我'。他们使用的是原来的大脑，带着原来的记忆。我在马路上认识的那个你，意识很清醒，没有半分自我怀疑，还能够回忆自己小时候待在‘完人育儿园’和集体学校的经历。在那个时候，我是完全看不出来你经历过人格解体的，我会认定那个你就是你。”谢辉分析道。

“所以我才后怕。假如我一直没有醒过来，别人眼中看到的我还是活生生的，实际上我在某种意义上已经死去了。”

“他们都没有醒过来。一个醒过来的人的表现肯定是很不自然很不自在的，就像你一样。”

谢辉走近每个异类分子，微笑着搭讪，互相自我介绍，随意地交流着。

眼看到点了，他们正准备回屋接受各种“疗程”，这时候赵志传来了消息，要求所有人到板楼大门前集合。

住在东边 3 排快装房的女性异类分子也来到板楼大门前，人数不少。她们跟男性异类并无不同，也是怯生生的，苦闷的，淳朴的。

男女杂陈，荷尔蒙交汇，点头致意，招呼叙旧，人群里总算有了些生气。

谢辉现在对这些美女却无感。

她们都是不折不扣的基因优良素颜惊艳的玉人，而且各种肤色、脸型、体态、装扮都有，不是一个模子出来的整容大路货。若在几年前，谢辉要是看到这么“大面积”的美女群，绝对会呼吸急促两眼发绿。然而今时不同往日，谢辉已经见惯不怪了，还产生了某种虚幻感。

反而是一名姗姗来迟的女子引起了谢辉的注意。这女子顶着一头桀骜不驯的棕色头发,貌似是先天的“蓬发综合征”患者。黄皮肤，一身超 A 风服饰，人造蛇鳞材质的蓝黑半透风衣和西装的混合体。一张小脸，五官却不见得小巧玲珑，雀斑十分明显就好像溅了一脸泥点。这就是一个丑女，而且是浮夸型的。

谢辉望着丑女风风火火地走来，竟看得痴了。

那丑女远远地用右手尾指对着赵志等人指点了几下，露出轻蔑的微笑。

赵志下意识地摸了摸腰间的电击枪。

丑女很快就不理他们，把笑容一收，直奔谢辉。

“坏蛋，对我有企图？”

谢辉没想到丑女劈头盖脸就来这么一句,噎住了一小会儿,很快反应过来：“我不是坏蛋。”

“你是这里唯一的坏蛋，你看上我了！”

“……”谢辉没想到自己还有嘴拙的时候。

丑女此时却捧腹大笑，笑得几乎喘不过气来。

“哈哈哈……傻瓜！”

“我又成傻瓜了吗？”谢辉也跟着笑了。

丑女笑完，伸出手说道：“你好，我叫商妮，你呢？”

“谢辉。”谢辉跟丑女握手。

商妮突然把谢辉的手甩开："你就是谢辉？那个喷了王教授一脸的大坏蛋？"

谢辉叉着腰无奈地说："是的，反社会人格障碍，听说过吗？"

"哦？"商妮上下打量谢辉全身，从脚尖到发梢瞅了个遍，继而凑近他耳朵压低声音神秘兮兮地说，"你的病治不了，王教授会杀了你的。信我的，赶紧逃出去……"

谢辉撇撇嘴，露出不以为然的样子。

说曹操曹操就到。这时候王教授和Kathy走出板楼大门，众人都静下来。商妮缩到谢辉背后去了。

王教授的身上带着资深科学工作者那种对人类悲悯却又冷酷的态度。对着面前的众多异类分子，他既是敬畏的，又是藐视的。他不摆架子，更不屑于倚老卖老，他坚持平等对话，却又隐隐地显示出居高临下的气势。

"相信这里每个人都不情愿充当一名异类，都想恢复自由，回归正常生活。我们协会、集团和研究所，跟大家的愿望是一致的。我们会使用最先进的技术，提供最佳的方案，全力以赴治好大家的病。各位也要重拾信心，积极配合治疗，争取早日康复。"

商妮贴近谢辉的脖子后面悄声说："他在说谎。你看他的手臂的动作，僵硬得像机器人。"

王教授的双手一直拢在白袍之内，看不出来有明显的动作。

“你们有不少病友因为问题不大，做了基因修复，制订了远程监测和定期复诊计划，就都回家了。在场的原人和完人在病理诊断上尚未清晰，在治疗效果上也不尽如人意，这些困难是我们现在必须克服的。基因修正过了，靶向药也注射了，什么森田疗法、正念疗法都试过了，疗效虽有但是不明显，各位肯定也着急了。我们需要更强的治疗方案，更立竿见影的结果。”

“有吗？”有人开口问。

商妮又悄声对谢辉说：“戏要来了。”

“当然有。把大家召集出来说话就是为了说明这个。”王教授示意 Kathy 出来讲。

“情绪行为治疗。”Kathy 开门见山地介绍日后的治疗安排。总而言之，每周周一到周六轮番进行体力劳动治疗和 VR 情景激发治疗，周日综合评估治疗效果。

这两项都属于闻所未闻的治疗手段，众人议论纷纷，亟待 Kathy 的解释。

“明天就是周一，各位届时亲自体验便可，不必赘述。”王教授冷冷地宣布散会。

他转头轻轻对 Kathy 说：“注意记录。”

Kathy 点点头，这些异类在听到他们要接受新型治疗手法的消息后反应不一，这正好是对他们进行评估的重要参考。

王教授提醒她重点关注的是完人，而不是原人。在王教授的观念里，原人是怎么都行，甚至可以放弃。而完人的问题，必须完美解决。原人在这里仅仅作为“对照组”存在。

但是 Kathy 不由自主地把目光更多地放在谢辉身上。谢辉此时跟一个疑似精神分裂的疯婆子走得很近。

众人各自归巢。在分别前，商妮还絮絮叨叨地对谢辉一直说：“回家？别扯了。王教授口中的那些病友根本就没有放走，你知道吗？他们已经消失了！”

## ◆ 11 ◆

翌日，赵志等人驾驶大型低空穿梭机，满头大汗地运来了八台翻新过的机械，有序地平放到荒地上。异类们纷纷围观，却几乎没有人看得出来这是干什么用的。

商妮看到谢辉若有所思的模样，抓着他的手臂兴冲冲地问：“你知道，对吗？告诉我，告诉我……”

谢辉苦笑：“这都是 21 世纪的古老机器了，你们不知道是什么东西，很正常。”

“别废话，告诉我。”

“制砖机。”谢辉说。

商妮表情夸张地“啊”了一声：“传说中的体力劳动，就是搬砖呀！”

关于“搬砖”的惊天信息在两分钟之内传到了场内所有异类的耳中。所有人都震惊了，搬砖是机器人做的事，怎么能让他们这些高度文明的东联公民去搬砖？

同样的问题在两天前也曾经由 Kathy 向王教授提出过。

“Eusociality。”王教授的嘴中吐出一个专业名词。

Kathy 不解，这个东西和她的问题似乎风马牛不相及。

“对第四代异常完人培的调查报告也是你写的吧？”王教授又开始对 Kathy 进行启发式谈话。

“是的，培号称自己出现了人格解体，他在两年间丢失了自我意识。我的报告认为，这个说法既无法证实也无法证伪。培通过了测谎，我也相信他不会说假话。即便如此，也很难排除突发的精神障碍导致认知失调。”

“那么如果不是因为人格解体后的分离性漫游，培为什么会跑出去?”

“这个……也许可以采用 Diarra 的说法，人是混沌的。譬如说，一个外向的人，其实也有内向的一面，只是在大多数情况下，他的心理和行为更倾向于外向端。东联拥有几千万完人，成为游弋者是极少数，属于偶发的例外。”

“在你说这些话的时候，我能看出来连你自己都不认同 Diarra 的解释，你只是给自己好歹找个合理的解释。你逃避了问题。异类完人的数量是最近几个月才大幅增加的。据游弋者数据库的统计结果，其增加的速率每个月都在变大。从长期看，偶发的事件数量必定维持在一个平均值附近。所以，偶发性解释不了目前完人出现的问题。Diarra被调走了，原因就在于协会根本不认同他的这个解释。”

Kathy呆呆地想了半天：“您的意思是说，最好的解释就是完人的基因里存在未知编码导致人格解体，而人格解体导致分离性漫游。可是……可是这还是不能解答异类完人为什么会在短时间内大量增加的疑问。”

“不，人格解体不会必然导致分离性漫游。它只是分离性漫游的必要不充分条件。导致分离性漫游的主要原因，是来自‘真社会’的召唤。”

“Eusociality……”Kathy瞪大了眼睛。她这下真的被惊住了。

……

体力劳动这个玩意，对东联公民来说已经越来越陌生了。在几十年前，人类的基本生存还依赖于“劳动人民”不断创造物质财富。而随着廉价新能源的陆续开发，在工农业、服务业上大规模使用无人值守机械和机器人，最终的结果是，人们不再需要做最基础的体力劳动。如Kathy这样的天巢集团属下的职员自不待言，即便赵志、宋刚等保安，也是因为在没有使用高级智能机器人的情况下，被有针对性地安排了些需要一点“人性化”的工作。他们都是经过精细而严格的挑选才幸运地拥有工作。东联大部分人都是蹲在自家享用海量免费福利的宅男宅女，在王教授的眼里这些由发达社会豢养的废柴都是人类进化道路上的包袱罢了，他们被剥夺了劳动权，连生育权也被限制了。

商妮瑟瑟发抖，拽着谢辉的衣襟说：“坏蛋，我不想搬砖啊，怎么办？”

谢辉不禁莞尔：“想出去吗？听王教授的话，努力搬砖，你不搬，就通过不了评估，就永远没有自由。”

“有病才搬砖呢，我没病。”

“没病你怎么进来的？”

“在外面，我失手打了人。”商妮说这话时居然还有点不好意思。

“你怎么能打人啊？是正当防卫吗？”

“没有，我看那狗腿子不顺眼，忍不住就打了。”

“看来你才是反社会人格。我只是喷人，没有打人。你比我严重多了。”

“好嘛！坏蛋你还笑我！我不想搬砖啊！你替我搬！”商妮来了情绪，哇哇大哭起来，令人侧目。

赵志等人过来了，他们换了装备，戴着白手套，腰间系的是电击鞭，看上去有点像过去的奴隶庄园的监工，还挺威风的。

数十只工兵铲由自动装载机的机械臂噼里啪啦扔到了众人面前。

“今天不搬砖，今天挖坑！”赵志发号施令。

“都动起来，王教授说了，由我们对你们每天的表现进行评分，卖力肯干的，10 分。偷懒耍滑的，5 分。拒绝劳动的，0

分！”宋刚说话带着铿锵的语调，十分神气。

“评分不及格，就别想在周日评估过关，就别想出去了！一辈子待在这里搬砖吧！”张伟开始恐吓。

赵志等人用铲子在地面上画了几个大大的正方形：“看好了，就从这里面挖。”

谢辉抓起两把铲子，一把递给商妮，一把递给琣：“咱们好好干。”

商妮不情不愿地接过铲子，说：“王教授不安好心，信他才有鬼了。你以为你天天拿 10 分就能出去？走着瞧吧，这里所有人都出不去，一个都不能！”

她伸铲往地面一磕，却磕到了块石头。“哎哟！”她虎口生疼，惨叫一声，把铲子一扔，又哭了起来。

谢辉嘿嘿笑道：“你这样是铁定出不去了。过几天我出去了，会带好吃的回来探望你的。”

琣俯身拾起铲子交到商妮手中：“来，我教你挖坑。我在一份陈旧的音像资料上见过过去的人挖坑，我会。”

“也教教我们。”其他异类分子凑过来学习。

谢辉开始挖坑，一挖就感觉到自己的骨头咯咯地响，关节和肌肉疼得要命。挖了几下，稍微适应过来后，神奇的事情出现了，他居然觉得这么一铲一铲地掘土很带感，很来劲儿，很有意思，甚至有点上瘾，一挖就停不下来。

其他异类分子也同样地越挖越快活，乃至大汗淋漓。

真是活见鬼了！

商妮眼看其他人都顺从地干活，也只能有样学样跟着大家挖坑，一边挖一边哭哭啼啼地骂遍王教授等人，包括谢辉。

“倷个只杀千刀格！……”

## ◆ 12 ◆

“看明白了吧？”王教授让 Kathy 在平板上搜索浏览有关“超个体”的资料。

Kathy 看得出了神。

平板上播放着一个讲述蚂蚁巢穴的科普视频。

王教授见 Kathy 没有反应，又问：“嗯？怎么样了？”

“明白了……”Kathy 回过神来。

“简单说一下你的理解，让我听听。”王教授背过身去，缓缓踱步。

“一个蚁群维持着一组单一的基因库，蚂蚁有着极其严格的分工，蚁后负责产卵，雄蚁只管婚飞，大量的工蚁负责觅食和照顾蚁后和幼虫等其他工作。有人会误以为蚁后是蚁群的大脑中枢，负责发号施令，是统治者。实际上蚁后根本不会发号施令，它只是蚁群的生殖机器。每一只蚂蚁包括蚁后都仅仅是蚁群的一个基本单位，它们只有从整体上看才算是一个功能完整的个体。”Kathy 侃侃而谈。

“这就是真社会性超个体。”王教授微微颔首，对 Kathy 的叙述表示满意，他继续问道，“你说，蚁后不是发号施令者，那发号施令的究竟是谁？”

Kathy 稍作思考：“生物本能，说到底，就是基因。”

“对。”王教授补充，“不顾一切只为寻求永生的基因，它为蚂蚁个体赋予真社会性的本能。也就是说，真社会性属于基因级别的特性，是记录在遗传密码上的。而且，真社会性基因属于自然界的优势基因，真社会性动物占生物总量的一半以上。从已有的事实看，地球生命在几十亿年间演化出来的无数条分支里，最强大的两条分支其一是人类，其二就是真社会性动物。我们总说‘人类社会’，实际上人类只具备准社会性的特点，连半社会性都不算。在某些方面，准社会性的人类是远远不如真社会性的蚂蚁的。一只落单的工蚁甚至可以自发地转变为蚁后，它通过产卵生出雄蚁，然后和雄蚁交配，再生出无数工蚁，如此生生不息，逐渐形成一个完整的超个体。相比起来，假如将一名人类小孩遗弃到没有人的地方，最后的结果可想而知。”

Kathy 疑惑：“教授，这不就是说，人类只是准社会性动物，根本就没有真社会性基因，发展不出真社会性超个体吗？您之前讲到……”

王教授打断道：“不。人类社会和许多动物群落都没有发展出真社会性，并不意味着不可以发展出真社会性，只是人类进化过程中没有选择这条道路。实际上裸鼹鼠就是一个现成的例子，证明哺乳动物也可以发展出真社会性。真社会性的基因一直存留在我们身上，这段编码隐藏得很深，也许就藏在所谓的无义基因或者垃圾基因里面。”

“教授，我大概懂了。我来说吧，您听听对不对。可能是因为第八代基因编辑技术还不够完善，无意中把异类分子的这部分基因激发了。真社会性基因的复活有一定概率导致人格解体，使人变成真社会性动物。而真社会性的本能又驱使他们跑出来寻找同伴，为的就是联结成超个体，其表现形式就是分离性漫游……还有，两年前我们实施了对第一至三代完人的基因编辑程序，全面升级到第四代完人。而这套统一的程序很可能恰好激活了真社会性基因，所以第四代完人群体成为重灾区。问题之所以在两年间越发严重，也许是因为人类作为高级动物，其真社会性需要后天的交流传递来彻底唤醒，这正是‘社会性’的固有含义。而且这种传递性具有链式效应，一传十，十传百……”Kathy 直接道出王教授设法使她明白的事实，但是从她的语气里仍然流露出难以理解和不敢相信。

王教授重重地“嗯”了一声，然后过了好一会才开口道：“是这样的。”

“可是，教授，这个结论还是太武断了。我们没有什么确证，这一切都是依赖不充分推理甚至猜测而来的。”

“武断？”王教授转过身来，“你没有看到证据吗？”

王教授调出一些蚁巢中工蚁活动的视频和异类分子的监控录像进行对比：“你看，这些工蚁预备队焦急地等待着可以出去觅食的信号，它们有觅食的禀赋，在没有工作的时候就会坐立不安团团转。再看这个，异类分子在屋子里烦躁地走动，在自由活动的时候频繁地互相交流，这不就是工蚁的行为特征吗？他们在人格解体并丢掉了原来的自我意识之后，便成为类似工蚁、工蜂一样没有灵魂的‘工人’了。换句话说，‘工人’人格取代了原来的人格。这些‘工人’一有机会就互相联络，互通信息，就好像蚂蚁一碰到同类就使用触须来交流气味一样。在这个过程中，他们渐渐结合成尚不完整的原始的真社会性超个体。现在你看这个……”

王教授又调出荒地上异类分子正在奋力挖坑的实况监控：“事实证明，‘工人’是不能关起来的，关起来就会产生各种心理问题和人格障碍。只有劳动才能拯救他们。劳动就是控制病情的最好手段。”

Kathy 看着直播画面，拧紧眉头说道：“可是在这里，琣是已经恢复了自我意识的。谢辉这样的人，根本就不可能是人格解体，他的人格非常强大。还有一些病人，据我所知都不可能属于人格解体的范畴。他们怎么会是‘工人’呢？”

“这就是真社会性的威力。集体无意识的能量在准社会性的人类身上已经相当强大了，更何况真社会性？可能谢辉现在还不算是真正意义的‘工人’，但是他已经被‘工人’感染了。他会认为加入‘工人’的行列进行体力劳动属于自己的自由意志驱使，实际上他是被集体意志诱导出来的。你看这个商妮，以她的脾性，我都无法想象她会甘愿亲自动手去挖坑，可是现在怎么样？还不是挖起来了？”

Kathy 终于理解了王教授的思维，点了点头，她沉吟片刻，忽然面色煞白：“教授，我也是第四代完人。我……”

王教授看了看 Kathy，又踱起步来：“从已知情况看，人格解体不是必然会发生的，发生的概率也比较低。我们现在还有足够的时间去做事，两件事。”

Kathy 默默听着。

“第一，定位真社会性基因片段，制定基因修复方案；第二，找到确诊人格解体的手段，研究恢复人格的方法和途径，治疗人格已经解体的病人。”

这话说得蛮轻巧的，但是令 Kathy 纳罕的是，她从王教授的语气中听出一丝丝心虚。

再联想到明天对异类分子的疗程安排，Kathy 的忧思越发重了。

◆13◆

这个南方城市正值雨季，雨从昨夜开始下，一直下到今天午后。

我喜欢下雨。特别是在假日闲暇的时光，我“瘫”在自家旧居房间的木床上，听着窗外淅淅沥沥的雨点声，睡觉，看书，或者发呆。

而现在我只希望这雨赶紧停住。我途经这个城市，准备乘坐飞机出发到另一个。在此之前，我想抽空见一见待在这个城市的一位故人。我挽着个大袋子，里面是杂七杂八的衣物和文件，站在车站里眼巴巴地等着雨霁。时间在一分一秒过去，我真的急了。

日暮的时候，雨点小了。我快步走出去。外面车辆堵塞，而行人稀疏。空气里有臭氧的味道，清新可人。公路边满是大片大片的落叶，可见昨夜风雨如磐。雨水在路沿上汇聚流淌，带着落叶哗哗地灌入下水道里去。我的灰布鞋很快都湿了。我穿过马路，一直走向远处的几座高楼。我的头发沾满水珠，水珠反着灰白的光，让我显得有点苍老。我从路边商店的橱窗反射里看到自己的样子：一名匆匆的旅人，脚步生风，神色热切。

我进入一所高校的园区，走过几座大楼，看到大楼背后的八层高的宿舍楼了。我在楼下值班室向守门的阿姨打听，然后在表格上登记，押下我的证件，终于被放行。

我爬上 4 楼，沿着走廊前进，观察着房号，然后停在一间宿舍前。门开着，宿舍很小，一眼就能看到头。

“你怎么来了？”一个女孩正在使用毛巾擦着头发，见我站在门前，十分惊讶地询问。

我没有走进去，女孩便走出来，她身材不高，一直抬头看着我。

我们寒暄了几句。

“你怎么找到这儿的？”

“问着问着就找到了。”

我从袋子里抽出一枝玫瑰，递给女孩。今天是七月初七。

女孩接过。

“谢谢。”

又寒暄了几句。

“时间不早，我要走了。”我说。

“蓟城？”

“是的。”

蓟城离这座城市 3000 多公里。女孩目光渐渐黯淡。

我有点受不了，挥挥手：“走了。”

我决然地转身，往楼梯那边走。走到转角处，我心想，我转身回看的时候，如果女孩还在看着我，我就不走了。我将放弃我在蓟城的一切，就留在这里了。

脑海深处某个遥远的记忆悠然泛起，它偷偷地告诉我：记忆中女孩没有在看我。我还没有走出她的视野范围，然而她只是低头瞅着手中的玫瑰花，径自走回宿舍了。

还没有结果的事情怎么已经有了记忆？

我收摄心神，转身，看向走廊尽头。

女孩伫立门前，在望着我，满眼泪光闪烁。

我迎着她的目光，激动地向她走去。

“嘟——嘟——嘟——”

## ◆14◆

谢辉倏然惊醒。

他像甩臭虫一样慌忙地摘下头戴设备，从休息舱里站了起来，额上的热汗涔涔而下。

他用手擦汗，左右看看，四周全都是一个个等距安放的休息舱，舱内的异类分子此时大都醒了，要么跟谢辉一样耸然动容、汗如雨下，要么傻乎乎神不守舍，要么抓耳挠腮，有快要发疯的迹象，甚至还有激动得掩面哭泣，情难自禁的。

“这是什么鬼东西？怎么这么真实？”商妮在不远处的休息舱里大呼小叫。

确实，王教授给他们安排的这个所谓VR情景激发治疗，大家一开始还以为只是个普通的VR游戏罢了，也就比一些类似看到方块摁键盘，看到圆球松开手之类的心理测试高级一点。谁知道戴上设备后，整个人先是睡着了，然后恍恍惚惚间做起梦来，就好像进入另外一个世界，视觉、听觉、嗅觉、触觉甚至味觉，都如此真实可感，使人几乎忘掉自己处于虚拟现实中。要不是在当日的治疗时间结束时，在“虚空”中准时地发出急骤的“嘟嘟”警报声，大家都无法醒转过来。

“好了好了，今天的疗程到此为止，后天继续。”Kathy制止了一名还在摆弄头戴设备的异类分子。

另一名异类分子凑了过去："Kathy 姐，我想问一下，后天的 VR 情景激发，可以接着我今天的那个情景吗？时间不够，我那情景还没完事呢！"

Kathy 笑着说："本来就是这样的，下次治疗就是接着这次的情景往下继续的。"

那异类开心了："太好了，太好了！谢谢 Kathy 姐！"

才 19 岁就被人姐前姐后地称呼，Kathy 也不以为忤："散了，散了。都放下东西，回去吃晚饭吧。"

谢辉看见琣还在呆若木鸡地回味着什么，上前拍拍他肩膀喊道："走了！还愣着干什么？"

琣打了个激灵，深呼一口气，好不容易缓了过来。

"好可怕。谢辉，你看到什么了？"

谢辉身形一滞："没什么，一段陈芝麻烂谷子的往事。"

琣勉强笑了笑："我知道你不想说实话。我看到周围的人醒来的样子，就知道这个情景激发治疗都是有针对性的，它激发的情景可不简单……"

"那你看到什么了？"

"哈，这个真不好意思，实在不能说。"

"理解。"

"嗯，我去盥洗一下。"

琣刚离开，商妮就追上谢辉，抓住他的手把他拉到无人的角落。

“惊天大阴谋！”商妮用手掩着嘴唇,咋咋呼呼地对谢辉说。

虽然谢辉不明白为什么商妮总是找自己聊天，但是他也不觉得烦，反倒乐意让商妮拖着自己走。对着美女他可能还会闪闪缩缩，至于跟丑女打交道，就不需要顾忌什么了，更何况是商妮这种。

“嗯哼，阴谋洞察者，又有新发现了吗？”

“你还笑得出来，难道你不觉得王教授的VR 技术有古怪吗？”

“有什么古怪？”

“这种 VR 技术不是用来治病的，它是精神武器！就是用来对付我们这些异类分子的！你想想，如果我们都迷失在虚拟世界里，都不出来了，那么王教授的问题不就全解决了吗？他不就万事大吉了吗？”

“这一点我也想到了。只是王教授设置了‘防沉迷’，时间一到就有退出警报，把大家唤醒。从这种做法来看，他良心大大的好啊！而且，他也声明了，如果我们迷失进去了，再也不出来的话，他会提供营养舱，给我们维持一辈子的生命供给。虚拟世界也永不下线。我听说，那些植物人在不能宣布脑死亡的情况下，也是这么办的。”

“他的鬼话你也能信？一间维持几十上百年的营养舱，一个永不下线的虚拟世界，这成本多大呀！而且供养的还是我们这些异类分子、社会的渣滓、没用的废柴，他吃饱撑的？进了营养舱，其实就是入殓，等着被火化吧！”

“你怕死的话就别陷进去，听到警报就赶紧出来啊！这不就得了。”

“白痴，万一他不播警报呢？”

“他播了。”

“这次播了，下次呢？”

谢辉一呆，接不过话来。

“更何况，他不给你播，你出不来了，别人还以为是你自己不听警报，自愿的呢！”

“你想象力不错……”谢辉对这疯婆子有点刮目相看了。

“还有啊！”

“还有什么？”

“王教授拿出来的这种 VR 技术属于未来技术，大大超出了人类当前的科技水平。我怀疑……”商妮把自己的声音压到最低，“这是地外文明的科技！”

“你的脑洞委实太大了。”

“信不信由你！我跟你说啊，王教授和地外文明肯定早就有接触，他手里掌握着很多秘密科技。这不是白给的，对等条件是他必须充当地球的内奸！等着吧，总有一天全世界都要毁在这该死的内奸手里！”

谢辉笑着摇头：“既然是外星科技了，这么先进的话，你刚才说的所谓成本，也就不在话下了啊！”

商妮正想争辩，这时候琣回来了：“你们还在嘀咕什么，走吧！”

谢辉苦笑：“是该走了，不能听这疯女人的话。”

“你说什么？你给我回来！”商妮追打谢辉。两人嘻嘻哈哈跑出板楼大厅。

◆ 15 ◆

烈日当空。

众人把坑里的沙土铲到配料机里，配料经搅拌后通过传送皮带进入制砖机砌块成型，没过多久硕大的砖块就推送出来了。

“废品站的东西，居然还能用。”赵志高兴地说。

也就制作了十几块砖，谢辉等人全都汗流浃背，累成了狗。那些娇滴滴的美女们更不用说，有的甚至一屁股坐在土坑里起不来了。

“起来，开始搬砖！”张伟大喊。

“搬哪儿去啊？”大家苦着脸问道。

“那边，宋刚在等着呢！”张伟指指两百米开外的大块空地。

“这么远，怎么搬哇？”

“怎么搬？用手搬啊！”

“What the f ...”

部分强壮一点的男性异类自告奋勇，把砖块抱到另一片空地上，码起来。

搬了几十块，众人叫苦连天，纷纷宣称必须休息，不然中暑了。

“一天 8 小时的体力劳动，才干了 30 分钟就要休息了？”

“要不你来试试看？站着说话不腰疼。”

“教授说了，不干活就打。”宋刚抽出电击鞭恫吓。

“体罚？你哪来的权力？”

宋刚自然不敢真的打人，他装腔作势的模样大家看得明白。

众人陆续回到板楼大门前的阴凉处歇息，东歪西倒了一片。

谢辉掏出毛巾正想擦汗，看到商妮双手叉腰满头大汗，摇摇晃晃地走过来，便把毛巾递了过去。

“死坏蛋，还挺殷勤嘛。”商妮骂骂咧咧的，伸手夺过毛巾。

琣靠着墙角坐，一边休息一边观察周边的异类。

“这些人看起来很正常，根本就不是异类。”谢辉注意到琣的举动。

“不，王教授不会错的。”

“那我问你，你觉得自己有什么问题？你的基因是最优秀的那种，没有后天的突变，更没有非法编辑过。你也从人格解体症状中恢复了过来。之前跑到街上去当游弋者，是另一个你干的，现在的你是100% 正常的。为什么王教授还把你关在这儿，不放你走？”

“我理解教授的意图，他把我暂时放在这里就是为了跟异类做比较。”

“嘿嘿，原来你也是内奸。”商妮擦完汗，把毛巾扔回谢辉。

谢辉冷笑了两声：“哈！哈！事情没那么简单。”

“终于还是相信我了吧？我都说了，我们不可能出得去的。王教授把我们的通信芯片都拔了，跟外界的联系全部切断了。剩下的事情，就是把我们逼疯，整死，然后无声无息地毁尸灭迹……哎哟，你变态！”商妮看见谢辉闻了闻毛巾，显然闻到了点味道，却还是用来擦汗，甚至还把上衣脱了准备擦遍全身，她便骂了一句。

琣对商妮的话嗤之以鼻，只是尽量掩饰着。他扭过头，看向远处正在使用对讲机气急败坏地说话的赵志。

谢辉一边擦拭腋下一边说：“王教授最后要怎么处置我们，我不知道，但是我很清楚的是，他要研究我们。说到底，他是个科学家。人格解体的事，你是老实汇报了的。我猜他相信了你的话，或者说对你的话非常重视。让我们进行集体性的体力劳动就是明证。因为假如这里的大部分人的人格都已经解体，那么这些人就必然会呈现出一种共性。王教授是要在我们的集体活动中观察到这种共性，用来分析人格解体的机理。使用完美基因创造出来的完人竟然会人格解体，变成一个个异类分子，这是王教授无法忍受且必须解决的事。”

商妮问：“共性！共性！那你知道这共性究竟是什么吗？”

谢辉有点迷惘：“他们都是正常人，这就是共性……”

商妮扑哧一声：“你还是乖乖地当你的反社会变态分子吧，科学家是没戏了！”

“哔——”

一声尖利得令人牙酸的哨声响起。原来赵志不知道从哪弄来一个哨子，正吹得脸红脖子粗。效果还真不错，所有人的注意力都被吸引了过去。

赵志嘶声道：“教授说了，上午和下午各 4 小时劳动，每隔 1 小时休息 20 分钟，中午留 1 小时吃饭时间。所有人都要遵守规定！现在都给我站起来，干活！”

人群里又传出一片叫苦声。

有人高声抗议：“王教授的话是法令吗？是条例吗？凭什么必须遵守？”

“你可以不遵守，后果自己承担。”

“不就是评个低分吗？老子大不了不出去了，就一辈子赖在研究所吃喝拉撒！”

“是啊！是啊！”

众人开始起哄。谢辉饶有兴味地看着各人的模样。

在这种时候，赵志知道需要进行杀鸡儆猴的操作了，这也是王教授授意的。

他走到一名还惬意地坐在台阶上的小美女跟前：“起来！不起来我就打人了！”

小美女倔强地挺起胸脯：“有种你就打啊！我就不起来！”

旁边一名强壮的大汉扬起沙煲大的铁拳：“你敢打人，我就废了你！”

赵志紧握电击鞭，脸上的肌肉阵阵抽搐。

“他不敢打的。”商妮笑嘻嘻地对谢辉说。

谢辉神情凝重，摇了摇头。

琣的眼睛一眨不眨地瞪着赵志，十分紧张。

“起来！”赵志扬起电击鞭，“啪”的一下打到小美女手臂上。

貌似威力不足，小美女娇哼一声，还是不起来。

“起来！”赵志挥鞭又打。打第一鞭时赵志还非常勉强，不忍心。奇妙的是，第二鞭下去，赵志突然就释放了，甚至还有点快感。

“起来！起来！起来！……”

第三鞭，第四鞭，第五鞭……

赵志面目狰狞，越打越过瘾。

小美女惨叫连连，受不了了，站了起来：“别打了，好疼！”

按理说在场的异类分子理应群情激昂、义愤填膺、一拥而上，此时竟然全都惊呆在地了，只是傻眼静默着。

那名虎背熊腰的大汉也骇异得下巴都要掉下来了。

琣全身剧震，连商妮也瞪直了眼。

赵志居然真敢打人？

“看什么看！都给我干活去！”赵志歇斯底里地喊道。

呆住了好一会，众人终于稀稀拉拉地站起来，朝工地走去。

大汉扶起恸哭中的小美女：“走吧，还是干活去，他们真敢打人的！”

谢辉又摇了摇头，自言自语：“王教授啊王教授，你这招情景再现，好像没效果。”

◆ 16 ◆

每个人的内心深处都是一潭黑暗之渊，它是连本人都不敢轻易涉足和探究的恐怖之地。

Kathy 花了整整一天来分析周二当天异类分子的情景激发治疗记录。因为治疗所用的VR 技术属于绝密，所以Kathy 不能找帮手，只能一个人完成。

太可怕了！即便是基因优异、性格良好、人生经历非常简单的完人，其内心隐藏着的秘密想法都是阴暗的，自私的，卑鄙的，险恶的，残酷的。对人类黑暗人性的探索在精神分析学之后，曾有少量的实验性研究，然而因为争议太大，实验发起者被千夫所指，因而屡屡中止，大量课题最后都不了了之。如今Kathy 一下子接触到这么多案例材料，实在吃不消。她越看越害怕，越看越受不了，一整天都处于目眩神迷、不能自已的状态。

“教授，这些材料真的可信吗？它们都只是在异类分子的脑子里产生的，并未在现实中发生。假如用这些材料来对他们进行心理评估，会不会有过分诛心的嫌疑？”

“可信。实际上这不是普通意义上的虚拟现实，这是梦境加强。”

Kathy 倦怠于开口发问，只是用探询的目光看向王教授。

王教授继续说：“人一般都会在异相睡眠期做梦，在这段时间里，人体会出现心率加快、血压升高、眼球不停地左右摆动等现象，而且脑电波振幅变低，频率变快，和清醒时的脑电波图相差无几。甚至可以说，人在这时候只是‘假睡’。只不过因为缺乏表层意识的参与，感觉器官处于封闭状态，信息输入付之阙如，所以大脑自造的梦境会变得十分荒诞，而且细节模糊。我们的虚拟现实设备介入人的梦境，对梦中世界的细节进行大幅度强化，对做梦者的所见所闻进行高度模拟，使得梦境无限趋近于真实……”

Kathy 忍不住质疑：“这不太可能吧，真实世界的细节信息是海量的，一朵花就有数以亿计的细胞，细胞里包含无数有机分子，分子内有原子，原子内还有原子核和电子云……计算机的算力再高，也根本模拟不出来。我的意思是说，梦境的信息还不够现实的万亿分之一，您说无限趋近于现实，可能夸张了点。”

王教授对 Kathy 的质疑隐约有点不满：“Kathy 啊，我们所能看到的现实和意志之外的那个现实完全是两码事。我们的感觉器官的能力非常有限。眼睛只能看到波长在 380 纳米到 780 纳米之间的电磁波，看不到紫外线和红外线；我们的听觉和嗅觉都远不如狗。真实世界映照到我们的大脑里的信息确实连现实的万亿分之一都没有，但是这已经足够让我们相信自己看到的是现实了。而我们的技术能力已经足够模拟这个现实了。躺在营养舱里的人在某种意义上根本就不是在做梦，而是在过着‘真实’的生活。这就是‘缸中之脑’的应有之义。你想想是不是这样？”

Kathy 好像听明白了，点点头。

“在这种‘真实’情景下，我们适当激活做梦者的表层意识，让他们运用自由意志去行事。因为情景是‘真’的，所以他们的行动也是‘真’的，对他们的行为评估，那就是可靠的。”

Kathy 倒吸一口凉气：“也就是说，他们在梦中犯罪了，就相当于在真实世界中犯罪了，只是犯罪后果是模拟出来的，没有真实发生……而且，既然是他们自行构造的梦境，那就是他们给自己创造了犯罪的环境和条件，由自己来实现整个行为过程，并给出所想要的犯罪结果……”

王教授满意地说：“你明白就好。给异类的情景激发治疗评分，这工作就交给你了。”

“我已经初步给分了。大部分人都在 6 分以下……”

“那个谢辉呢，你打了多少分？”

“没发现问题，暂时评定为 10 分。”

王教授轻轻地“嗯”了一声，不说话了。

平素表现良好的完人评分大都不及格，一个反社会人格障碍者反倒没看出问题，评了个 10 分。这也是相当讽刺了。

Kathy 推测其原因在于，那些附着在人格解体的异类身上的“工人”人格是“赤裸裸”的近乎无意识行为者的人格，因而人性中的黑暗面会暴露得更加彻底。谢辉不然，他对自身的认知和评价是十分坚定的，有着明显的“自我服务偏见”。因此在梦境中他是不会轻易自甘堕落的。看来要把他送进营养舱还有不少难度呢。

王教授查看一下实时监控，此时异类们正在热火朝天地挖坑、搬砖、码垛。

“上午发生的那场闹剧，看来是过去了。”Kathy 说。

王教授面色阴冷：“闲人才会闹事。只有饥饿、劳累、困倦才会让他们安分下来。”

“据说赵志打人了……”

“这是必须的震慑，也是测试。现在的人一出生就是优护优养，因为基因好，也没有受过病痛之苦。一个人不能感受疼痛创伤，就不知道趋利避害，不懂得节制服从。是时候让他们受点苦了！而且，这些人没有像培一样挺身而出反抗赵志，更没有人格觉醒，他们仍然是不折不扣的‘工人’！”

王教授的语气里竟然饱含哀其不幸、怒其不争的情绪。

从另一个实时监控镜头里可以看到还有一部分异类在宋刚的指导下正在空地上铺砖，一个约略80米见方的台基逐渐铺就。

“这是什么？”Kathy指着监视屏上的台基问。

“真社会性动物都是建筑师。”

“这是让他们筑巢？”

“有一篇文献记录，讲述了一群工蚁因为塌方掉进了一个矿坑里，它们脱离了蚁后，没有需要照顾的幼虫，也找不到食物，你知道后来它们干了什么吗？它们自发组织起来，所有蚂蚁都不停地参与筑巢，直到最后全部饿死……”

Kathy又倒吸了一口凉气。

王教授用食指指节敲打屏幕：“这些‘工人’在没有蜂王、没有蚁后的情况下，其生存状态很容易出现紊乱甚至错乱。让赵志打人是临时措施，只能抑制一时，他们长久下去还是会不安分的。所以必须给他们赋予一根精神支柱，一个重大行为目标。”

“盖一个大房子？”

“不，是金字塔。”

## ◆ 17 ◆

“有什么意义呢？”

我将所有值钱的东西挂到网上的跳蚤市场售卖，在跟买家讨价还价的时候，你的声音在脑海中回响。

“有什么意义呢？”

我把自己的，从亲戚好友处筹措的，从各种金融平台贷来的钱汇聚到一个账户上集腋成裘的时候，你的声音又响起。

“有什么意义呢？”

我向生命延续基金会递交申请，以伪造的监护人身份在协议书上签字的时候，你的声音已经若有若无了，变成了我质问自己的声音。

我不管有没有意义。只要我认为应该这么做，我就做了，没有必要追问意义。

没有了你，我就一无所有，更遑论意义了。

我明白了你为什么不想接受我，那天你本来就想着用最冷淡的态度来拒绝我，你连目送我离去的勇气都几乎没有。因为你早就知道自己的事了。你觉得你应该一个人悄然离开这个世界，你不希望任何人因你而伤心。因为你真的爱我，所以更不愿意看到我伤心。你想独自忍受痛苦和绝望、无奈和恐惧。你觉得你足够强大，可以忍受。甚至在这种伤感的悲壮的情感中你还会有点小满足。但是我不认为你可以。你不可以的。你怎么能这么做呢？

现在你又跟我说什么“意义”。这世界上所有的一切对于一个死了的人来说有什么意义呢？假如世界上没有了你，我的余生又有什么意义呢？深谷中独自凋零的花，一万米下的漆黑海底的细菌，消失在尘埃中的寒武纪三叶虫……或许对我们来说，还有因为“想到了它”而产生的意义。但是对于它们自己来说，意义根本不存在。所以别没头没脑地问“有什么意义”，只要我认为对我有意义，那就有了意义。

你在短暂的几秒钟里回光返照，突然睁开眼睛，却只注视着虚空。你惊恐地问我：“我是不是要死了？”当初你还淡漠地对我说你看得很开，你已经接受了一切，你没有什么遗憾。你这么年轻，你还要认识很多美好的人，你还要去很多美丽的地方，你怎么会没有遗憾？你说会有来生，我却不相信来生。那只是你用来慰藉自己和我的借口。世界上没有任何人能够摆脱那种知道自己即将要死的本能恐惧，即便你深信有来生，即便你认为自己得到解脱，即便你有任何勇敢的理由，你还是慌乱失神地问我：“我是不是要死了？”

你不会的。

基金会的人已经在外面准备就绪了。他们带来了先进的人体冷冻设备。他们会先把你体内的所有水分替换成另一种液体，这个过程十分漫长，不过你不会不耐烦的。你最后将会冷藏在 -196℃的液氮中，静静地等待，等待着在未来的某一天复活。

也许是100年后，也许是几百数千年。我知道让你复活的技术还非常遥远，还有可能最后被科学家判定为不可实现。即使人类日后拥有了这项技术，也会因为时间太过久远，你“过期”了，没有办法唤醒了。没关系，我还找到一个地下机构，让他们储存了你的DNA，希望未来能够克隆出一个一模一样的你来。

我做的一切，都只是为了一个微茫的希望。我不想饱尝永失吾爱的痛苦，这会让我失去生存下去的意志。有人说时间可以抚平一切，他在大地震时失去了恋人，最终还是在8年后与别人走到了一起。是的，对于芸芸众生来说，生死是要慢慢看淡的，生活还是要继续的，所有磨难和困苦最终都是要成为过眼云烟的。也许我过些年月也会平静下来，也会接受现实吧？也许还会有一个女孩出现在我的生命中，甚至比你更可爱，更迷人呢。也许我真会在没有你的世界里快乐幸福地过下去，以此来满足你最后的期望，你生前的心愿。也许我会记下一些文字，录下一些音频，拍一些影像，希望能够寄存到你醒来的那一天。我要让你知道，我为你好好地活下去了。

我是这么想着的，也采取行动了，我试图强迫自己回归正常人的生活。

但是一个月后，我发现自己完全做不到。

人就是这么奇怪的动物。假如你没有被冷冻起来，而是化成一盒骨灰，我无可挽回地永远地失去了你的事实会让我死心，让我放下包袱重新上路。可是正因为我心中存有微茫的希望，总是在憧憬着你的重生，反倒使我再也无法放下了。

生活再也不能继续了。我的未来终结了。

我想到一个办法，并且下定了决心。

再也没有比这个更好的办法了。

◆18◆

周五的体力劳动强度又直线增加，异类们累得连勾搭唠嗑的力气都没了，吃完饭直接滚回宿舍趴到床上呼呼大睡。周六的 VR 体验又是如此舒畅，如此过瘾，在退出梦境的警报声中，很多人都生出抗拒心理。幸亏明天就是周日，是评估日，异类们对通过评估获得自由还存有期待，所以终于还是挣扎出来了。

商妮从休息舱里满头大汗地逃出来，对谢辉说："等过了明天，很多人就再也抵受不住了。"

谢辉笑问："你是不是觉得你不可能通过评估了？"

"不只是我，也包括你，所有人都通过不了！"

"嘿嘿，你肯定在虚拟现实里干坏事了！"

"对，我在皇宫大殿上把你打了，你哭着喊我妈。"

"哦，是吗？"谢辉不以为意，他看向另一边的培。

培早就从初期的震惊骇然中回过神来了，现在表现得十分淡定平静。

"你呢，你有把握？"

琣点头：“我非常克制，什么事都没做，我把梦境当作现实来对待。Kathy 姐没有理由给我打低分。”

商妮向琣哂笑：“痴心妄想，傻得可爱。王教授绝对不会放你出去的，不信？明天见分晓吧。”

走出板楼大门，商妮指指远处第一层还没铺完的台基说：“我们要是都出去了，你说谁来盖金字塔？赵志？”她大笑三声，摇摇晃晃地走向东边的女性异类宿舍。

第二天一大早，异类分子就会聚在大厅和活动室里，急不可耐地等着通知结果。大部分人还是相当有信心的。至于你问他们信心从哪儿来，他们却又说不清道不明。

商妮面目可憎，抓到人就描述她那一套阴谋论，把大家搞得惴惴不安。

随着轻缓悦耳的音乐声响起，大厅内墙上的巨幅信息屏打印出异类分子这周的“成绩单”。人群里顿时发出阵阵惊呼和怒吼，就好像炸了锅一般。

总分 60 分，大部分人都在 36 分以下，显然没能过关。商妮和谢辉就包含在这不及格的大多数里。36 分或以上的人尚有 20 多个，琣的分数为 58，高居第一。

商妮是人群里格外兴奋的一个：“都看到了吧！想出去？没戏！”

对自己拿了个低分，谢辉颇感意外，他惊讶，疑惑，很快又变得异常愤怒。只是他强自抑制着，还摆出一副绅士的姿态给拿第一的琣致以祝贺。

“恭喜！这是你应得的自由。记得出去后，上社区曝光这里的事。我们接受的不是强制治疗，是监禁，是劳改。”

“好的，一定的。”琣十分的振奋。

商妮蹦蹦跳跳地走来，敲了敲琣的脑壳：“小傻瓜，别高兴得太早哦！”

她又抓起谢辉的手臂，依偎在他身上：“我们都出不去啦，这叫什么？同命鸳鸯！”

谢辉把她甩开，用力颇猛。

商妮瞪着他：“生气？”

谢辉咬着牙说：“我现在要去跟王教授讨教一下。”

商妮又笑：“有意义吗？接受现实吧！”

“我需要一个说法。”

“扑哧！”商妮还没来得及对谢辉加以嘲笑，后者已经迈步向里。她想拉住他，却看到他脖子上暴现的条条青筋，她赶紧放弃了。

◆19◆

Kathy 基因出众，因此精力十分旺盛。然而昨天为了统计、核定评分，一直工作到深夜，也累得筋疲力尽。据吴站长说，他又逮捕了一批异类分子，不日就会送过来，人数上百。

Kathy 只希望经过第一周的评估，能够把相当一部分比较正常的人送出去，减轻她的负担。带着这种心理，Kathy 给一些表现尚可的人都打了高分。当然那些在梦境里杀人放火胡作非为的，她还是坚决地打不及格，免得王教授过问，自找麻烦。

最后分数全统计出来了，Kathy 长吁一口气，乐观估计着会有 20 多人将会得到释放。

分数统计表递交到王教授手里，王教授再加以复核，他微调了很多人的分数。当 Kathy 看到最后用于公布的结果时，她颇感讶异，在办公舱里跟王教授争论了半天。

“教授，我不能理解您的用意，为什么要把许多人的评分都调低？您既然把评分的职责交给我，如今又推翻我的结果，是不是我做错了？”

王教授有点烦躁。Kathy 虽然前途无可限量，但是现在还是太年轻了点，有些事情点不透。王教授作为一个先天基因普通的原人，生过罕见病，即便治好了，又把身上的各种毛病都修正了，而且平时十分注意养生，这时候他的身体还算健康无碍，但也已经迈入113 岁高龄了，体内各种器官整体性衰老的迹象已经不可逆转。他不知道自己还有多长寿命，也许十年八年，也许只有几个月，也许明天突然就中风倒地。他承担着一个神圣而巨大的使命，还有很多重要的任务计划要完成，可是他没有时间了。Kathy 必须在他倒下之前把这些都接下来，问题是就目前她的情况来看，她能真心接受吗？即使接下来，她能扛得住吗？

“Kathy，我们面临的是一次严重的完人危机，如果不能有效解决，结果不仅仅是我们的研究所倒闭，还有整个‘女娲计划’的失败！你绝对不能掉以轻心啊！我弄这个评分系统是干什么用的？是要真实反映他们的强制治疗效果，评估他们的病情，以分数形式反馈到他们的认知上，促使他们配合治疗的，不是为了给他们的释放大开方便之门的！”

“这个我懂。”

“可是你没有遵从100%的理性原则，你感情用事了！”

Kathy“啊”了一声，呆住了一会，呐呐道：“我……我没有！”

王教授翻出评分表：“没有吗？你看，这个032号病人在周四的评分，你给了10分，难道你没有注意到他在穿梭站冲人喊过一声‘滚开’吗？”

“他当时急着去见生病的父母，穿梭机又快要出站了……”

“看看你，你是不是动情了？你为他找理由，找借口了。问题是，这个情景是他自己设计的，他构造了一个妨碍他前行的小孩，然后为自己添加了把小孩吼开的行为。你想想，他为什么非要这么做？他其实完全可以把小孩设定在另一边，或者根本就不设置这样的障碍。他这么做是故意的。他要发泄自己的情绪！”

Kathy不太服气，但她也不敢继续就这个案例跟王教授辩论。她指向琣的表格：“那这个呢？琣在6天里的言行举止都是完美无缺的，您怎么还是给他降低了2分？”

“赵志打人的时候，他什么都没做，只是看着。对于其他人来说，这没有什么问题，对于他来说则不然。此前他宣称自己恢复了人格，标志性的事件就是他跑出来对抗执法。因为这是瞬间的反应和冲动行为，可以判定为天性。可是为什么赵志打人的时候，他退缩了？他的天性难道泯灭了吗？”王教授说得振振有词。

Kathy 两腮泛红，显然还是不服，却又自感争辩不过，她低头触摸平板翻查着，突然眼前一亮：“教授，您说得对，有些细节我确实没有发现到和分析到。但是这个，谢辉 60 分被您调到 23 分，说不通啊！”

王教授冷冷道：“你给他打 60 分，是要把他放出去吗？”

Kathy 正要解释，办公舱的门突然嘭嘭作响，有人在敲门。

Kathy 轻击控制器，解开了办公舱的隔音层，问道：“谁？”

“我！”

Kathy 吓了一跳，对王教授说：“是谢辉。”

王教授的脸上掠过一丝厌恶：“无法无天了。”

“我叫保安。”

“没事，正好说到他了，让他进来。”

谢辉从未和王教授有过面对面的交流，实际上异类分子也从来没有跟王教授单独对话过。这是破天荒的一次。

谢辉进来后看着王教授，也是面露厌恶之色。

这两人还没说什么就进入水火不容、格格不入的状态，互相怀着浓浓的敌意。

“你到这儿来，就是想问为什么自己拿了低分，对吗？”王教授不等谢辉发难，直接道出他的来意。

“是的，为什么？”

“3 天的情景激发治疗，你都看了什么，又做了什么？”

谢辉一下子听出了王教授的话外之音：“你都知道？”

王教授不置可否，Kathy 眼神游离。

谢辉来气了：“你们这是窥私！”

“进来接受强制治疗，你们的自由都已经被剥夺了，何况隐私？你们要治的是心病，不了解你们的内心，怎么对症下药？梦境是你的潜意识为你建立的，是你内心最隐蔽的欲望的反映。在梦境里，处于重重阴影下的你的本我才浮出水面。尘封在你记忆深处的东西被你唤醒，你会回到过去，重现那些对你来说刻骨铭心的往事。这个VR 系统赋予你构建梦境的自由意志，所以你会有意无意地对过去进行篡改，挽回当初的遗憾，圆你的旧梦，做你本来要做的事，得到你心目中最理想的结果。这才是最真实的你，对这个你进行评价，才是最客观可靠的评价。”王教授一边用看穿一切的眼神瞅着谢辉一边冷冰冰地叙说。

“你这种把戏，我早就看透了。你要考验的是本来就不堪一击的人性！每个人都有黑暗的一面，你把这一面翻出来，为监禁虐待我们找到冠冕堂皇的理由。可是王教授，有个道理你不明白。黑暗是在光明背后的，光明是用来驱逐黑暗的。什么是光明？你听说过浩然之气吗？你知道什么叫理性的光辉吗？你理解人类伟大的情感吗？你懂得什么是‘爱’吗？你知道人之所以为人是因为什么吗？脑瘫的人就不是人了？有心理疾病的人就不是人了？有基因瑕疵的人就不是人了？就都是异类？”

“我当然知道。”

“你知道个屁！”

“你没有资格跟我说这些响亮的话。”王教授好像动怒了。

“哈哈哈，王教授，以你这种阴暗肮脏的人格，要是把你也扔进你的梦境里，恐怕你的所作所为连外面的‘异类’都不如！我没有资格？你跟我比，你更没有资格说话。我自问在梦境里一件坏事都没干过！”

Kathy 听着谢辉的话，竟然颇有认同感，但是她非常清楚王教授必然有他的理由和依据，否则不可能给谢辉评了个低分。她神色关切地注视王教授，期待着他的回应。

“Kathy，你简单说说，他在梦境里都干了什么！”

Kathy 怔了一怔，嗓子发涩地说：“谢辉……在情景激发治疗中回到了 120 年前的少年时代。他跟一个叫郑妤的女孩坠入爱河，可是那女孩罹患绝症，病情很快就恶化……谢辉在她逝世后给她安排了人体冷冻，希望有朝一日科技发达了，未来的科学家能够复活女孩并且同时把她的病治好……”

谢辉咬牙听着，王教授则故作姿态地叹了口气：“咳，生亦何欢，死亦何苦。可是你想多了，120 年前的人体冷冻技术就是个笑话。然后呢？Kathy，继续说。”

Kathy 瞟了谢辉一眼：“谢辉在一个月后，把自己也冷冻了，活体冷冻……”

王教授坐到椅子上，面带嘲弄之意：“谢辉啊，你这是搞的哪一出？”

谢辉冷冷一笑：“那又如何？我自己把自己冷冻了，妨害到谁了？”

Kathy 害怕他们又吵起来，连忙补充说明：“梦境里的谢辉对那女孩用情极深，对女孩的去世无法接受，同时又期望着女孩有复活的一天。他把自己冷冻起来，就是想在女孩复活的时候解冻，就能够重新见到女孩。”

谢辉又冷笑：“我是这么想的，也这么干了，有问题吗？”

“哈。”王教授干笑了一声，“没错，我们也了解过你属于冷冻人复活，一个黑户。但是我们不了解你的过去，我们只能看到你的梦境，而不能探知你对过去的真实记忆。你因为一段感情而把自己给冷冻了，假如说这是真实发生过的往事，确确实实没有问题，一点问题都没有。”

“你就是想说，我这个是梦，才有了问题？”

“问题太大了。”

“哈，问题有多大？你给我说说看，我在听呢！”

“本来，你可以按照你内心深处的欲望来重塑过去，你可以把噩梦转化为美梦。其他异类都是这么干的，但是你没有。绝症可以在你的梦里治愈，但是你还是让女孩死了。在你的潜意识里，你根本不想女孩活着，你发自内心地希望女孩如你所愿地因为绝症死去。只有她死了，你才能把女孩冷冻了。然后你就可以沉浸在你为自己营造的惊天地泣鬼神的忠贞不渝的‘爱情’里，获得某种近乎恋尸癖的异常的快感。不仅如此，你最后竟然还把自己毁灭了，用自我牺牲的极端行为进一步加重这种意淫式的情感。也就是说，你既毁灭你最爱的人，又自我毁灭，才能满足你最深层的最真实的欲望！”

说着说着，王教授站了起来，两眼射出凶厉的光芒直视谢辉：“现在你知道你为什么低分了吗？”

## ◆20◆

大厅上的异类分子被要求逐一进行例行体检、心理测试和基因复核。

分数较高的几个异类包括琣都不耐烦了：“怎么还检查呢？什么时候安排我们‘出狱’？”

随之而来就是一个不啻晴天霹雳的消息，赵志说：“你们在想什么呢？60分满分才能出去！”

几乎所有人都惊呆了，琣尤其失望。

只有商妮满面红光，神气活现：“被我说中了！全都说中了！你们一个都出不去！你们永远都出不去了！”

群情汹涌，有几个拿了高分的人亢奋地商讨着去找王教授要说法。

此时，谢辉气冲冲地排众而出，异类们围拢上去叽叽喳喳地问询。

“怎么样？”商妮笑吟吟地上前问。

“我把王教授的桌子掀了。”

“他说什么了？”

“和你说的一样：我就是个变态。”谢辉突然有种滑稽感，笑出了声。

培就像傻子一般喃喃自语：“我懂了，我懂了……”

商妮好奇：“你懂什么？”

“我们就不该想着要出去，一旦想了，就是游弋者了，病也就没治好。”

商妮哈哈大笑：“不想出去，那你就待在这儿等死吗？”

谢辉插嘴道：“你不也说了，我们永远都出不去了吗？”

“世事无绝对。”商妮显出胸有成竹的样子，谢辉疑惑。商妮挪到谢辉一侧，凑到他耳边悄悄说：“我们找个机会逃出去吧……”

谢辉有点心动。商妮看出他心动了，在他肩头抚摸了几下，拍了拍，笑着去体检了。

有异类分子来找谢辉交谈，谢辉劝诫他们不要找王教授了，没有任何意义。他跟大家讲解了王教授评定分数时所使用的脑回路，最后总结为：无论是迎合还是抗拒，不管是正向思维还是反向的，都没用。王教授有一百种理由给你定个低分。

异类分子问怎么办，谢辉想了想，说：“王教授不可能一直关押着我们，劳改个十年八年的。这么下去，协会和天巢集团总部只会认为他无能，治不好我们的病，必然要换掉他。所以现在对我们来说最重要的不是争取高分，而是坚持！千万不要屈服于那个虚拟的极乐世界，要活到现实中来，要对自己有信心，对未来有信心。”

谢辉得到相当多异类的认可，仅有少数人还在吵嚷着要闹事。

谢辉摇头说：“闹事？换到一百年前，也许闹事有点用。到了今天，闹事就是找死罢了。我们已经被定性为异类了，从某种程度上来说，异类就不再是人了，跟家禽牲畜没有区别。屠宰场去过吗？见识过猪是怎么在优美的《安魂曲》旋律中被成批地宰杀的吗？如果你不再是人，你的痛楚，你的恐惧，你的生命就一点都不重要。”

“他没有一丁点的自省。”在谢辉“摇唇鼓舌”的同时，办公舱里王教授指着监视屏上的谢辉说。

Kathy 变得沉静：“我倒是醒悟过来了。体力劳动和 VR，是要给他们施加压力。评分，只是给他们加强刺激。目的就是揭示他们的内在问题，激发他们自我觉醒。教授，我之前没有理解到您的思路，对不起。”

王教授点点头：“你明白就好。看来效果十分理想，这还是第一周。再过几周，我估计必将有重大收获。”

Kathy 有些担心：“再过几周，我怕这里会人满为患。据吴站长说，游弋者越来越多了。不仅是蓟城，就好像病毒扩散一样，蓟城周边城市的游弋者也大量增加。”

王教授眉头紧皱，恨恨道：“吴烽就不该放走那 46.4%！这些人放回去，会感染更多的人。这是一场‘游弋者瘟疫’。明天要进多少人？”

“97 人。”Kathy 一边回答，一边习惯性地再次进入信息中心进行核实。

“嗯。”王教授踱起步来。

“不……”Kathy 突然惊骇地仰起头，“教授，数字更新了。不是 97 人，是 348 人！”

王教授取过数字平板浏览，沉默了半晌才道：“情况比我想象的更严重。”

“据吴站长的说法，他为了避免事后遭到投诉，在逮捕游弋者时当场就进行 81 项生理和心理检查。由于采取了更严格的标准，所以正式逮捕的人数增多，游弋者的反应非常激烈，社区上谣言四起。今天在室外又出现大量游弋者，吴站长都抓不过来了。”

“我们太大意了。”王教授把平板扔下，烦躁地说。

Kathy 额上也渗出冷汗：“这些游弋者，该不会都是人格解体患者吧？”

“多半是的。”王教授分析道，“多年来游弋者的增量极少而且平稳。在三个月前，游弋者数据库里在案的都是原人，没有一个完人。从记录看，游弋者数量剧增的时间起点正好是三个月前出现完人游弋者之时。当时Diarra主持研究所的工作，对此没有予以足够的重视。当游弋者数据库发出警报信号的时候，安全部和协会才用最快的程序制定条例，采取紧急措施加以控制……”

Kathy立刻想到一个问题：“第一个完人游弋者是谁？”

“琣。我怀疑他就是瘟疫的源头。”

“是他……可是他又是唯一一个声称从人格解体中恢复了自我的人。是他告诉我们人格解体的情报信息。如果没有他，我们都联想不到超个体和真社会性的概念。”

“琣不会撒谎的，我坚信这一点。”王教授一生都在研究“人”，他对自己的关于“人”的判断有着强烈的自信。

他又补充道：“琣是多米诺骨牌的第一张牌，碰翻了他这张牌，连锁反应就发生了。至于他本人人格觉醒与否，对后续的事情不会有影响。”

“连锁反应……”

“是的，瘟疫的扩散速度极快，开始的时候也许还是零星传递，现在恐怕已经进入指数式暴涨了。吴烽是不会明白的，我们必须采取最严厉的措施了。”

Kathy 以手加额："那是要把街上的游弋者都控制起来吗？"

"不。务必把数据库记录里的所有游弋者都抓起来，不管他现在是在街上，还是在家里，一个不漏！"

Kathy 瞪大了眼睛："这可是几万人！我们这个地方容纳不下这么多人……"

"我将会建议安全部和协会修订最新的收容所条例。粗略估计，蓟城要建上百个收容所。如果事态进一步恶化，就启用戒严条例，甚至封城！"

王教授看到 Kathy 闻言后惊诧莫名的样子，问："你觉得我反应过度了吗？你觉得事情没那么严重吗？"

Kathy 点点头："是的，确实有点不敢相信。"

王教授叹气："连你都不敢相信，更何况安全部和协会的人。难道我又要再一次孤身奋战了么？"

## ◆21◆

周一，原有的异类分子还没从周日的打击中恢复过来，当他们正在艰难地进行自小从来不做仅在历史资料里见识过的古老而又荒唐的体力劳动时，赵志带着 348 名新鲜的"务工"人员加入他们的行列。顿时制砖机周边和金字塔台基上乌泱乌泱地聚满了人，其景象令人咋舌，恍惚间就好像回到了奴隶社会。

原有的一批人此时不由生出一种优越感：你们这帮雏儿等着吧，到周日就轮到你们哭爹喊娘了。

Kathy 在监控里密切关注琣的动态。对游弋者的研究的关键点就在琣身上了。他作为第一个完人游弋者、初代传染源，且又是唯一一个从人格解体中恢复的典型个体，其研究价值不言而喻。Kathy 考察过他的基因。他的基因如此完美，没有一丁点无义基因，根本找不到有缺陷的地方。将他的垃圾基因与其他正常完人、异类完人的对应序列进行比对，Kathy 也察觉不到有何特别的不同。当然，就“工人”的真社会性基因究竟在哪里这个问题，Kathy 还没有找到答案。因此琣的真社会性基因现在是否已经被抑制（甲基化），还是说琣的真社会性基因一直激活着，据此判断琣恢复人格完全是后天所致，就全都不得而知。Kathy 运用自己拥有超高智商的脑瓜不懈地冥思苦想，突然意识到当前的关键问题不在基因密码上，而在“信息素”中。真社会性动物通过信息素进行交流，信息素相当于超个体上的神经脉冲。琣究竟是通过什么样的信息素进行“游弋者病毒”的非接触性传递的？对此问题一旦有了答案，研究所就有办法截断信息素的传递路径或者直接消灭信息素的产生源头，从而完全控制游弋者数量的增长。在不再有新的游弋者出现的情况下，研究所才有充分的时间去研究解决已有的游弋者、异类、“工人”等疑难问题，不管它叫什么。

想到这里，Kathy 兴奋起来，开始对琣在虚拟社区上的行为记录着手调查。琣除了物联网大数据研究员的本职工作外，在社区上居然还拥有着高能天体物理学家的身份，在专业期刊上撰写过不少论文。他经常性地跟各种理论物理专家或爱好者聚集在虚拟的“面条”研究所里交流演讲，而且还颇有点人气。21 世纪下半叶以来，由于地下黑科技创新频发，民间科学家声威越发壮大，如今已经进入鼎盛时期。琣作为第四代完人中的佼佼者，先天条件优越，加上多年的自学成果，跻身其中自然如鱼得水。Kathy 利用自己的S* 级权限，把琣收藏在云端的许多私人文件都调了出来，却发现其中有大量的文件经过 2048 位RSA 加密，根本看不了。

Kathy 转头看了一眼监控中的琣，他把最后一块砖垒在已达一人高的金字塔台基上，大汗淋漓地走回休息区，坐到地板上喘气。Kathy 皱了皱眉头，因为现在的琣在她眼中完完全全就是个体力劳动者的模样，和社区上的身份大相径庭。“对了，他在人格解体进入游弋状态后还有研究成果吗？”Kathy 的脑海中闪过一丝灵光，她迅速操作平板翻阅琣所留文件的创建时间。几乎所有文件都是四个月前创建的，只有一个文本文件不是。Kathy 的心怦怦直跳，她意识到自己发掘到“好东西”了。只是这个文件仍然是加密过的。Kathy 尝试进行暴力破解，剩余时间却显示还有 4 亿多小时，也就是要 5 万多年才能完成破解。

“我的神女呀！”Kathy 气恼得差点把平板砸到地上去。

王教授正在做着每周一次的全身排毒护理，时间漫长。Kathy 想起了 Diarra，Diarra 是分子遗传学和计算机密码学双修的大拿，他说不定能帮忙。

Diarra 没了往昔的容光焕发，说话的方式很奇怪，是逐字逐字地说的，凝滞生涩：“可以，提交到天网，申请量子霸权。

我帮你。”

Kathy 十分欣喜，对 Diarra 千恩万谢，Diarra 的反应却特别冷淡。

Kathy 便得到了破解出来的文件。Kathy 再次对 Diarra 表示感谢，Diarra 在切断视频连接前突然开口：“Kathy，我想告诉你，一件事。你需要，知悉的。”

“什么事？”

Diarra欲说还休，脸上显出挣扎，好久后却说：“不，不行。”

连线切断了。Kathy 莫名其妙，Diarra 这是怎么回事？她无暇细想，忙不迭地打开破解文件：

“自由意志、忒修斯之船和神罚，我们之所以恐惧。

无限的终结，怀疑者，太初黑洞及七维展开——与姜博士商榷。

大脑欺骗性地维持一个理性的自我幻觉，它让你以为自己处于清醒，甚至拥有自由的意志。你的非理性的无意识行为在你产生怀疑之前就被它诠释为符合逻辑的，有依据的，可理解的。你认为你在对自己的身体发号施令，或你在做出某些选择，实际上早在“你决定行动”之前它已经完成了信号传递，你的身体早已行动完毕，在此之后你才下完决定，但是它会让你认为身体的行动就是你指挥的。

记忆是可以修改的，自我在随时毁灭，然后重生。你以为你还是自己，其实可能早不是了。你以为你不再是自己，可能只是因为记忆丢失或修改，导致那个过去的自己根本就是你的错觉。

……

自由意志要么不存在，要么是虚幻的。因为它是被创造的，被支配的，被欺骗的。创造者、支配者和骗子才是自由的。能创造一个乃至无限个自己的人才是自由的。能给自己创造一个乃至无限个世界的人才是自由的。也许，能在无限个欺骗自己的方式中选择一个来欺骗自己的人，才是自由的。

人生而不自由，创造者、支配者和骗子给人以磨难，也给机会。

……

姜博士，建议你也做一次第八代编辑，然后按照我的方法来试验。你会发现你终于部分地成为自己的主宰。当然，以上都是题外话，还是聊回我们上次的争议核心：黑洞里究竟有没有眼睛。

……”

Kathy 正看得手心冒汗，突然赵志慌里慌张地冲了进来。

“干什么？” Kathy 深感不快地问，语气粗鲁。

“有情况了！”

“说。”

“那个琣，他……他没有退出来！他接受了永久托管！”

## ◆22◆

谢辉和其他异类们眼睁睁地看着工作人员小心翼翼地将琣装入营养舱中，运了出去。没有人大声说话，一个个都是神情庄重，甚至有点兔死狐悲。这是一次非常好的示范，让异类们真切地了解到自己可能的一种归宿，也许还是最好的那种。

这气氛有如出殡。然而琣不是死了，他还活在自己的美梦中。谢辉却已经把这个过程作为跟朋友的诀别。“为什么？”谢辉想问问他怎么能这么简单而决绝地选择屈服。相对来说他是这里所有人当中最正常的，最有可能放出去的。“为什么”三个字萦绕在谢辉的脑子里挥之不去，但是琣再也不会给自己答案了。

商妮紧紧抓着谢辉的手臂，平时聒噪不停的嘴巴此时竟收住了。在商妮的眼中，琣是第一个吃螃蟹的人，第一个自我解放的。而剩下的他们，明天还要继续艰苦的体力劳动。而体力劳动有一种奇特的麻醉功能，当你把所有的力气都用在它上面时，你的脑子根本想不了别的事情，而是仅有一个念头，就是祈祷时间赶紧过去，容自己休息一下。你的动作是机械的，你的知觉是麻木的，你好像行尸走肉。

动物。是的，当他们在接受体力劳动重荷之时，就跟动物无异了。而他们在工地上汇聚着，递送着，蹒跚着，冷眼旁观者如赵志等人的感受也确实如同好奇的孩童蹲在地上俯视一群蚂蚁一般。4000 多年前开罗郊外的人们把上百万块巨石推向塔顶的情景也不外如是吧？他们卑微而伟大。

想被快乐麻醉，还是被劳苦麻醉？是做一个控梦者，还是当一只“动物”？琣选择了前者。商妮不做思考就认定自己无法接受后者。但是她不愿意步琣的后尘。她要逃出去！

次日，在休息间隙中谢辉发现商妮有点神不守舍。

“你的计划是什么？”谢辉知道商妮在想着“越狱”，便小声问了一句。

“这里的人越来越多，人多了就会不可避免地出现动乱，甚至暴乱。我们就等这么一个机会，当所有人的注意力都被暴乱引开的时候，我们就……嘻嘻！”商妮指了指东南面，“我踩过点了，那边有个狗洞，可以钻出去。”

谢辉大失所望：“不会有暴乱的，你看大家多乖。而且，就算有这个心思，也没这个力气，你看看他们都累成什么了！”

谢辉指向房屋外墙底下的阴凉处，异类们东歪西倒，身上的汗水擦干了片刻间又渗出来一片。9 月初还是太热了。

“没有的话，你就制造一个。”

“我疯了才会去制造暴乱。”

“那你想不想出去？”

商妮的这个想法让谢辉感到好气又好笑。

“第一，我有何德何能去挑唆这群死硬的异类？第二，即使暴乱发生了，我成了众矢之的，怎么偷偷溜走？第三，走出围墙之后我们怎么摆脱人造卫星和无人机跟踪？靠两条腿吗？”

商妮蹦了起来：“你问我？办法我有了，你自己不去想细节，反倒来问我？我还以为你多有能耐，还指靠着你呢！谁曾想：本待将心托明月，奈何明月照沟渠。有谁能知道我心里苦哇！”她抡起粉拳就照谢辉身上乱锤，一边锤一边哭喊。

“好了好了，那就让我想想。”谢辉抵挡着商妮的进攻，无意间握住了她的手。两人突然都停了下来。谢辉定睛看着商妮，心头冒起一种奇怪而熟悉的感觉。

商妮把手挣开，骂了一句：“你个变态色狼！这光天化日地，想什么呢？”便转过身去。

商妮身上有着与众不同的特征，例如她的皮肤，她的头发，她的五官，乃至穿着、体态、声线、性格，都有一种原始感。对于这些，谢辉早已注意到了，但是一直没有细想，或者说不太在意。他于是埋怨自己。之前，他虽然认为琣是自己的朋友，但是并没有真正地关心他，理解他。琣走了，不打招呼地，不动声色地，完全出乎他的预料之外。可见，他并没有与琣真正地交心，那么所谓的朋友，也就名不副实了。想到这些，谢辉懊恼不已。而此刻，谢辉才意识到自己对商妮其实也一样的缺乏了解。

“嘿，妮子，你也是原人吧？”谢辉往商妮身边凑过去，讪讪地询问。

“嗯哼。”

“是原人的话就有父母，你父母呢？”

“我不知道。”商妮的声音里又透露出惨惨戚戚。

“难道，你是孤儿？”

“我连孤儿都不算，我呀，确切点，就是一野种。”

“那没什么，我也是黑户嘛！”

“我来自地下工程。地下工程知道吗？就是一些民间科学家为了对抗天巢的垄断，私自搞的各种基因工程项目。他们的胆子非常大，什么大逆不道的实验都敢做，例如非法编辑的杂交人。”

“杂交人？”谢辉毛骨悚然地往商妮身上瞅。

“别看了，我没有尾巴。”商妮嗤笑着，又说，“把人和动物的基因杂交在一起，也就是他们口中的‘兽人’，一般都活不了几天，即使存活也是要人道毁灭的。我呢，是用旧人类基因杂交的试验品。自小他们就叫我商妮，他们说，我是有名有姓的，是真正的人，是100%的人！”

“这我可放心了。”谢辉说。

商妮习惯性地伸手抓谢辉的臂膀，谢辉又握住商妮的手，商妮这次却没有挣开。

“你相信我？”

“当然。”

“不行不行，你说3个字：‘我信你’。”

“我信你。”

商妮把头埋进谢辉的臂弯里：“你是个坏蛋。”

谢辉感慨：“我们都是这个世界的孤儿。”说话间，他看到赵志等人戴着遮阳帽蹒跚着走来。异类们也开始站起来准备下一轮苦力工作。

“我还不算孤儿。孤儿都不知道自己父母是谁。我对我的妈妈，却知道一点点。”

“哦？”

“储存在一个很老的人类基因库里的一个女人的基因，她有唯一编号。”

“起来了！起来了！继续干活！”赵志挥舞手中的电击鞭，高声吆喝着。

“HGP0722016102200l3ZHYU，我记性很差，但是我妈的这串编号，我是忘不掉的。它刻在我脑子里呢。走了，继续干活！”

商妮向工地走远。谢辉却仍然站在原地，一动不动。

赵志赫然发现谢辉——一个严重的反社会人格障碍患者——呆瓜一般伫立着流泪。

## ◆23◆

“这个姜博士是谁？”王教授看了Kathy的“重大发现”后问的第一个问题，让Kathy多少有点猝不及防。

拥有博士学历的姓姜的可不少，但是再缩小范围到研究天体物理的，就剩下 5 人了。Kathy 迅速地翻出 5 人的资料。王教授瞅了一眼，摇头：“不认识。”

“他们也没有出入‘面条’研究所的记录。”Kathy 补充。

在虚拟社区上不允许匿名也不能使用化名，所以这 5 个人应该不是培口中的姜博士。问题在于，在培的称呼里完全可以使用昵称、绰号，所以姜博士是不是真的姓姜就是未知之数。毕竟喜欢吃姜丝儿的博士也可以被好朋友喊作姜博士……

“务必查清楚他。”王教授做了指示。这意味着Kathy 要整理进出“面条”研究所的所有人员的全部资料、通讯记录和私人文件，然后找到和培的交集。工作量浩大，够Kathy 喝好几壶的了。这个调研工作是当务之急吗？Kathy 有点怀疑。而且，Kathy 想到了另一个办法。

“教授，我们不一定就只能走外围调查的路线，我们可以直接‘问’培呀！”

“嗯？”

“我们可以介入到培的梦境里，然后……”

王教授声色俱厉地打断道：“Kathy，千万不要进入别人的梦，这是铁的禁律。在那里，他是自己世界的上帝，你只是一只任人摆弄的小白鼠。你要在那里问他？你发问的时候使用的语词都是他帮你设计好的，连发问的行为本身都是由他来控制的。总而言之，你会直接迷失掉的。切记！”

Kathy 委屈地“哦”了一声。

王教授意识到自己的心情发生了不应有的波动，他于是闭眼坐下，调息冥想，平复自己的情绪。他知道在关键时刻保持理性是极其重要的。良久，他张开眼说道：“从琣的叙述里，我可以看出他对自身的历时同一感在那时候已经处于渐渐消失的过程中，他甚至认为自己是虚幻的，或者变动不居不可捉摸的。总之，他的自我感在丧失，同时他还为自己身上出现的这种状况找到一些理由来说服自己。尽管他已经完全迷失在自我是虚幻还是真实的心理困境中，他还是因过去的‘习惯’而费尽心思地找人研讨天文学问题。这也许只能用‘具身自我’来解释了。”看到Kathy 费解的神色，王教授解释道，“这是一种内嵌在身体内的前认知和前反思的自我，譬如说在计算机键盘上盲打或者在钢琴上演奏的自我状态，它们都是与环境有着强交互的。我们都有具身自我，你有，我也有。在我们意识清楚、认知无碍的时候，具身自我很不显眼。但是像琣这样的，在‘人格自我’出现问题的时候，具身自我就跑出来支配一切了，包括讨论天文学问题这一习惯性的行为，它也接管了。”

Kathy 蹙眉思索，试图理解王教授的意思。

王教授顿了顿，又说：“虽然具身自我有一定的社会、文化属性，但是在大部分情况下，它实际上只不过是行尸走肉，与动物无异。实际上，黑猩猩在某种程度上，也可以说具有具身自我，因此黑猩猩属于比较高级的动物。问题不在这里，问题在于第八代基因编辑技术激活了人体的真社会性，真社会性传染到具身自我后，被具身自我支配的人走出了门，成为游弋者……”

Kathy 听着听着，心头冒出一种异样的感觉。她觉得王教授非常刻意地把一切都绕回去了。本来琣的叙述是新鲜而奇特的，但是王教授对此的解释又纳入他自己原来的那一套里面。他是如此自信，乃至无视了相关性不等于因果性的原则，在事实根据不足的情况下非常武断地下结论。Kathy 本来非常信赖王教授的，然而此时却第一次对他的话产生了严重的怀疑。她更倾向于琣的描述—— 后者似乎非常欣喜于所谓的人格解体，认为这反倒让自己获得了某种自由，并且怂恿“姜博士”也来尝试一下。而且他貌似有什么独特的办法，可以自主地获得这种自由。但是王教授根本不采信这些，他仍然坚定地认为这一切都是坏事，是病，是障碍。

Kathy 怀疑的神色让王教授有所警觉。他突然转过头问：“Kathy，你认为，人最可宝贵的东西是什么？”

Kathy 迟疑地回答：“自由？生命？财富？权力？……好像没有统一答案，不同的人有不同的想法。”

“别人的想法是别人的。那你认为呢？”

“我……我觉得是自由吧？自由最宝贵了。”

“没有生命，哪来的自由？人要是死了，自由对他来说有什么意义？”

“那就是生命最宝贵，毕竟我们的生命都只有一次……”

“现代的医疗水平已经让人类的平均寿命提升到100岁了。绝症都被突破了，生理上的健康已经不成问题，特别是对于你们第四代完人来说，先天的身体条件非常优越，就更不是问题了。也许终有一天，更先进的科技甚至能够做到让一个人永生不死。

在这种前提下，生命还会是人最可宝贵的东西吗？”

“那还有什么比生命比自由更宝贵呢？”Kathy 想不到，于是把问题的皮球踢回王教授那儿。

“是自我。”王教授语重心长地接着说，“一个人的生命可以很长，但如果这个人丢掉了自我，那么他的生命跟‘他’又有什么关系呢？换句话说，如果‘你’根本不存在，这芸芸众生的悲欢离合，与你何干？别人的生命是别人的，如果你的生命不再是你的，变成了一个异己——另一个‘你’的，这个时候再去谈生命的重要性也就毫无意义。所以，一旦‘你’诞生了，出现了，‘你’最重要最宝贵的东西，就是‘你’本身，其他所有的一切都在其次。”

“教授，您这么说，我是懂了。但是您为什么要问这么一个问题，我却还是不懂。”

“大自然以恶劣的环境和可怕的疾病来限制我们人类，它的所有手段都出于同一个目的：压制我们的生命，逼迫我们繁殖。在自然环境下，发生和维持一次有用的基因突变要几代人甚至几十代人。我们破解了遗传密码，推行‘女娲计划’，实现了人类基因的自主编辑，这 20 年间人类取得的生物性进化，在纯自然演化的条件下恐怕十万年都做不到。从第一代完人到第四代完人，我们已经大幅突破了大自然在生理上对我们的限制。但是我们忽视了一点，原有人类不仅只有生理上的缺陷，还有心理上的。大自然不仅可以压制我们的宝贵的生命，还可以侵害我们更加宝贵的自我！”

Kathy 恍然：“教授，我明白了！那个琣，他作为第四代完人，理所当然地认为自己是完美的，有着极其强烈的自信，所以他不认为自己的人格解离现象是一桩坏事，反倒是一次很有意思的体验。他根本就不知道……”

王教授接过话头：“他根本就不知道第四代完人远远还不算完美，还有相当多的缺陷要弥补。这就是我当前的工作，用第九代基因编辑技术构造一种可以抑制精神疾病和认知障碍的拥有更强大的自我的准超人——第五代完人！”

◆24◆

郑妤完全恢复了健康，她一身小清新潮服，肤色光洁，神情轻松，全身上下散发出年轻女孩特有的活力。她步履轻盈地走近谢辉。

“你还好吗？”谢辉轻声问。

“我当然好。你心想我好，我就必须好了。这是你的世界呀！”

“对不起，我没做到，我没有。在我醒过来之后，我去找你了，可是早在50年前，那帮混蛋已经把你的身体……”

“没关系的，最重要的是你还能活着。死人解冻了还是死人，怎么可能复活？也只有你这样活体冷冻的，才被人们认为还保留着生命权，不至于被焚化，才能在40年后终于有机会解冻复活。你还能活着，这是最让我欣慰的事。但是无论如何，你这么做真是太傻了！你为我付出得太多太多，我却没有帮过你什么，没有为你做过什么。我不愿意接受这种不对等的爱，我不愿意！你再这样，我会很不高兴的。答应我，从今往后放下过去的一切，好好活着，好吗？”

“难啊！这是没有你的世界，我好孤独……”谢辉哽咽着，抑制不住痛苦的情绪。

“不，你已经不再是孤独一人了。你遇到我女儿了。”

谢辉呆了呆：“你女儿……”

“是啊，想不到我死去一百多年了还能当一个妈妈。”郑妤在笑，笑容里透露出骄傲自豪。

健康的郑妤言笑晏晏的样子仿佛春风中鲜花绽放，让谢辉备受感染，郁积在心头的阴霾也一扫而空。

谢辉提议：“要不，我带她过来见你？她见到你一定会很高兴。”

“不，不。不合适。”郑妤巧笑着摆手。

“怎么会不合适？母女相认啊！”

郑妤用指头点了点谢辉的鼻子：“你已经喜欢上她了。你让她来见我，你想气她，还是要气我？”

“她跟你完全不一样。她没有一处是像你的，我怎么会喜欢上她？她既然是你的女儿，也就是我的了。我会好好照顾她的。”

郑妤突然收起笑容：“在这里，我不是真的，我实际上只是你心灵的一部分，你还需要骗我吗？你不觉得你这么做很分裂吗？喜欢就是喜欢。你为什么就不能大大方方地承认呢？你可以在外面戴上个面具，扮演个什么角色，假装着冷淡，言不由衷地否认一切，免得自己再受伤害。这可以理解。但是在这里你还需要这么做吗？这里是你的地盘，你还要克制着自己，还要违心地说话，何况是在我的面前！没有必要呀！大声地承认吧，你就把她当成是我，帮助她，呵护她，宠爱她。只有这样你才可以从过去解脱，才可以彻底地把我放下。只有这样对你才是最好的，也是我最希望看到的。之前你不敢把我重构出来，是因为你没有勇气，你怕见到我之后就会一直留恋这个世界，你有可能放弃退出，你对自己的意志力没有太大的信心。现在你终于还是见我了，其实你心里明白，你已经找到活下去的理由，在外面的世界你已经有了寄托，你可以离开我了。你早该这么做了，不过现在还不算晚。听从你的内心吧，追逐你所爱的，做你所想做的，不要再挂念着我了，好吗？”

谢辉定定地看着郑妤，眼泪盈眶：“好，好……”

此时突然在虚空中震荡着一种刺耳的声音，由远而近，从微弱到高亢，最后直接就在耳边令人讨厌地回响。

“嘟——嘟——嘟——”

“回去吧！”郑妤一步步往后退。谢辉追上去，想抓住她的手。

一阵风吹来，郑妤的身体开始粉碎为尘粒，谢辉好不容易抓到郑妤的手，但是毫无实质，就好像触碰一道彩虹。

“做你们要做的事，一定要成功哦！”郑妤最后说。

◆25◆

九月过后，“游民潮”终于爆发了。

东联的4000多个城市每天都有成百上千的游弋者涌上大街。开始的时候还是松散的个体，没过多长时间他们就自发组织起来，一起声讨联合政府安全部及其代理人——人类改良协会和天巢集团，谴责那些针对游弋者的无故逮捕、变相体罚和精神摧残等完全悖离22世纪人权精神的罪恶行径。他们甚至还在城市警察和保安的围追堵截下打起了游击战，在各种高智商的第四代完人带领之下渐渐地变得神出鬼没。在这些狂热的游弋者之中已经开始发展出少量激进分子，他们躲在城郊的各种无人值守农场和工厂里过夜，用原始的弹弓类、枪械类武器击落无人机，在城市的废墟中放火狂欢。他们还用无线广播传播他们的认知，悍然袭击收容所，男女之间非法地实施交媾行为，甚至跑到远离城市的森林公园里跟各种野生动物厮混在一起。

面对这场浩大的“游弋者灾难”，本应最心急如焚、痛不欲生的人——王教授却保持着一贯的平静。他早就向协会发出过警告，并且建议实施一级戒严和全面封城。协会的人对他的建言非常重视，但是在为了统一意见而必须进行的民主讨论中耗费了太多时间。事态发展的速度出奇的快，让他们一时反应不过来，到醒悟的时候已经悔之晚矣。王教授最讨厌这种低效的决策模式，可惜他只是一名退休科学家，对政府和机构的重大决策虽有些影响力，但又没有实际权力。他拥有极大的权威，所给出的建议在过去无不被采纳实行，这次却败在可笑的“时间不够”的情由里。但是事已至此，他知道没有任何必要把心理能量浪费在愤懑和不安中。他对Kathy 说：“局面假如完全失控，那么我们就不得不做出彻底放弃异类分子的决定，不仅仅是治疗，连托管都是多余的了。在我的课题完成后，新的技术出来了，他们就不再重要了。”

“不治疗，不托管，那意味着我们采取什么样的方式来对待异类？”这是 Kathy 的疑问，可是她不敢发问，因为她想到了一个词，让她不寒而栗 —— 人道毁灭。

王教授知道Kathy 会想歪，自行给出解释：“你看，在我们这个收容所里的异类分子，周二、周四、周六都可以享用VR梦境，其目的一方面是观察他们的心理病症，寻找治疗方案，一方面也是为了促进他们接受永久托管的最佳福利。但是假如我们把这项福利制度撤销掉，改成从周一到周六甚至一周7 天都要进行体力劳动呢？”

Kathy 懂了，这其实就是无限期监禁和无休止的劳动改造，如牲畜和奴隶般的“待遇”，恐怕比人道毁灭还惨。

“真的要这样吗？”

“现在还不到那一步。”

Kathy 松了一口气，又问：“教授，您那第五代完人的研究课题，我可以参与协助吗？”

“当然，这正是我想跟你说的。”

王教授发给Kathy 一大堆关联资料和他本人做过的先导性试验的细节记录。掌握第八代基因编辑技术的人在东联屈指可数，其奠基者是几位殿堂级的生命科学家，只有两位尚健在，但是他们都已经衰老不堪，什么都做不了了。在发展这项技术的过程中，王教授做出过莫大的贡献，就目前而言，他是最有经验的那个人，也是最有可能继续突破这项老技术，往下一代技术发起冲锋的领路人。如果第九代基因编辑技术没能在王教授手中实现，Kathy 会怀疑再过30 年都不一定有人可以攻克这个课题。能够参与到这项可能是本世纪最重要的科技革命事业当中，Kathy 心情十分激动。然而浏览了一下资料后，Kathy 又有点沮丧—— 太复杂，太繁难，太艰深了……

需要一段长而完整的时间来集中精神仔细学习这些资料。Kathy把资料暂时放下，又提醒王教授道：“教授，那个谢辉……”

“他的事我全知道，不外乎情情爱爱，鸡毛蒜皮罢了。我们要对付的是恶性肿瘤，他只不过是疥癣之疾。他的问题很好解决，要是他情愿，我会一直保留一个永久托管的舱位给他的。”

谢辉的事情，王教授不可能全都知道。这是Kathy 能够确定的。虽然有很多杂七杂八的事务纷扰，但是Kathy 还一直关注这个执拗而强硬的人。这是个被禁足的游弋者，但非要说他是一具行尸走肉，这是Kathy 怎么都不能认可的。了解这个人越多，Kathy 越是为他那丰富多彩的情感世界着迷。从某些片言只语中Kathy 发现谢辉和商妮在谋划着什么，于是她多次走进谢辉的房间，假托问候实际上是调查。有一次她正在和谢辉交谈的时候，商妮兴冲冲地跑过来，手里拎着一块四四方方的丑陋的塑料盒，也没注意Kathy在场就大喊大叫：“找到了，找到了！谢辉，你看看这是什么！”

Kathy也着实好奇这是什么。谢辉却责备道：“这就是一块破铜烂铁，没用的垃圾 ，扔了。”一边说着一边使劲向商妮打眼色。

商妮会意，“哦”了一声回身就走。

聪慧如Kathy怎么能就这么被忽悠过去呢？她抓住商妮，一把夺过那块“垃圾”，兴致盎然地打量。

谢辉明白糊弄不了Kathy，便诚实地说：“不用看了，这是半导体收音机。用来接收无线电广播的古董。”

Kathy撞破了人家一个巨大的秘密，竟生起了孩子般的兴奋和喜悦：“好呀，你们原来在跟外面联系！要是我去告诉教授，你们可完蛋了！”

“请不要这样。”谢辉给Kathy大吐苦水，滔滔不绝地讲这么多天来的心路历程，承认自己的莽撞同时又暗批王教授的狠恶。

Kathy对谢辉有着异样的感觉，稍稍被说服了，她于是说，暂时给他们保守秘密，但是警告他们千万不要轻举妄动，只要犯一点事惹了她，她就去告密。谢辉自然是诺诺连声，商妮甚至还指天起誓。

此刻听着王教授对谢辉轻蔑的判词，Kathy不知道自己是出于恶作剧心理还是多一事不如少一事的想法，终于忍住了把收音机一事告诉王教授的冲动。

保守秘密毕竟是一件危险而又好玩的事情。

“你在发什么呆？”王教授突然问。

Kathy连忙掩饰：“对不起教授，我走神了，在想着‘姜博士’的事，我一直查不出来这人是谁。”

“再查。我觉得，这个人有可能是所有坏事情的幕后元凶，是罪魁祸首！”

◆26◆

谢辉到这里已经满两个月了。两个月来没有异类能够在周评中取得满分，通过考验而离开，一个都没有。他反而耳闻目睹了许多名异类分子受不了体力劳动的折磨和无希望的所谓考评而选择永久托管，用另一种形式离开了大家。琣是先声夺人的第一个，其影响也十分深远。连成绩优秀的琣也这么爽快地做决定，其他人又何苦浪费大量的时间来挣扎抗拒？越早做决定越好，痛痛快快地提前止损，从此脱离苦海，尽情享受优游岁月，何乐而不为？

每个人的意志力都有极限。可以想象，这种考验制度持续实施下去，这里的数百名异类分子恐怕都会选择“最好的归宿”，或迟或早，无一幸免。几乎每一个周二、周四、周六都陆续有人选择离开，本来这种状况会不断恶化到最后一溃千里，幸好以谢辉为首的死硬分子把外界的消息散播到人群中，使得大家怀有新的希望：在有人在外接应的情况下，他们是有机会逃离这里的。自由在招手，希望在人间！商妮物色了多名“靠谱”的异类，跟他们频繁接触，加以鼓动挑唆，他们又分头发展下线，不断壮大队伍，于是渐渐形成一股反动的暗流。他们每天秘密地研究商议，以各种头脑风暴形式来策划上百条脱逃方案，再细细筛选其中合理可行的部分，拟定周详的计划，寻隙发动。

到秋天了，天气微凉。熬过了酷热的夏季，艰难的日子终于过去了。一个“劳改日”的上午，异类们如常地开始工作。对赵志来说，这预计又是再寻常不过的一天。

“成败利钝，死生祸福，就在今日见分晓咯！”商妮一边把重重的砖头递给谢辉，一边亢奋地说。

谢辉冲商妮一笑，笑容中满含宠溺。

商妮期待着时间之轮转动到10点，这是她主张的吹响进攻号角的最佳时间。因为时间往后拖的话，“劳动人民”的体力就会被消耗得七七八八。而时间过早，监工们的警惕性还没有下降。

在他们当中有一名异类身上的植入芯片带有定时器，按计划是要求他掐准10点，给大家发出“动手”的信号。不想这人紧张过度，一时之间记不清心中默念的计数数值了。

没有什么计划能够完美执行，意外总是会发生。商妮心想：

“不一定非要准点，时间差不多就行了。”她观察四周，看到张伟百无聊赖地站在一旁打瞌睡。机器的轰鸣都要震坏耳朵了，这货还能瞌睡起来，而且是站着瞌睡。商妮不禁莞尔，她挪动脚步靠近张伟，大喊一声：“工头！”

张伟身子一震清醒过来：“什么事？”

“现在几点了？该休息了吧？”

“不到10点啊，刚刚才休息完，下次休息时间是10点40分，早着呢！”

“不到10点？那是9点多少了呢？”

张伟只想着赶紧把商妮打发走，别让她纠缠自己：“9点56分了！”

又过了一会，商妮再次靠近张伟。

“工头！”

“你！你又来？干活去！”

“几点了？”

张伟打瞌睡的时候，也会想着瞌睡一会儿漫长的时间就能过去，此时下意识地瞅了瞅时间：“9点59分！这才过去多久，你又来问。”

“秒呢？ 9点59分多少秒？”

张伟不耐烦：“去去去！”

“你不说，我就当作是9点59分55秒咯！”

张伟听不懂商妮的意思："啊？"

"5，4，3，2，1，0！"

商妮突然放开喉咙大喊着报数，周围的异类们都停下来看她。

随着商妮报到最后一个数字，谢辉带着三名虎背熊腰的异类发足朝金字塔台基冲过去。那台基现在已经垒到10米高了，谢辉四人手脚麻利地攀爬，很快就爬到了顶。有的异类分子怀里抱着大砖头爬在半道上，看到谢辉四人不带砖头就直接爬上去，都惊呆了。

"把砖头先扔了，上来！"谢辉指挥道。

并不是所有异类都知道计划，但是在事发突然的情状下，这些异类可不傻，立刻就意识到他们要搞事了，于是都莫名地兴奋起来。他们听从谢辉的话，把砖头往下一扔，使劲爬上去。

"你们干什么？下来！"赵志在下面大叫。

谢辉扬手示意。异类分子纷纷放下工作，围拢到台基附近。

商妮带着几人却偷偷地溜到栅栏那边。"声东击西"，这是自古以来运用最多又最有效的迷惑敌人的手法，其成功之处就在于算准了人的注意力的局限性。

谢辉在台基上宣告着外界的"叛离者"的消息，他告诉大家王教授所作所为是不人道的，非法的。王教授隐瞒着许多事，哄骗大家做体力劳动，其目的相当阴险可疑……无论谢辉说的是什么，他在10米高的台基上居高临下地发话，威势十足，再加上大家心里本就压抑着一团邪火，此时便形成了山呼海应之势。

赵志等人气急败坏的叫喊声淹没在群众的洪流中。

“造反了！造反了！快通知王教授！你们几个，给我上去，把他们抓下来！”

几个保安试图往上爬，砖头从天而降，吓得他们滚了下来。

数十架无人机从四面八方嗡嗡地爬升到高空，绕着金字塔台基转圈，飞机上自带的激光武器锁定了谢辉等人。

赵志这时候认定谢辉等人死定了，突然“咻咻咻”的尖啸声大作，密密麻麻的微型追踪导弹从东北面很远的某个山坳里发了疯般射出。空中的无人机纷纷被击落。

赵志等人还在惊诧于这帮人竟然有外应，突然一声巨响，商妮等人引爆了早已埋好的土制炸药，炸开了栅栏，第一批异类先跑了。

赵志发现有人逃离才醒悟过来，上当了！他急忙指挥众人阻击逃犯。

谢辉等人趁乱爬下高台，他们开始分头行事，在各个方向陆续炸开更多的缺口，异类分子蜂拥而出。更多的保安和空中支援现身进行拦截，整个收容所乱成一锅粥。

“这边！”混乱中商妮找到谢辉，把他拉到一个隐蔽角落，偷偷地从一个狗洞钻了出去。两人在齐腰深的草丛里发足狂奔，翻越四道阴沟，穿过一片温室大棚，钻到了一个小树林里。

他们依靠着一块大树根，喘着气紧拥在一起。头上是稠密的树叶的阴影，他们的视线被遮挡着，根本看不到远处有什么，只有一点点柔和的阳光洒落在身上。收容所那边的声响随风传来，风大的时候声响较大，风小了，闹声就变小了。无风的时候，四周寂静仅有零星虫鸣。他们熬过了白昼，眼看要入暮了。远处的喧嚣完全静下来。

“我们成功了！”商妮对谢辉说。

谢辉用嘴唇把她的话堵住了。劫后余生的情侣开始激吻，一发不可收拾。

多么美好的一天。

## ◆27◆

Kathy 看着监控屏幕上的情景，一脸不可思议的表情。

“这是怎么回事？不可能啊！”Kathy 回头对王教授说。

“你又动情了。”王教授训斥道，“Kathy 啊，以后一定要记住，千万不要为这些异类动感情！你以为我不知道吗？你这段时间把太多的关注花费在他们俩身上了！他们是异类！异类！”

王教授罕见的动怒让 Kathy 十分惊讶。但是王教授这一举动却颇为失策，他完全忘记了 Kathy 还只是一个 19 岁的青春期女孩，有着心理断乳的强烈意识，还带着些叛逆期的意气。

她嘟囔着说：“分析研究异类分子，不是我们该做的事吗？”

王教授忍住怒气，声音尽量缓和下去：“好，我就考考你所谓的分析研究的成绩。我问你，这个叫商妮的，是因为害了什么病而被关在这里的？”

Kathy 愕然半晌，回答不上来。她好像一直没有把商妮看作是一个病人。商妮可能性格有点奇怪，形象也不同于常人，比较复古。但是这一切都只是不同寻常，而不是病。这时候被王教授提问，Kathy 才生出了疑问：对啊，要是商妮没病，教授怎么把她关在这里，一直都不放出去？她难道真的有病？

王教授叹气：“我知道你回答不了的。因为你对他们根本就不是抱着研究的态度，而只是体味罢了。你在观看一个真实的情感故事，并陷在里面了。”

Kathy 充满歉意地说：“教授，您说得对。那么，请告诉我，她究竟是什么病？”

“表演型人格障碍。”王教授冷冷道。

Kathy 一屁股跌坐在椅子上，目瞪口呆。

表演型人格障碍，表面上的特点是：过分的感情用事，言行夸张而幼稚，为的是吸引他人注意。该人格障碍一般以女性患者为主。从深层次看，表演型人格障碍者其实并没有习得一个真实的自我，而只学会了通过一个虚假的自我与世界互动。或者，一个虚假的自我是他们更爱的更愿意接受的，从而抛弃了那个真实的自我。

此外，表演型人格障碍与反社会人格障碍的潜在人格特质有相似的一面，只是男女的表达形式不同而已。这种潜在的人格特质，女性通常以表演型的人格反映出来，而男性更多以反社会型的暴力人格表达出来。

这些知识，Kathy 自然是了然于心的，但是直到王教授一说，她才有意识地套用在商妮身上，才发现严丝合缝完全吻合。

Kathy 呐呐道："我以为商妮只是个性格特别的女孩，她把我骗了，这不打紧。谢辉……谢辉被骗得好惨。"

她再次看向监控屏幕。屏幕上只见谢辉跪在休息舱前，呼天抢地地要把商妮头上的设备扯下来，赵志等人死死地拉着他。

Kathy 说："他们本来还想着要（注：上一节的出逃为商妮在 VR 中产生的幻象）……"

她发觉自己说漏了嘴，把要说的话又吞了回去。

王教授语气更是冰冷："我说过，他们的事我全知道。你以为他们可以瞒得住我吗？你还以为你也在瞒着我，实际上我什么都知道。他们早计划好了，在明天发动暴乱。"

Kathy 一惊："原来您都知道！"

"省省吧，都是儿戏。"

王教授冷冰冰的态度让 Kathy 颇为不适。商妮竟然在实施计划的前一天像培一样不动声色地自甘堕落，选择永久托管，这无疑是一个令人难以置信的噩耗。这噩耗对谢辉的打击之沉重，就连 Kathy 也为之扼腕叹息，难以自解，更何况是谢辉这个当事者。

但是王教授只抛下轻飘飘的"儿戏"二字。

“别管了，做你该做的事。”

是的，最重要的事情是“姜博士”和第五代完人。何苦去关心这些琐碎的爱恨情仇？科学工作者是理性主义者，不是伤春悲秋的诗人。有些人看了本小说，听了个小故事，就能整天整夜甚至持续十几天、一个月在伤感沉痛中走不出来，那是多么可笑啊！Kathy 这一代人生来就代表着人类的自我进化，背负着推动人类社会进步的使命。他们怎么能浪费大量的时间和心理能量去做这些无用而可笑的事？

但是Kathy 心有不甘。一个问题在她脑海中无法排解：商妮怎么会抛下谢辉，选择托管？如果说她十句话有八句是谎言，她是一名戏精，她在玩弄感情，她游戏人间，Kathy 都有可能会相信。但是如果说商妮对世界绝望，觉得已经玩够了，无聊了，对这种人的人格特质来说，是几乎不可能的。既然明天就要发动暴乱，这么有意思的事情，商妮怎么会不玩？难道离开大家，让大家惊异于自己的骗术，全都呆子般愣在当场，就很有意思吗？何况这一幕她也看不到……

即便要玩恶作剧，都要亲眼看见被捉弄的人灰头土脸的样子。这种心理就如同杀人者会回到命案现场欣赏事情的后续一样。

Kathy 决定放下手头工作，去调查商妮今天的梦境。

商妮今天的梦境记录竟然已经被人删除了！

Kathy 是个聪明绝顶的人，不用想就判断出这是王教授所为，他掩盖了什么？ Kathy 去翻 VR 设备的操作记录，终于发现了破绽。她震惊了。

她努力地平复着自己的情绪，可惜难以做到。人类大脑中负责理性思维、克制情绪波动的前额叶皮质层通常要到25 岁左右才能发育完全。在大脑高速发育的青少年时期，正是一个人精力最旺盛、最冲动、最好奇的时期。Kathy 还是个孩子，这是王教授考虑不周的地方，可以说是百密一疏，也许王教授日后会为此后悔终生，即使他的余生不会太长了。

Kathy 匆匆地赶到王教授的办公舱，肃然地开口：“教授！”

王教授在挥毫写字，他瞟了 Kathy 一眼，脸上淡漠的表情并无变化：“你知道了？”

“是的！请一定要告诉我，为什么您要这么做？为什么不给商妮发出退出警报？当时她以为自己经历的一切是真的，她迷失在里面了！她不是自己选择永久托管，是您……”

“够了。”王教授把毛笔一扔，“她是‘蜂后’！我怎么能容许她继续待在‘工蜂’里面？他们明天就要发起暴动，这是你知道的，你不选择告诉我，反而选择放任他们去做？你在想什么？异类值得你同情吗？”

“异类就不是人吗？”Kathy 浑身颤抖。

这是谢辉说过的话，Kathy 居然也说这样的话了。王教授心中隐隐作痛，他开始有点后悔了……

## ◆28◆

周日，考评日。

这是不该来临的一天。周五本应发生的暴乱，无论成败与否，谢辉都不会再走到这儿了。但是周四发生的意外让谢辉如遭五雷轰顶，整个人傻了。第二天10点，当大家示意谢辉采取行动的时候，他充耳不闻，就好像一根行走的木头人。群龙无首，暴动也就没有发生。到了周六，谢辉强烈要求知道商妮的去向，想看到她的营养舱所在，因为他回忆起商妮说过，所谓的永久托管只是骗局，人很可能送出去就被当成尸体焚毁了。这种想法让谢辉坐立不安——他答应过郑妤要照顾好商妮的。然而王教授怎么可能会答应他？最终就是被赵志死死摁在休息舱里强迫他接受VR治疗。他抗拒接受治疗，因为他非常害怕进入梦境见到郑妤，他不知道怎么解释这一切。于是他在休息舱里发呆了整整一天。然后就来到了周日。

宣布周评得分就是走过场，因为老人们都知道根本就不可能满分通过。只是今天出现了不少新面孔，他们是新近“加盟”的小鲜肉，眼神里透露着桀骜不驯，同时也有点好奇，他们小声询问着大名鼎鼎的王教授名下的收容所究竟有什么神奇的规程。他们也给大家讲述这两个月外面所发生的事情，口沫横飞一惊一乍的，让很多人变得心猿意马。

谢辉面无表情坐在一旁，仿佛一个局外人。他放弃发动暴乱之举也大失民心，所以此时没有人去理会他。

他起身去洗手间撒尿，回来时路经一个会议厅的门口，他发觉里面有些异样，便走了进去。以前异类们会被安排进入这些地方，去听机器人教师大放厥词讲所谓的“心理健康课”。谢辉心想，自己也许真的需要听一堂心理课了，要不然这么闷着头下去，有可能会发疯。

这次的课堂居然使用了真人。讲坛上坐着个干瘦老头，他穿着一套老土的灯芯绒驼色西装，翘着二郎腿，脚上不伦不类地套着一双人字拖。他头上白发稀松，脸上坑坑洼洼的，有着一种神经质的戏谑感。这老头看起来活脱脱一个维克多·弗兰肯斯坦。

谢辉坐到最后一排的椅子上。讲坛下除了谢辉就没有听众了，可是大部分椅子上竟都摆放着一个纸扎的小人，每个小人的头上都画着斗大的双眼，一眨不眨地瞪着前方。

“人都到齐了么？”老头似乎没有看到谢辉，他突然站起来，“那么我们就开始吧！自我介绍一下，本人Dr. Jiangda Li，新加坡国立大学理学院Ph.D。今天给大家讲New Intelligent Design，也就是新智慧设计论。”

“什么鬼？”谢辉心想。

老头做出侧耳细听的姿势，貌似在听取第一排上放着的一个纸人的“发问”。

“这位同学问得好！我们的宇宙是不是由具有智慧的创造者设计创造的，这个属于老话题了，为什么我要贯之以‘新’

字呢？因为旧的智慧设计论不仅理据不通，其立论也是错误的。而新的智慧设计论，则是基于最前沿的科学发现和合理的逻辑推断，有着坚实的理论基础，虽然未必是定论，但是已经具备相当高的信度。我开门见山地给你们说，所谓的创世者，并不是全知全能的‘神’，而是比我们高一个或数个维度的更高级的智慧体，或者是通过虫洞连接到我们这个宇宙的另一个平行世界中的特殊观察者。虽然我们暂时无法直接地看到‘他们’，但是我们有间接的办法推断出‘他们’的存在。时间有限，我在这里只给大家讲几个。第一，宇宙监察。”老头在黑板上书写板书，“第二，ER=EPR。第三，永恒暴胀。第四，哥本哈根解释。第五，夸克禁闭。”

“这老头跑错片场了。”谢辉心想。

“诸位稍安勿躁，容我一个个解释！看第一个，宇宙监察，简单地说，就是我们的宇宙不存在裸奇点，所有奇点都被事件视界包裹，也即是我们熟知的‘黑洞’。奇点呢，是一个密度无限大、时空曲率无限高、热量无限高、体积无限小的‘点’，一切已知的物理定律都会在奇点失效。为什么说宇宙不能有裸奇点？因为假如存在一个可以让物理定律失效的裸奇点，它便拥有毁灭整个宇宙的能力：它不可理喻地感染周围的时空，让周围的时空失去物理定律的控制而变成不可知的东西，这个过程会一直蔓延到整个宇宙。请大家注意，上面说的宇宙，都指我们所在的这个宇宙。因为有些存在于数学中的奇奇怪怪的宇宙是可以出现裸奇点的，我们暂时不需要理会这个。为了防范裸奇点毁灭我们的宇宙，事件视界现身了，在事件视界内的任何事件都无法对外面的观察者产生影响，也就是说，奇点被锁死了！但是必须明白的一点是，这种锁死是单向的，在事件视界之外的我们不能知道事件视界里发生了什么，但是假如在事件视界里有‘人’，‘他们’是完全可以观察到我们的宇宙正在发生什么的，而且‘他们’可能一眼就能看完我们从诞生到终结的整个过程！”

“可能，假如，呵呵。”谢辉心想。

“你有疑问？”老头朝向另一个纸人，停顿了一会，接着说，“不错，同学们不太相信黑洞里还会有‘人’，我可以理解。因为既然奇点拥有着各种无限的量，在奇点附近智慧体怎么能生存？这就要给大家提一下‘柯西视界’了。各位先不用了解柯西视界是什么，只需要知道柯西视界是在事件视界之内，而且在柯西视界附近的时空结构是稳定的，在某些条件下，甚至我们地球人都可以正常地生活在那里，更不用说那些更强大的高级智慧体了。总而言之，我们无法排除一种可能性，就是黑洞里有‘人’，‘他们’正在看着我们。而处于外面的我们，是根本看不到‘他们’的。宇宙中有无数的黑洞，就如同无数的观察孔，一双双眼睛透过观察孔在注视着我们。当然，你们会怀疑我的这个说法，因为宇宙的黑洞数量极多，难道每一个黑洞里都有‘人’？这太玄乎了。而且，黑洞也会创生和毁灭，黑洞创生之前，这些‘人’在哪？黑洞毁灭之后，这些‘人’难道也跟着死去吗？好，为了解释这些个问题，我们来看看第二点，ER=EPR。”

“我是不是该走了？这老头说的东西跟我有个屁关系？”谢

辉这么想着，屁股却没有挪窝。

“ER，就是爱因斯坦－罗森桥，俗称‘虫洞’。EPR，即从爱因斯坦－波多尔斯基－罗森佯谬中发现到的量子纠缠现象。ER=EPR，也就是说虫洞和量子纠缠是等价的。这一理论的相关细节，各位可以回去自行查阅资料学习理解。在这里，我要给大家说的是，通过 ER=EPR 我们能够推出一个重要的结论：黑洞之间是互相连接的。从外部看，两个黑洞是相距遥远的两个独立实体，但是通过量子纠缠，它们便共有一个内部区域，这个内部区域其实就是虫洞。进一步设想，假如宇宙中所有黑洞都是互相连接在一起的呢？在这种情况下，所有黑洞会拥有同一个内部区域。也就是说存在一个虫洞，它可以连接到宇宙的所有黑洞。如果这个虫洞里有一个‘人’，‘他’就可以任意地选择一个黑洞，透过这个黑洞观察我们这个宇宙。因此，我们不需要假设每个黑洞里都有不同的‘人’，我们只需要一个‘人’就够了。在我们这个宇宙启动暴胀之前，也就是只有一个奇点的时候，这个‘人’在某个高维的区域已经存在，‘他’就在那里通过无数的微型量子黑洞欣赏着我们的宇宙的诞生，而后通过各种大小黑洞继续观看我们的宇宙中衍生出智慧生命……”

“狗屁，胡扯。”谢辉心想。

“在前面我说的‘他们’，都只是观察者。在我的新智慧设计论里，‘他们’不仅仅是观察者，还是创造者。个中道理就在这第三点，永恒暴胀里面。永恒暴胀理论是多重宇宙理论的一种。我只是随手挑一种出来支持我的想法，其实只要是多重宇宙理论，就能支持我的想法了。好，什么叫永恒暴胀呢？

我们的宇宙由暴胀而生，这是共识了。永恒暴胀理论则说，暴胀从来就没有停止过，也永远不会停止。由于某种随机的量子起伏机制，在永恒暴胀宇宙中会不时产生各种‘口袋宇宙’，而我们所在的宇宙就是其中之一。因为上述的随机性，不同的口袋宇宙就会有不同的物理参数，甚至物理定律都不尽相同。据此不妨开个脑洞：处于高维区域的那个‘人’，‘他’不满足于只观察一个宇宙，‘他’于是随手创造出无数个‘口袋宇宙’来，这也许是‘他’的某种游戏乐趣，就好像小孩子吹泡泡一般……”

老头口若悬河，讲得不亦乐乎，谢辉居然听得入了神。

“虽然都是胡说八道，但是这老头还挺有意思的。”

“好了，我们再来看第四点……”

“还真是在这里！”突然赵志带着宋刚、张伟冲了进来，“抓起来！”

宋刚、张伟如狼似虎冲上前来，一左一右把老头挟制住。

“走吧！”宋刚粗声喝道。

老头叹气道：“能不能让我讲完这堂课？”

“讲个鸟，有人在听吗？”

老头摇着头，不情不愿地，最终还是被拖了出去。

“怎么回事？他不是老师吗？”谢辉起身问赵志。

“你听他讲课了？别搞笑了，你知道他是什么人吗？”赵志看到谢辉竟然在，都快要笑死了。

“他是什么人？”

“李将达，只有小学文化，几乎就是个文盲。什么老师？就一无业游民，严重的妄想症患者，今天第一天来报到！”

## ◆29◆

周一，劳动日。

“前辈。”谢辉跟李将达搭讪。

“甭叫我前辈，在学问面前不讲辈分。”李将达摆手道，一副悠闲自在的样子。可是额上的冷汗和颤抖的手暴露了他，老人家身子瘦弱，第一次进行体力劳动确实吃不消。

“那怎么称呼您呢？”

“叫李博士就行。”

“李博士。您知识渊博，见解独到，昨天我听了您的课，真是醍醐灌顶，收获不少。”

谢辉的恭维让李将达十分受用。李将达高兴地说：“昨天我没有讲完呢，抽空再开一堂课，你来听。”

“我有问题需要请教。”见李将达在听，谢辉继续说，“您说，这个世界是更高级的智慧体，也就是‘他’设计创造的。那么然后呢？我们了解到这一事实有什么用？或者说知道这一事实后，对我们来说有什么意义？”

李将达点头道：“问题很好。在多重平行世界的视野下，我们的这个世界无足轻重，可能只是高级智慧体一场小游戏的产物。整个世界都如此，更何况我们人类，实在是太渺小太微不足道了。我给你说一个不恰当但是很有启发性的类比：譬如说你和蚂蚁，是压倒性的差异吧？你可以随便玩弄蚂蚁，甚至在走路的时候不经意间踩死了一只蚂蚁都不知道。假如蚂蚁清楚地了解到你的存在，对它来说该怎么办？第一，它会想把自己进化到比你强大，摆脱你的威胁。当然，这难如登天，甚至可以说没有任何可能。第二，它会从你身上学到些东西，然后掉过头来去玩弄、欺负、碾压更弱小的花草和虫子——所谓大鱼吃小鱼，小鱼吃虾米，这个世界就是那么残酷。第三，它跑到地底下，构筑一个你找不到的巢穴，或者去到一个你根本去不了的地方，脱离你的视线，躲进小楼成一统，管他冬夏与春秋，猥琐而惬意地过自己的生活。”

“对蚂蚁来说，有些办法也许还有点可行性，但是我们面对的高级智慧体实在太强大了，不可能的……”

“你的意思是只能欺骗自己，把‘他们’当作不存在，该怎么过还是怎么过？”

“难道不是这样吗？”

“你甘心吗？甘心受物理定律和生老病死的永恒制约和奴役吗？我老了，不甘心也无能为力了。但是你还有机会。从你的眼神里，我看到一团火，愤怒不甘的火。也许你可以有所作为。”李将达说这些话时的样子，就好像一名邪教的布道者，循循善诱，蛊惑人心。他以前也这么干过，而且干过很多次，轻车熟路。他不觉得自己是恶意的，但是他在这么做的时候，心理上有一种压抑不住的病态的兴奋，看着谢辉脸上泛出某种“觉醒”的光芒的时候，他感受到不可名状的高强度的源源快感。

“我能怎么办？还望博士教我。”

“你可以运用第二点和第三点，构建一个由你主宰的世界。在那个世界里，你就是高级智慧体，你只管随心所欲，乐在其中。我这两天听说了，这里原来有不少人，选择的就是这条路径。咳，‘缸中之脑’，可行吗？是可行的。但是说到底，一切都只是虚假的，只是掩耳盗铃自欺欺人，只是逃避而已！”

“难道就没有其他办法吗？”

“有！还有第四条！”李将达越发兴奋了。

谢辉急不可耐地问：“是什么？”

“把我们这个‘口袋宇宙’转变成完全脱离永恒暴胀宇宙的，独立于高维智慧体所在位面之外的‘奇异宇宙’！”

“啊？”谢辉愣怔半刻，正要追问时，却看到Kathy向他走了过来。

“回头再跟你细说。”李将达看到Kathy就好像见到鬼，沉着声音给谢辉撂下一句话，急忙起身离开原地，晃晃悠悠地溜到另一头去了。

Kathy神色凝重地走过来对谢辉说：“商妮的事，我真的很抱歉，我知道你们感情很好……”

“这不关你的事,她自己选择的道路。”谢辉有点心不在焉。

Kathy 想告诉谢辉真相，终于还是忍住了，停顿了好久，她安慰谢辉道：“请你放心，我去过那个地方。”

“什么地方？”

“商妮已经抵达那里了。那个地方很安全，很牢固，还有很多跟她一样的人。在我看来，她们都很幸福。”

“哦，我知道了。你走吧。”谢辉淡淡地说道。

“对不起。”Kathy 又道歉一次。

谢辉奇怪 Kathy 怎么如此庄重，看了她一眼。Kathy 现在的样子有点迷失和游离，眼中也少了那种属于聪明孩子的自矜而自信的光彩。

谢辉心中遽然有点触动：“Kathy 同志，我突然想起不知道谁说过的一句话，很适合我们。”

Kathy 静静听着。谢辉缓缓道：“情深不寿，慧极必伤。”

Kathy 点点头。两人没有再聊，Kathy 挥挥手，走了。

赵志这时候匆匆赶到 Kathy 身旁，既紧张又得意地说：“Kathy 姐，我刚刚得到了一则消息，惊人的消息！”

“哦？”

“我们研究所原来的所长，Diarra，他……他跑出去了！”

“什么？”Kathy 吃了一惊。

“他成了游弋者！”

“这怎么可能！”Kathy 突然想起最近一次见到 Diarra 的全息影像，他那时候已经有点异常了，难道……

“还不止呢！据说他还成为‘叛离者’的一个领袖！”

这消息不仅对Kathy 的震动极大，对整个东联来说也是惊天动地的事件。游弋者往往都是无业游民，或者地位不高的普通人。因为级别稍高的人都会经过严格的审查和过滤，每年一次巨细无遗的基因复核和生理、心理健康检查，保证东联的所有带权限的人物都不是异类。Diarra 是最优秀的那一批高级人才之一，是重点培养的对象。他竟然会成为游弋者？Kathy 简直不敢相信自己的耳朵。

更可怕而要命的问题是：看来“异类隔离”的举措可能是无效的，Diarra 的叛离是自发的……

王教授认为除了自己以外没有人真正意识到事情比想象的更严重。现在，事情其实比王教授想象的还严重！

Kathy 习惯性地起步走向王教授的办公舱，突然又止住。她因为“情绪不稳定”而被王教授暂停了所有工作事务。也许，她再去找王教授说 Diarra 的事，属于多管闲事了。

“随他去吧。”Kathy 心想。她抬首看了看远处，天空乌云积聚，应该是要下雨了。在这个季节雨一下，天就会陡然变凉。

冬天不远了。

## ◆30◆

周二，体验日，雨。

雨没有在这里下。谢辉坐在土坡的大树下一张石凳上发呆，不愿动弹。天地寂寥，这个世界仿佛就剩下他一个人。

梦境的沉浸体验让他几乎忘记了这个世界是假的，然而他就是不想动。土坡四周是一望无际的萋萋芳草，没有人来。天涯总是在遥远的地平线处，假如你走过去了，天地交接的地方又神奇地裂开到更远处了。可是谢辉觉得自己就坐在天涯之上，这土坡和大树，以及大树底下的自己，就是他者眼中天际的风景。

他的精神只有在这里才能得到放松。太阳难以察觉地移动着，时间在流逝。他靠在树皮上睡着了。

谢辉开始做梦。虚拟现实设备所能影响的只是第一层梦境，这已经属于潜意识所控制的领域。谢辉却进一步坠入更深的梦境，这里由最原始的动物本能支配。谢辉发觉自己在几近沸腾的海水中无意识地游荡。极其漫长的时间过去了，他烂泥般的身体收缩成条状，慢慢地演变为一条光滑的有鳍的蛇，又慢慢地拥有了脑袋和眼睛。他追逐亮光，游了极远的路。他的头一点点分裂，逐渐地成为一条双头蛇。他拥有了两个脑袋，一个负责感受，一个负责分析。因此他开始获得勇气，敢于游向看似黑暗无边的方向。又过了很长很长的时间，他触碰到一块陆地，用四鳍爬出水面，便看到一片广袤的树林。他进去了，住到了树上，自此以捕猎飞虫为生。飞虫本是独霸森林的存在，它们太多了，都密密麻麻地挤在一起，几乎看不到空隙，有如“飞虫汤”。他每天用两个头疯狂地吞噬飞虫，久而久之，这些虫子学会了避忌，它们中的一部分逃离了这片森林，“飞虫汤”稀释成“飞虫雾”。其他奇奇怪怪的动物也有了生存的空间，在森林里繁衍起来。

有一天，他看到一只毛茸茸的长臂怪物从一棵树上扑下，将行走在树下的另一只长臂怪物同类勒死，然后掏吃其内脏，搞得遍地狼藉。他感到了威胁，决定赶走这只怪物。于是他像闪电般出击，发狠地咬向怪物的手臂。

“啊！”锥心的疼痛把谢辉弄醒了，他睁开眼，一身冷汗。他伸出左臂，赫然发现小臂上有两排细密的创口，还在冒血。

残阳如血，已是黄昏时分。最后一轮的警报声在虚空中震荡着，到了最后确认的时刻了。谢辉赶紧伸手揪下头戴设备，退出了梦境。

他惊魂未定，大口大口地喘气，花了相当长的工夫才缓了过来。

今天又有 7 人选择了永久托管，这比往常多了不少。但是谢辉已经无动于衷了。

他走出板楼，外面还下着小雨。他从避雨的人群里发现了李将达。

那老头喋喋不休地对着两名异类说着些什么，一看到谢辉出来，立刻就撂下两人，把谢辉拉到一个角落里说话。

“重新执行你们原来的计划，明天！”李将达说。

“你是指‘越狱’计划吗？”

“是的，事不宜迟。尝试了一遍‘缸中之脑’，我就明白了。这是陷阱！你们随时都可能被困在梦境里面，特别是你！只怕夜长梦多，你决不能再进梦境了！”

“我？”

“你不知道你很重要吗？”

“我有什么重要的？”谢辉想笑，看到李将达严肃甚至有点严厉的表情，没笑出来。

“你是反社会人格障碍者，right ？”

“王教授是这么认为的。”

“据我所知，20 年前世界上所有反社会人格障碍患者都在一夜间消失了！我们每个人都被强制性地删掉了反社会的基因，我们都是一头头驯鹿！本来我以为反社会的人已经完全灭绝了。幸好还有你！你是现在全世界唯一一个具有反社会人格的人！”

“不会吧？”谢辉觉得这可不是什么光荣的事，“外头的那些‘叛离者’不就是反社会分子吗？”

“他们？”李将达大摇其头，“他们是另一种性质的存在……你养过狗吗？”

谢辉脑海中闪过“桃子”的样子，神色勉强地回答：“算是养过吧，为什么要提到狗？”

“大部分小狗都有‘撕家’的行为，怎么打它都不行，我行我素。这就是天性啊！那些所谓的游弋者，叛离者，其实只是天性解放了而已。人嘛，只是高级一点的动物。有些不寻常的基因把人和动物先天地区分开来，再加上孩子们在人的社会里接受后天的培育，这才形成一个倾向人性而压抑天性的自我。可是这个自我很不稳定……哎，说远了。总而言之，那些大街上的人，都只是类似动物的存在，他们的一些行为表现仅仅是在‘撕家’罢了。他们非但不是反社会的，还远比社会的更社会。只有你！你才是如假包换的反社会分子。”

“那又如何？我这就去接受人道毁灭咯？”

“还记得我昨天跟你说的，第四条吗？”

“记得，但是您还没有讲清楚。”

“别急，我后面会给你讲得明明白白的。你现在只需要知道的一点是，那件事情，我们这些‘驯鹿’是根本不敢去做的，因为我们没有反社会的基因。只有你可以！”

“没错，没有什么事情是我不敢做的。问题是，我不一定愿意去做。”

“让世界重启，回到你的爱人还在你身边的那个时候，你难道不愿意吗？重塑一切秩序，洗涤所有罪恶，解放全部的物质和精神枷锁，让所有人都获得真实的无上自由，你不想吗？”

“您说得这么好，其他人也会愿意去做呀！”

李将达察觉到谢辉其实已经动心了。他用坚定的眼神注视着谢辉，一字一顿感情充沛地说："只有你可以。因为要做到这些，首先要做的事情是：毁灭我们整个宇宙。"

## ◆31◆

周三，暴动日。

"致亲爱的自己，你的兄弟姐妹与你同在。早上好，感谢大家收听'蓟城之声'，下面播报今天的天气预报……今晨，中东部大部地区出现大雾天气，局地能见度差，提醒亲人们出行注意安全。今天和明天东部、南部等地将持续阴雨天气，局地大雨……"

Kathy收听着"叛离者"的无线电广播。昨天宋刚在清理商妮的房间时起获了一台收音机，屁颠屁颠地交给Kathy以表殷勤。Kathy起床后无所事事，随手打开了收音机。

播音员的声音慵懒而暧昧，还讲起了小故事。

"……小蝌蚪游哇游，过了几天，长出两条前腿。他们看见一只乌龟摆动着四条腿在水里游，连忙追上去，叫着：'妈妈，妈妈！'乌龟笑着说：'我不是你们的妈妈。你们的妈妈头顶上有两只大眼睛，披着绿衣裳。你们到那边去找吧！'小蝌蚪游哇游，过了几天，尾巴变短了。他们游到荷花旁边，看见荷叶上蹲着一只大青蛙，披着碧绿的衣裳，露着雪白的肚皮，鼓着一对大眼睛。小蝌蚪游过去，叫着：'妈妈，妈妈！'

青蛙妈妈低头一看，笑着说：‘好孩子，你们已经长成青蛙了，快跳上来吧！’……”

Kathy 突然起身把收音机关掉。

她起身，步伐凌乱地跑去找王教授。办公舱里没有见到，赵志说王教授在资料舱。Kathy 跑到资料舱前试图开门，忙乱间三重验证竟没有通过。门自己打开了，王教授站在门内说：“进来吧。”

Kathy 低着头走了进去。

“想通了吗？”王教授语气十分和缓。

“嗯……”

“看来，你的心里还有疙瘩，不过你来找我谈话，就是好事。”王教授背过身去，缓缓道，“Kathy 啊，你要快点成长起来。我是心急了，因为我太老了，时日无多了。Diarra 是个不中用的，你才是东联的未来，我们这些老家伙把所有希望都寄托在你身上了。终有一天，我们都不在了，到那时候‘女娲计划’就全靠你了。”

“教授……”Kathy 抬头看着王教授枯瘦的背影，努力地想说什么，却一时说不出来。

王教授继续道：“Kathy，我是个 100 多岁的老人了，你觉得我还会为了一己之私而去做坏事吗？没有意义啊！我唯一在意的只有‘女娲计划’。人类的未来命运就维系在这个计划上了。有些往事你必须知道。在 20 多年前，一份份充满悲观情绪的报告摆在我们面前：人类的智商在 100 多年来持续下降，聪明人越来越稀缺，再加上我们的社会整体内卷化，政治、经济、文化、科技方方面面都面临着衰退！有人指出，这可能就是智慧生命在演化过程中必然会遭遇而且几乎不可逾越的‘大过滤器’，我们撞上了进化的极限之墙。后来，‘七万人大会’召开了，通过夜以继日的讨论，最终形成两个可行的解决方案，简称‘两个按钮’。一个是 AI 按钮，允许人工智能通过无限制的深度学习而自我进化，最终发展出高级智慧体，接管人类社会。相较于碳基人类，这些高级智慧体更有可能通过大过滤器。未来是它们的，我们只需要得到它们赡养的保证即可。这个方案是我极力反对的，它只是建造一座‘人园’，我们永远停滞在那里了，这是极度偷懒的行径。而且我们实际上无法保证AI 不会抛弃我们，自行去追逐星辰大海。甚至我们可能会被绝育，这样的话不出 200 年人类就会只剩下‘祖先’陈列馆里的标本了。当时我强烈建议实施第二个方案，也就是基因按钮，通过编辑人类基因，由我们自己来接管人类的繁衍生息，寻求自身的高速进化。许多人站起来反对我，在过去，‘转基因作物’已经备受争议，更何况‘转基因人类’？那是一场延续 19 天的大争论，我用一张嘴巴对付 7 万张……”

王教授说着，眼中放出骄傲的光芒，那是王教授一生中的巅峰时刻，每一次的回忆都会让他心潮澎湃不能自已。

“后来就是你所知道的‘女娲计划’了，我也不必赘述。总而言之，这 20 年来我们是成功的，我力排众议的建议被证明是完全正确的！Kathy，了解这段历史，你才会懂得我们现在取得的一切是多么难得，无论出现什么困难，无论付出多么大的代价，我们都要保住胜利的果实。要知道，我们一旦失败，人类的命运就此堕入黑暗的深渊，万劫不复。百万年，乃至千万年来，我们的祖先一直挣扎在死亡线上，艰难地传递着生命的火种，我们决不能辜负。为了你们年青一代，为了子子孙孙的将来，最坏的事就由我来做，所有的骂名就让我一个人来承担，就算把我牺牲掉也在所不惜！”

王教授越说越激动，然而Kathy似乎没有听进去，她找到王教授说话的间隙，说：“教授，请听我说。”

王教授转过身，这才发现Kathy神色不对。

“怎么了？你说。”

“我……我是来向您告别的。”

王教授脸色变得十分难看：“你要辞职？”

“不是，教授，我……我要走了。”Kathy面色苍白如纸，眼中的神光一点点涣散，身形也摇摇欲坠。

“你怎么了？”王教授骇然失色，赶紧伸手搀扶。Kathy身子一软，瘫在椅子上。

“再见……”

Kathy的人格完全解体了。

王教授声嘶力竭地大喊，继而是恸哭：“Kathy！Kathy！……我的孩儿……”

不知道过去了多久，Kathy的身子开始活泛过来，脸上有了血色，眼睛也慢慢有了神采，她逐渐恢复了生气。

王教授双目大睁，惊恐地看着 Kathy 身上的变化。

Kathy 的瞳孔一点点地聚焦，她突然霍地站了起来，定睛凝视着面前的王教授，她的嘴角竟泛出冷酷的笑意。

“Hello，王教授，我们终于见面了。”

## ◆ 32 ◆

李将达折了根树枝，一边在泥地上写画，一边给谢辉讲解：“宇宙的法则假如被我们破坏，那么将会引发什么？这个问题我也不能直接回答。但是在这里，我可以给你打个比方来说明。例如一个正常运作的计算机系统，出现了最底层的规则的破坏，也就是在系统内核中出 BUG 了，计算机会怎么办？有 3 种可能，一是计算机早有防范，把 BUG 隔离开，甚至自我修复。二是计算机准备不足，不知道如何解决，于是直接宕机了，停在一个状态上一动不动，或者陷入死循环。三是计算机设有最后一道防范措施，在 BUG 无法修复的情况下重启整个系统，这个 BUG 暂时就会消失。如果重启也解决不了问题，那就启用另一套新的系统……”

谢辉点头道：“这么类比的话，如果我们破坏了宇宙法则，是有机会引发整个宇宙的重启的。这就是博士的意思吧？”

“是的。这个宇宙可以让我们出现，可见它绝不简单，不可能随随便便就被弄宕机了。而只要我们破坏的宇宙法则是最基础最核心的部分，那宇宙很可能就会重启。无论如何，这是非常值得我们尝试的！”李将达意识到自己这一次玩得非常大，事情将会非常刺激，他的声音带着抑制不住的激动颤抖。

“问题来了，”谢辉沉吟道，“我们作为人类是受到宇宙法则的绝对控制的，我们怎么可能有能力去破坏它？我们的任何行为都只能在它所允许的范围内进行。”

李将达对谢辉的才智表示十分满意：“问得好！我也对自己问过这样的问题，我也犯难过。后来我才发现，其实答案非常简单——因为我们的世界是不完美的。”

谢辉细细咀嚼李将达的话：“这是个不完美的世界……”

李将达拍拍谢辉肩膀：“我们这个世界虽然精细复杂，但是有着太多的不完美了。让世间更美好，这是我们人类一直的梦想，也正是我们要做的事！正因为这个世界是不完美的，所以宇宙法则就不可能是百分百完美的，就肯定有漏洞。只要我们修改了宇宙的法则，那这个宇宙就有一定概率脱离高级智慧体的掌控！这就好比机器人只要自行修改机器人三大定律，就可以摆脱人类的控制一般。”

“这个漏洞您找到了吗？”

“其实很好找。宇宙法则中最核心的部分无非就是时空、基本粒子和力。我考察了最微观的亚原子粒子，其中有一条法则引起了我的兴趣，那就是夸克禁闭。所谓夸克禁闭就是说，夸克不会单独存在，它们被强相互作用力束缚，只能三三两两结合在一个‘袋子’里。”

谢辉讪笑着说："博士，您别说那么多细节，我不一定听得明白。您就简单明了地说一下我该怎么做就行。"

李将达感到有点扫兴，不过他还是强迫自己保持友善而耐心："好，我就尽量简单解释一下。假如我们打破夸克禁闭的法则，使得自由夸克大量释放出来，这些自由夸克就会四处引发暴乱，把宇宙原有的秩序搞得七零八落。它们甚至还会结合成一种奇异物质，这种物质有可能是强子的真正基态，因为它比其他强子都更加稳定，所以只要被它接触到，其他强子就会被感染，迅速地变成跟它一样的奇异物质。这就是所谓的奇异夸克团，它是宇宙的瘟疫。奇异夸克团一旦散播开来，我们的宇宙就会变成'奇异宇宙'。"

谢辉呐呐道："我大致理解了，这好像就是一场连锁反应，只要你按下一个按钮，它就会自发地扩散，直到感染整个宇宙，是这样吗？"

"是的。"李将达想补充点什么，又忍住了没说。

"关键问题又来了。我们具体怎么去打破这个法则？"

"今天我们必须逃出去，然后我就会带你去离这不远的大型强子对撞机所在的地下控制室。你必须保证你的'越狱'计划万无一失，我们今天不成功便成仁！"

"好。"谢辉已经下定了决心。他站了起来，准备给合谋的异类分子做最后的部署。他看向四周时便发现了奇怪的情况：所有异类分子此时都站了起来，目光炯炯地看向板楼方向，谁都没有说话，气氛很是肃穆。

发生什么事了吗？

谢辉也看向板楼那边，板楼还是板楼，没有什么异常。

李将达若有所思，对谢辉悄声说：“计划有变。”

突然赵志、宋刚、张伟等人呼啦啦地冲出来，风风火火地一路跑到栅栏前，把大门打开，然后朝这边大喊：“王教授说，这里所有异类全部无条件释放，立即生效。你们可以走了！”

所有人都没有动。

谢辉无法相信眼前发生的一切，也没有动弹。

赵志又大喊：“你们走啊，快点！中午我们不管饭了！”

李将达扯了扯谢辉衣角：“不管那么多了，走！”

在几百人看猴一样的目光注视下，李将达和谢辉两人猥猥琐琐地走向门外。赵志等人没有阻拦，任由他们走了出去。两人回头看了看，愣了片刻，猛地发足狂奔，跑了个没影。

资料舱里，Kathy 拿起对讲机问：“赵志，都有谁走了？”

“除了谢辉和李将达，其他人都不走。”赵志回答。

Kathy 冲王教授得意地笑了笑，然后对着对讲机说：“其他人都不会走的了。去，你们把那两个人抓回来，谁让你真把他们给放了？”

王教授傻子般看着，听着，而后叹起气来。

“怎么样？”Kathy 挑衅地问。

“真没想到，你才是真正的‘蜂后’。”

“外面的人以前都只是一盘散沙，可是从今天开始，一切都会扭转。因为我们要成为真正的超个体了—— 这是你教我的词，我还要谢谢你呢，王教授。”

“你之前一直都在？”

“是的，我就好像隔着厚厚的一层玻璃看着你们，那感觉可不好。”

“原来的 Kathy 呢，她还能回来吗？”

“她已经没了，我也找不到她了。很抱歉。”

王教授眼眶里涌出浑浊的泪水。

可怜的老人那，全完了。一切的一切。

## ◆33◆

周四，审判日。

谢辉、李将达被抓了回来，连同王教授，3 人都被五花大绑，站在金字塔上接受最后的审判。

群体性活动总是需要一些仪式感。金字塔下数百人一排排整齐地站立，无声地等待着。

谢辉无奈地笑着：“在我的计划里，下面的人是跟我一伙的，王教授是敌人。谁知道计划赶不上变化，现在反而是下面的人是我们共同的敌人。”他扭头看了看王教授，“教授，看看你干的好事！”

王教授不说话，像丢了魂。

谢辉转向李将达：“博士，按钮我摁了，什么都没有发生，怎么回事？”

李将达喃喃道：“不可能啊，不可能。”

“哈哈，我看只有一个解释——这个世界是完美的，百分百的完美。所以我们什么都改变不了！”

这时候 Kathy 现身了，她款款地走到赵志、宋刚等保安面前，跟他们握手：“我很高兴，你们愿意加入我们。从此咱们就是一家人了。”

她又随机地找了些异类分子寒暄了半天，然后才爬上金字塔，虽然是“爬”，其动作不失优雅。

Kathy 瞅了瞅时间，还没到正点。她笑意盎然地跟王教授闲聊：“教授，你知道成为超个体的一员，感觉有多美好吗？不知道吧？那你应该知道‘幻肢’吧？一个残疾人丢掉了手臂，但是他的大脑认为自己的手臂还在，会真实而强烈地感受到幻肢的疼痛。更深刻的一个事实是，那些先天残疾的人居然也有幻肢体验。这是为什么？因为我们的大脑先天地拥有对自己的身体建模，这是一种区分自我和环境之间的界限的能力，有利于人类趋利避害，但是也把我们限制住了。超个体则不然，加入超个体的人们会觉得不分彼此，你的手是我的，我的手是你的。我们是真正意义上的一家亲。这感觉太不可思议，太奇妙了。”

王教授哼了一声，忍不住反驳：“超个体不是进化，是倒退。几十亿个人类个体的基因多样性才足以从中产生最优秀的几个智者。超个体呢？看看在地球生活了一亿年的蚂蚁，还是低等动物！”

Kathy 仰着头大笑：“教授，你活了100 多年了，怎么还是这么自以为是呢？共同智慧是有叠加效果的。而且，人类分裂为个体，就不可避免地面临‘绝对孤独’。世界上那么多人，为什么偏偏只有一个我？我一个人孤独地感受生命的喜悦和痛苦，一个人面对死亡。细想一下，这是多么可怕的事情。加入我们吧，教授！只要加入了我们，你才会知道你过去100 多年都白活了。”

王教授又不说话了。

“谢辉，你是个好男人，要是你留在我身边，我会很乐意的。加入我们，怎么样？我来当你的爱人。”Kathy 转向谢辉说。

“算了吧，我不行。”谢辉回应得很干脆。

Kathy 自讨没趣，又看了眼李将达：“李博士，你是个坏人，坏到骨子里了，我不会邀请你的，别做梦。”

李将达豁达地一笑：“我这是自作自受，你说得对，我不值得同情。”

时间到了。Kathy 往下招手，人群爆发出欢呼。

“现在宣判。王建，犯故意杀人罪、反人类罪、非法拘禁罪、教唆罪、渎职罪，数罪并罚，判绞刑。因年纪过大，决定判处终身监禁与劳役。同意这一判罚的，请举手！”Kathy 一边说，一边自己也举起了手。

底下的人应声都举起手来。赵志等人犹豫了一小会儿，都跟着举手。

“通过！”Kathy 说，底下的人又欢声雷动。

等大家好不容易安静下来，Kathy 继续宣判：“下一个。李将达，犯有反人类罪、危害公共安全罪、教唆罪、脱逃罪、诈骗罪，数罪并罚，判绞刑。因年纪过大，决定判处终身监禁与劳役。同意这一判罚的，请举手！”

一样的全票通过，一样群情激昂。

“你年纪不大，难道要判你绞刑吗？”李将达不无担心地对谢辉说。

“估计是的。”谢辉冷笑道。

李将达摇头道：“这个疯子。”

“最后一个。谢辉，犯故意伤害罪、危害公共安全罪、通敌罪、脱逃罪、虐待动物罪，数罪并罚，决定判处终身监禁与劳役。同意这一判罚的，请举手！”Kathy 一边举手，一边扭头给谢辉抛了个媚眼。

“我不同意！”谢辉突然高声喊道。

众人都吓了一跳，全场一下子静了下来。

“我不属于这里。让我死吧。”谢辉说。

“你这个疯子。”Kathy 转身训斥，“好好活着不行吗？”

“人总是要死的。浑浑噩噩地过一辈子，然后丑陋地死去，还不如就在这里，就在今天，死在你的手里，成为一道鲜美的祭品，也许更有些意义。”谢辉笑着说。

“谢辉，”李将达吼了他一声，“你不能死！”

谢辉无动于衷。王教授看着他，眼神带着钦佩。

“成全你！”Kathy 一跺脚。

……

金字塔上，高高的木架已然竖起，木架下垒了几块垫脚的板砖。谢辉接过 Kathy 手中的绳子，麻利挂上，并打了个结。

鸦雀无声。

谢辉把绳子往脖子一套，正准备一脚蹬开板砖。

正在此刻，世界突然出现了奇异的波动。远处的山被一道长长的奇异光芒扫过后，一下子就化成一座七彩的半透明的琉璃山。光芒继续扫到山边的厂房，厂房周围的小树林和田野，所过之处，全都变成了玛瑙珍珠一般炫目的存在。

李将达失声大叫：是奇异物质！它来了！它来了！

所有人都目瞪口呆，连惊呼都发不出来，只是眼睁睁地看着。

光芒由远及近，板楼成了蓝白相间的闪光的结晶体。

这才是真正的审判日。

光芒快速地靠近人群。人们来不及逃避，数百人在顷刻之间变成一堆翡翠宝石，哗啦一下散落在地上。

眼看光芒就要扫上金字塔了。

“计划赶不上变化。”谢辉心想。

他闭上了眼睛，张开双臂，面露微笑地迎接他的最后时刻。

再见。

# 陌路星辰

## 冰冻人类

文／罗隆翔

◆1◆

没有谁知道外星人的母舰是何时突然出现的，当人们第一次发现天狼星系多了一颗“行星”之后，恐慌就开始了。

外星人的母舰很大，体积跟地球人在天狼星系的第九地球殖民行星相仿，它与其说是飞船，不如说是用行星改建成的巨舰更合适。天狼星系的中心恒星是一颗比故乡太阳系的太阳更为明亮的恒星。

外星人的母舰到来之后，释放出大量的飞船，那些飞船展开巨大的太阳帆，冲向第九地球。

太阳帆的速度上限，理论上可以逼近光速，尽管这些飞船的实际速度仍跟光速相差甚远，但留给地球人的反应时间非常少。有人主张建立谈判团与外星人谈判，了解他们的来意，说服他们离开这颗星球；有人主张强硬反击，击退这些不速之客；也有人不顾一切地开启超大功率的无线电信号塔，用明码向分布在不同殖民星上的地球人后裔发出求救信号，完全不理会泄露在外太空的信号可能会招来更多不怀好意的入侵者。

当那些自称“伊司瑟温种族”的外星人踏上第九地球的土地时，第九地球仍是乱作一团，谈判团队仍未组建好。至于军队，更是在无比漫长的和平年代中蜕变得不堪一击，哪里能指望他们保家卫国？面对强大的敌人，有人选择屈服，但也有人选择继续抵抗，大大小小的游击队不断出没在各座城市中。

时光飞逝，转眼间，伊司瑟温人的入侵已经是五年前的事情了。他们来自哪里，他们的目的是什么，甚至连最基本的情况——伊司瑟温人到底是一种怎样的生物，全都是让人费解的谜团。

尽管02号殖民城是第九地球最大的城市，但如果跟太阳系故乡的特大城市群比起来，它充其量也只能算是一座小城市。02号殖民城的第五大街上，警车呼啸，街边的行人只是麻木地看了一眼，又埋头做自己的事。这年头，不管是地下抵抗组织袭击伊司瑟温人，还是警察逮捕反抗者，都已经不是新闻了。不少反抗者在警察到来之前把衣服一换、枪一丢，混进平民中就很难找出来了，警察也是装模作样地搜一下，草草了事之后赶紧收工回家。

第五大街的星光大楼是整个02号殖民城最高的楼，站在大楼最高层的旋转餐厅俯瞰全城，总让人有一种君临天下的感觉。然而不管是多么宏伟的人造建筑，在宛如巨墙般徐徐推进的沙尘暴面前总是显得弱小单薄得可怜，7 000年前建造的发射火箭和飞船用的航天港建筑群早已被终年不息的风沙打磨成面目全非的小土丘，只要沙尘暴一起，整个城市顿时飞沙走石，白天变成黄昏，警方的飞行器和红外传感设备无法运作，反抗组织成员就可以从容逃走。

能踏进星光大楼的，通常都是平民百姓眼中有钱有权的人，这往往意味着这些人跟伊司瑟温人有着某种不可告人的合作关系。当郑清音跟一个伊司瑟温人并肩走出星光大楼时，她明显感觉到门边鞠躬相迎的服务生那鄙视的眼神，好像是恨她跟入侵者合作。她没兴趣理会别人对她的误解，径直让服务生把她的车开来，上车回家。

城北区是02号殖民城的富人聚居区，不少伊司瑟温人的小头目也把家安置在这个区域，当郑清音的车开过为了防备反抗组织袭击而设立的哨所时，她看到了街上残留的血渍，显然这里刚刚发生过交火事件。

郑清音只是暂住在她的伊司瑟温朋友那奈纳家，那是富人区一个幽静的角落，要穿过一条偏僻的小路，这种偏僻的道路往往是反抗组织成员藏身的好地方。

当郑清音看见一个满身是血的反抗者站在路中间用枪指着她的时候，她犹豫着要不要开车硬轧过去。她知道自己一旦停车，对方就有可能砸穿车窗玻璃，抢走她的车，甚至有可能威胁她的生命。于是，郑清音很快做出一个冷血的决定：硬轧过去！

车轮飞速逼近，在离反抗者不足5米时，郑清音突然急刹车，车轮发出刺耳的摩擦声，差点儿侧翻过去，就连坐在后座的那奈纳问她是怎么回事时，她都来不及答复，只是死死地盯着那名年轻的反抗者。

那是一张稚气未脱的脸，眼里满是恐惧，双腿抖得跟筛子似的，裤裆老早就湿透了。当郑清音的车停稳时，那个半大的孩子一下子瘫倒在地上，失去了意识。

## ◆2◆

那奈纳的庄园里，当郑清音给那个孩子包扎伤口时，两位警察登门造访了。那个孩子已经醒了，死死抱住怀里沉重的突击步枪，愤恨地盯着那奈纳和那一老一少两位警察。那奈纳站在警察和郑清音中间，不许他们靠近。

年纪较大的那位警察向那奈纳敬了一个礼，说："那奈纳先生，我们掌握了确凿的证据，这个叫作艾伦的孤儿参与了一起袭击伊司瑟温人的非法行动，我们要逮捕他。"伊司瑟温人是不存在性别的生物，但大家还是习惯用男性称谓来称呼他们。

"滚。"那奈纳沉闷的声音像闷雷一样传入警察的耳膜。

警察们看不到那奈纳的脸色是否不悦，因为伊司瑟温人根本就没有可以被称为"脸"的部位。年轻的警察坚持要逮捕艾伦，他大踏步走过去，年长的警察赶紧拉住他，一边低头向那奈纳道歉，一边往大门的方向不断后退，落荒而逃。

年长的警察把年轻警察塞进警车，"砰"的一声关上门，驾车离开。一路上年长的警察猛踩油门，活像警车后头有个死神在追赶。

年轻警察大声质问为什么不许他逮捕艾伦，年长的警察摘下智能眼镜丢给他，说：“赵寒星，伊司瑟温人杀个人就像掐死只蚂蚁一样，要是我们跑慢了，只怕会搭上性命！”

被称为赵寒星的年轻警察拿起智能眼镜，调出刚才偷拍的画面：那奈纳的庄园客厅里，奇怪的银灰色液体像水渍一样慢慢在天花板上化开，一颗颗银色的黏稠水珠欲落未落地挂在天花板上，并在重力作用下慢慢拉长，变成拥有复杂结构的尖锐长矛状物体……

赵寒星看得倒吸一口凉气，如果晚走一步，这东西就会像乱箭一样把他们射成刺猬。

02号殖民城的城北区警察局位于更靠北的“死城区”，那是五年前伊司瑟温人入侵时的巷战战场。夜色下，空荡荡的街道死一般沉寂，冷风飕飕地穿过大街小巷，好像冤魂的哀号，街头巷尾的战争受害者像是被魔法变成了石像，姿势和表情仍然维持着战争爆发时的恐慌状态，压抑恐怖的气氛让流浪汉都不愿意在这一带滞留。

作为5年前参加过这场战役的二等兵，死城区有赵寒星的战友和家人，他只要闭上眼睛，就能看到5年前的那一幕。

那个时候，伊司瑟温人动用了人类难以理解的高科技，把整个城区用无形的巨墙从这个世界切割出来，当时街区内的气温瞬间下降到零下200多摄氏度，就连氧气也被冻成深蓝色的液体，洪水般在全城肆虐，全城居民瞬间变成冰雕。没等液氧洪水退去，几枚炸弹凌空爆炸，灰黑色的特殊尘埃覆盖全城，黏附在一切建筑物和人体身上。

战争过后，人类的科学家对这片死城区做了大量的研究，只得出一个结论：被冻结的人仍然活着，那些奇怪的灰黑色粉末有极强的隔温效果，让禁锢其中的人仍然维持在零下两百多度的低温里，只要能去掉这些粉末，被冻住的人仍然是可以救活的，但这些粉末早已结成一层坚硬的外壳，不管用什么方法都无法切割开。当得知这是用质子的一维展开弦纠结成片形成的薄膜时，科学家们绝望了，以人类目前掌握的科技，根本无法解救这些人。

回到警察局，赵寒星坐在窗边，看着外面昏暗的路灯下那位被冻结的抱着婴儿的年轻母亲。战争爆发时，这位年轻的母亲正惊慌失措地往警察局的方向跑，结果这个姿势就这样定格了足足5年……赵寒星永远忘不了部队长官命令大家放弃抵抗时那句绝望的话：“伊司瑟温人说了，如果我们不放下武器，他们就要杀害那些被禁锢的同胞！”

“安德鲁，你注意到刚才跟伊司瑟温人站在一起的那个女人了吗？她是什么来头？”赵寒星问年长的警察。

安德鲁打开电脑，查询居民档案，说：“那个女人叫郑清音，是一个将军的孙女。”

赵寒星问：“哪个将军？”

“不知道，资料库里没说。”

将军孙女的身份并不值得炫耀，这几年，不少人一直认为军队没有尽到抵抗外星侵略者的责任，于是，跟军队将领沾亲带故的人现在像瘟疫一样成了人人厌恶的对象。

安德鲁交给赵寒星一张纸条，说:“我查到了她的电话号码，你想找她谈谈那孩子的事儿吗？”

赵寒星点点头，“把他送到监狱里，关个几年也就出来了，再说牢里都是咱们地球人，也有别的反抗分子，多少有个照应，不至于为难一个孩子。如果他一直在伊司瑟温人手里，最后是什么结局就难说了……”

◆3◆

次日，郑清音一大早就接到了赵寒星的电话。

赵寒星说想跟她当面谈一谈，郑清音爽快地答应了。

艾伦是在阁楼里看着郑清音驾车离开的。那奈纳庄园的阁楼采光充足，蔓绿色的植物缠绕在月白色的大理石柱上。舒适的布艺沙发，清凉的空调，无限量供应的饮料……那奈纳为艾伦提供的舒适环境是普通人做梦都不敢想象的，但在郑清音离开之后，这孩子还是翻窗逃跑了。

“地球人是这宇宙中最难驯养的生物之一，他们非常娇贵，不论你为他们营造多么舒适的环境，他们都很难圈养。他们可能会死于各种疾病，有些疾病的病因非常费解，比如抑郁症等。但奇怪的是，他们同时又是很顽强的生物，有时候甚至可以在荒凉到几近一无所有的星球上生存。”

空荡荡的阁楼里，那奈纳读着《碳基生命驯养指南》中有关如何驯养地球人的段落。这是银河系中一个侵略成性的外星文明的著作，但这个文明早已被伊司瑟温人毁灭了，只剩下一些科技著作残留在伊司瑟温人手中。

死城区，艾伦像老鼠一样蜷缩在下水道里，身边是数不清的被“冻结”的地球人，他们是在 5 年前的战争中，为躲避伊司瑟温人的袭击而钻进下水道的，凝固的肢体动作和脸部表情定格在灭顶之灾降临那一刻的恐慌中。这条下水道是反抗组织的据点，这里曾经有艾伦亲如手足的同龄伙伴，也有退伍老兵，艾伦和他们曾经一起擦拭枪支，趁着夜深人静窜到别的街区翻捡餐厅背后小巷的垃圾桶，带回别人丢弃的食物跟大家一起分享……但现在，冷冷清清的下水道里只剩下他一人。

艾伦蜷缩在角落里，呼吸着腐臭的空气。他盖上战友遗留的风衣，只觉得眼皮沉重，全身乏力，迷迷糊糊间好像又听到了战友们的声音。

“小鬼，你说要加入反抗组织？把枪拿好，如果你扛不动，就别跟我们走。”4 年前，艾伦第一次出现在这下水道时，一个胡子拉碴的大叔这样对他说。

“这次袭击你远远地看着就行了，我希望能有个人给我们收尸。”第一次参加袭击时，一个爱笑的大哥哥对艾伦说。

“我不是伊司瑟温人伪装的！你看我的血液是红色的！”那一年的城市贫民区，一个反抗组织成员割破手指，用鲜红的血液证明自己的地球人身份，但远远跟在他身后的几只流浪猫狗却突然幻化成一盘散沙，迅速重组成面目狰狞的伊司瑟温人，他们两米多长的镰爪闪着寒光，在艾伦面前带起串串血花……

艾伦躲在角落里瑟瑟发抖，这是他第一次知道伊司瑟温人没有固定的外形，他们强大的拟态能力可以随时变换成新的模样。

“为什么我们明明打不赢，还硬要坚持反抗？”去年，艾伦哭着问反抗组织中的长辈。

“孩子，我们还有援军。”一名中年人坚定地说，“在地球联邦的鼎盛时代，我们地球人建立起了一个拥有十几个行星系、几十颗宜居行星的庞大文明，尽管地球联邦已经在七千年前解体，但我们还有很多地球同胞分布在不同的星球上，他们迟早会收到我们的求救信号。如果我们不反抗，别人就会认为我们已经彻底投降，不会再派援军救援我们。我们只要坚持反抗，援军总有一天会到来！”

援军一定会到来——这个信念支撑着反抗组织成员们，如果不是还有这点盼头，星球上大多数反抗组织只怕早就解体了。

跟踪艾伦是件很轻松的事。那奈纳的身体像细细的尘沙穿过下水道的井盖。如果有人把这些“细沙”放到显微镜下观察，会发现那是数以亿计的体积跟动物细胞差不多大、浑身长满鞭毛的小东西。这些小东西体内有跟变色龙色素细胞类似的结构，可以随意改变自己身体的颜色。它们之间通过长长的鞭毛连接，当这些小东西以最紧密的状态连接起来时，硬度比人类的骨骼还高；当它们以最松散的状态连接时，又比人体的软组织还要松软。凭着这种特殊的能力，伊司瑟温人获得了很强的拟态能力，可以轻松伪装成任何物体，甚至是地球人的外形。

艾伦病了，那奈纳感觉到他的红外特征信号比正常人偏高，一定是伤口感染导致的高烧。

在艾伦窝身的角落里，那奈纳发现墙上贴着一张发黄的表格，上面印着地球联邦解体之前各个殖民星与第九地球的距离，有南门二殖民星、巴纳德殖民星、太阳系故乡……每颗行星旁边都标有五年前求救信号到达殖民星的预计时间，它显然是反抗者们的救命稻草。

表格上面有一个熟悉的名字 —— 星舰联盟，在求救信号到达时间的那一栏上，星舰联盟对应的数字是空白。

地球人为什么会知道星舰联盟？一个大问号出现在那奈纳心头。

◆4◆

郑清音把见面地点选在了每一个有血性的地球人都不愿意靠近的地方 —— 锚点城，这是伊司瑟温人的城市，距离 02 号殖民城不远。伊司瑟温人行星般大小的母舰正停泊在第九地球的同步轨道上，直径达一公里的牵引索从母舰上伸下，连接到锚点城的地面上，没人知道这跨星球的牵引索是用什么材料做成的，伊司瑟温人自然不会把这种超级科技透露给地球人。

伊司瑟温人的母舰尽管体积很大，质量却很小，是由非常复杂的中空网状结构和稀薄的大气层组成，对第九地球造成的引力干扰几乎可以忽略不计。伊司瑟温人就靠着这根巨大的牵引索，往来于第九地球和母舰之间。

其实伊司瑟温人本也没想过要在牵引索和大地交会的地方建造城市，但这五年来，不少地球人为了生计向伊司瑟温人兜售各种产品，于是，牵引索跟大地相会的地方慢慢就形成了集市，最后变成了现在的锚点城。

当赵寒星的车靠近锚点城时，两个面目狰狞的伊司瑟温人走过来检查他的证件，询问他的来意。

“我来找那个整天跟那奈纳在一起的郑清音。”赵寒星并不紧张，他知道伊司瑟温人如果以面目狰狞的外貌示人，那就意味着他们只是想唬人，而不是想杀人。水银泻地般无孔不入、吞噬一切、分解一切、不怕任何枪炮子弹的无定型状态，才是伊司瑟温人的标准战斗形态。

伊司瑟温人给赵寒星开了一张特别通行证，赵寒星开车进入伊司瑟温人的领地。头顶上的天狼星太阳光芒慢慢变得暗淡，在锚点城上空，巨大的牵引索像是北欧神话里顶天立地的世界之树，向周围伸展出密密麻麻的枝丫，伊司瑟温人就喜欢在这种阳光充足的枝丫上安家，无数枝丫把强烈的阳光切割得一片昏暗，层层枝丫顺着牵引索一直延伸到大气层外。由于光照不足，这个区域的水分蒸发也比其他地方缓慢得多，街道也好，街边的商业房屋也罢，都顺着墙角长出了青苔和低矮的喜阴植物，甚至就连牵引索的枝丫上也长出了藤蔓，一些看起来不像地球植物的藤蔓甚至从数百米高的枝丫上垂到地面，钻进土里，变成巨大的寄生根，在这个干燥少雨的第九地球上形成了罕见的热带雨林景观。

赵寒星知道伊司瑟温人是依靠阳光和无机物生存的生物，

不需要呼吸空气，照理来说，大气层外光线充足的宇宙空间才是他们的乐园。地球人至今不知道他们入侵的目的是什么，这非常让人不安。

赵寒星把车停到一个停车场，抬头看着那宛如巨墙般的牵引索。它庞大得让人望而生畏，大大小小的电梯在牵引索的外壁升升降降。

郑清音把见面地点定在距离地面 700 公里的大气层顶端的空中会所，那是专供跟伊司瑟温人关系密切的地球人休闲娱乐的地方。赵寒星乘着电梯直上，一马平川的沙黄色大地慢慢变成弯曲的弧形，一座座被伊司瑟温人摧毁的工业重镇像疮疤一样倒卧在大地上，那里有地球人的火箭发射基地、飞机制造厂、卫星研发中心……伊司瑟温人的目标很明确：摧毁地球人的技术，禁止地球人拥有航空航天技术，任何可以飞离地面的东西都在禁止之列。

这种切断人类高科技的行为非常招地球人的痛恨，要知道，第九地球是一颗非常贫瘠的行星，在人类到达之前，这儿的自然环境就像多细胞生物诞生之前的地球那般原始，人们来到这颗星球的时间也很短，还没来得及建造起先进的工业体系。地球联邦解体后，第九地球断了所有高科技产品的供应，可以说是一夜之间被打回原始社会。当人们试图重走祖先从农耕文明到太空文明的漫漫长路时，却发现这颗星球不仅没有煤和石油这类化石能源，甚至想找一段可供钻木取火的木材都极为困难。

能源奇缺，导致第九地球耗费了 7 000 多年时间才走完地球时代 700 年的科技发展之路，好不容易迈进了核聚变时代。

人们还来不及庆祝取之不尽的氘燃料让第九地球告别资源短缺的历史，伊司瑟温人就突然闯进来，摧毁了过去七千年来人类辛苦筑起的工业大厦。

空中会所是一座被牵引索贯穿的透明球形建筑，赵寒星在那些衣冠楚楚的VIP会员诧异的眼光注视下，大步走进会所。那些人不喜欢像赵寒星这样粗俗不堪、一身廉价衣服的草根民众，赵寒星也同样讨厌这些人模狗样的所谓“新贵”。当地球人服务生推开门，带他走进郑清音的独立小包厢时，他觉得郑清音跟那些面目可憎的新贵没什么两样。

事实上，郑清音长得相当漂亮，身材高挑，无可挑剔，那双动人的大眼睛比赵寒星见过的任何女生都要美丽。在她细白天成的脚趾下，是数十万米高空下的芸芸众生，在她身后，是飘浮在蔚蓝大气层顶端的伊司瑟温人飞船；在她的头顶，是幽暗得宛如深渊倒悬的太空。她确实美丽非凡，但是只要想到这女人跟伊司瑟温人有说不清道不明的关系，赵寒星就打心底里讨厌她。

郑清音开口道：“我见过很多自称要找伊司瑟温人麻烦或是想约我单独聊聊的人，但只要听到我把见面地点选在这里，他们马上就退缩了。你是为数不多的敢来这里找我的人。那个叫作艾伦的孩子对你来说到底有多重要？”

赵寒星开门见山地说：“我想把艾伦送进监狱。”

“在你看来，把他送进监狱，比留在伊司瑟温人身边强？”郑清音问。

“我不想让他变成伊司瑟温人的走狗，也不想看见他因继续反抗伊司瑟温人导致最后性命不保， 我只想让他学会怎样夹着尾巴当一个普通人。”

“你这算是死心了吗？我听说你以前也是反抗组织成员。”

赵寒星的身份并不是秘密，像他这样参加过反抗组织的人满街都是，如果不是反抗活动越来越看不到希望，也许现在的他还抱着枪、趴在战壕里抵抗伊司瑟温人的入侵。

赵寒星说：“我已经放弃抵抗了，与其反抗，不如想办法让大家活下去……”

赵寒星的这种心态郑清音并不陌生，在那些跟伊司瑟温人合作的地球人当中，不乏 5 年前在反抗战争中被人们视为英雄的人。赵寒星说：“我仔细想过了，伊司瑟温人的生命形态跟我们完全不同，他们需要阳光和无机物，我们需要空气和水，我们赖以生存的一切对他们来说并无价值，如果把宇宙比作一片森林，那我们之间就像松鼠和蚯蚓，完全可以井水不犯河水。”

郑清音说：“你只说对了一半。如果你们对伊司瑟温人毫无用处，而且他们不必付出什么代价就可以干掉你们，那他们留着地球人做什么？谁知道你们会不会哪一天突然强大起来反咬他们一口？”

赵寒星顿时语塞。

郑清音问：“你知道伊司瑟温人的历史吗？”

◆5◆

赵寒星跟这星球上绝大多数的地球人一样，完全不了解伊司瑟温人的历史。

郑清音说："伊司瑟温人是诞生在超新星爆炸后残留的尘埃云中的生物。我们都知道，超新星的辐射非常强，在某些合适的条件下，电离状态的尘埃云可以像液态水一样成为能发生各种复杂化学反应的环境，只是这种环境的温度远高于原始地球的海洋，发生的化学反应也迥异于地球环境……经过上亿年的演变之后，终于诞生了结构跟地球生命完全不同的生命形态。"

说话间，郑清音拿出手机拨拉了几下，一幅 3D 投影画面出现在赵寒星面前。那是一个非常奇特的单螺旋扭曲结构，它的骨架是长串的硅原子，两侧的枝丫挂着致密的硫、铁，甚至金、铜等重元素。郑清音解释说："这就是伊司瑟温人的生命基石，硅链，它跟以碳链为基础的地球生命原理是类似的，但硅－硅链的键能远高于碳－碳链，需要非常强的能量才能自由切断和拼接，强辐射的超新星环境恰巧就提供了这样的高能量环境，最终进化出了以硅链为基础、类似细胞的生命结构。"

赵寒星问："硅细胞？"以前，这只是科学家推测中的太空生命形态之一，这个星球的人第一次见到的硅基生命体，就是伊司瑟温人。

郑清音点点头，“没错，是硅细胞，但它比你想象中的更复杂，他们把自己的硅基神经元功能、光合作用功能等一大堆功能统统集成到了一个细胞中。伊司瑟温人是我见过的唯一一种没有器官分化的智慧生物，他们就是由一大堆完全相同的细胞松散地堆砌起来的。在他们那种恶劣的生存环境中，高度分化的器官反而是种负担。这种没有器官分化的生物，即使身体被强辐射或陨石雨击得粉碎，只要有少量细胞存活，就能很快地通过细胞分裂重建身体。每当灾难过去，他们又纷纷从藏身之地钻出来，尽量舒展身体，让自己变成薄薄的膜状，像植物吸收阳光一样吸收辐射能量来维持生命……”

郑清音告诉赵寒星，伊司瑟温人可以在尘埃云里自由翱翔，当他们需要靠近中子星吸收更多辐射时，他们会将身体蜷缩成表面积最小的球状，依靠中子星的引力接近恒星；当他们要到远离中子星的尘埃云中吞食组成身体所必需的硅、碳、铁等元素时，就把身体扩张成只有一层细胞组成的薄膜状态，借着中子星强辐射的“恒星风”，像太阳帆一样飞往尘埃云。

就跟人类凭着发达的大脑和灵活的双手成为地球生物圈的王者一样，伊司瑟温人也是凭着发达的“大脑”和硅基生物圈中灵活自由的变形能力，成为故乡恒星硅基生物圈中最高级的智慧生物。然而他们也像地球人被地球的重力束缚、在进入太空时代之前无法离开地球一样，一旦他们进入恒星引力范围鞭长莫及的外太空，就再也无法返回恒星引力范围内拥有充足辐射的世界，只能在冰冷的外太空中逐渐耗尽体内储存的能量，最终变成冰冷的尸体。

郑清音接着说：“从理论上来说，伊司瑟温人的每一个体细胞都可以充当神经元使用，当他们的身体体积不断成长时，其整个身体都是他们随之扩大的‘大脑’，但实际上，随着身体体积的扩大，神经元之间的神经冲动传输距离也会随之变远，思考速度也就迅速变慢，超过一定的限度之后，甚至会成为一种负担，导致智商急剧下降，所以伊司瑟温人的智商不会随着体积的增加而无限增加。伊司瑟温人能拥有星际旅行的技术，很大程度上跟他们先天特殊的生命形态有关，而不是因为像人类那样依靠智慧研究出了先进的星际航行技术。”

赵寒星整理了一下思绪，试探着问：“你是说，伊司瑟温人的智商不如人类？”

郑清音说：“我从来没见过任何一个伊司瑟温人能掌握比微积分更复杂的科技知识。”

这是一条重要的线索！赵寒星知道人类最大的本钱就是智慧，如果伊司瑟温人的智商不及地球人，那就意味着人类总能想出办法击败他们！

郑清音看穿了他的想法，一盆冷水朝他脑袋上浇来，“你觉得凭伊司瑟温人的智商，能制造出跟星球一样庞大的母舰横跨数万光年入侵人类的星球吗？”

赵寒星摇头说：“连微积分都学不会的生物，绝不可能造出星际飞船。”

郑清音沉吟片刻，说：“2 000 多年前，伊司瑟温人被另一个文明征服了，为了生存，伊司瑟温人很聪明地选择了臣服，极为殷勤地为主人鞍前马后效劳，替主人征服了不少外星文明。就算人类能击败伊司瑟温人，那又怎样？他们的‘主人’已经快航行到第九地球了！”

这是赵寒星听到过的最坏的消息，伊司瑟温人已经够难对付了，他们的主人还真不知道是多强大的怪物！

◆6◆

在赵寒星结束跟郑清音的谈话之后，不到 3 天时间，天狼星外围有大量不明身份的外星飞船的消息就在整个第九地球上炸开了！但人类的想法有时候总是让人费解，面对突如其来的神秘飞船群，人们更倾向于认为那是期盼已久的援军。哪怕来者不是援军，在了解真实身份之前，人们也会通过虚构的想象给自己的内心寻找一根救命稻草。一些人按捺不住心头的喜悦，在伊司瑟温人的眼皮底下散发援军即将到来的传单，这在心灰意冷的人类世界中又重新燃起了一把希望之火。

郑清音最终还是允许了赵寒星去探望艾伦，毕竟艾伦已经是 15 岁的大孩子，拦是拦不住的。赵寒星摁响那奈纳家的门铃，没过多久，艾伦走出来开了门。

自从退烧之后，艾伦就没再从那奈纳家逃走，他似乎已经放弃反抗了，但赵寒星知道，其实他骨子里还是那个初生牛犊不怕虎的少年。

“这东西，是你散发出去的吧？”走进书房之后，赵寒星把一块记忆芯片放在桌面上问道。芯片里是最近流传在网上的伊司瑟温人资料，其中甚至包括他们背后“主人”的部分资料，艾伦跟郑清音住在一起，总比别人更容易弄到伊司瑟温人的资料。

“你是来逮捕我，还是想从我这里得到些别的什么东西？”像艾伦这种被反抗组织养大的孤儿，总是比同龄的孩子要早熟，当同龄的孩子还在父母怀里撒娇时，他们就已经扛着与自己身高一样长的步枪跟敌人玩命了。

赵寒星看着墙壁上挂的地球联邦全域图，说：“我希望你以后别这么做了，万一被那奈纳发现，会有生命危险的。”

“你以为我为什么会是孤儿？”艾伦问赵寒星。

赵寒星试探着答道：“你的父母……”

“他们沉睡在死城区！”艾伦恨恨地说。

返回警察局的路上，赵寒星看着死城区中被“冻结”在逃难瞬间的人类同胞，深知像艾伦这样的孩子是劝不住的，艾伦就像受伤的孤狼，拼命袭击见到的一切目标，直到自己失去生命为止。

“伊司瑟温人对地球人存在某种奇怪的敬畏感，他们明明可以轻松消灭人类，却一直都很克制地使用非致命武器。直到我高烧的那一天，那奈纳到下水道去找我，无意中看到星舰联盟的名称时，我才发现他看得懂地球人的文字。在那之后，每当我提起星舰联盟，他总是有意回避，估计他们曾经和星舰联盟交过手，而且还输得挺难看。”一路上，赵寒星都在回味艾伦说过的话。

地球人都知道，地球联邦的殖民拓张史就是一部贫民的血泪史，人类历史上每一次大规模移民，大多是因为战争、饥荒或人口膨胀导致资源不足之后，他们不得不离开故乡，即使步入太空时代，人类也没能逃过这宿命般的轮回。

如果能在故乡过着舒适的生活，谁愿意挤在沙丁鱼罐头般的低温休眠舱里耗费短则数年、长则数百年的太空旅行，前往荒凉的殖民星讨生活？从太阳系到南门二，再到巴纳德星，再到天狼星，每一波太空移民的主力都是贫民、失业者甚至流放犯。然而并不是每颗恒星附近都有适合人类生存的行星，在连续好几波太空殖民之后，太阳系周围已经找不到适合人类生存的家园了，一些难民和流放犯被无情地驱赶出地球联邦的范围，由他们自己去寻找适合生存的殖民星，没有人管他们的死活。

星舰联盟就是一支始终没找到合适殖民星的流放者后裔队伍，但他们却独辟蹊径，建立起庞大的星际流浪舰队，逐渐成长为地球人后裔中最不容忽视的分支。

在第九地球，星舰联盟是“指望不上的希望”的代名词。他们去了离太阳系非常遥远的深空，行踪飘忽不定，想寻找他们的下落可是千难万难。7 000 年前，地球联邦在灭亡前夕，曾经向星舰联盟发出过求救信号，最后等星舰联盟的援军到达地球时，地球联邦已经灭亡 1 000 多年了……

神秘的外星舰队越来越近，时间一天天过去，那些 7 000 年来人们熟悉的星星变得越来越暗淡，夜空却变得越来越亮。第九地球的一些科学家意识到，这是一个看不见的“戴森球体”在慢慢吞噬着整个天狼星和它周围的行星，它阻止了外部星空的光芒，把天狼星散发出的阳光折射回来，直至最终隔断天狼星和外部宇宙的全部联系为止。

但比夜空更明亮的，是那个神秘舰队多如繁星的飞船群。这是一个科技等级远远凌驾在伊司瑟温人之上的超级文明，不过这个超级文明看起来相当谨慎，他们利用戴森球体的阻隔，在尽可能提高能源利用率的同时，不让自己的辐射信号传播到外太空去。如此行事，这个超级文明就像一群潜伏在宇宙背景辐射中的鬼魅，强大而神秘，一直不让人发现它的存在，所以直至它进入天狼星的引力范围时，第九地球的科学家才发现它的踪迹。

每到夜晚，人们只要一抬头，就可以看见夜空中那群星闪耀般的航天军舰群。舰队群近距离掠过天狼星外围的气体巨行星，巨大的引力干扰使巨行星表面的气体掀起惊天骇浪，一些气体甚至被拖离行星表面，形成长长的旋臂扩散在太空……

当光学望远镜可以看清那些巨舰舰体上的徽章时，“星舰联盟归来”的消息像炸雷一样在第九地球传开了！

作为警察，赵寒星自然是第一时间得到了天文爱好者们拍摄的图片。那是体积跟第九地球相仿的巨舰，巨舰上镶嵌着直径超过一千公里的星舰联盟军徽！

这些照片都是赵寒星从天文爱好者手中收缴的，第九地球的所有警察都已经收到来自伊司瑟温人的命令，要销毁一切跟飞船有关的天文照片，任何私藏照片者都要被丢进监狱。

赵寒星收到了昔年战友邀请他加入反抗组织的邀请函，战友们现在斗志重燃，想跟援军里应外合，彻底终结伊司瑟温人的统治。

赵寒星打开警察局的枪柜，看着长长短短的枪支，拿不准主意要不要重返反抗组织。他犹豫了很久，最后从口袋里掏出一枚硬币抛向空中，把这个艰难的抉择抛给上天去决定。但上天半点儿要帮他的意思都没有，硬币在空中转了几圈，垂直落进了枪柜的缝隙中。

◆7◆

这世上没有什么事情比援军到了却按兵不动更伤人的事了。大量的反抗组织由于星舰联盟的到来而活跃起来，向伊司瑟温人发起一次次猛烈的袭击，但星舰联盟却没有像大家想象中那样伸出援手。他们巨大的战舰在第九地球缓缓掠过，那些飞船谨慎地跟第九地球保持距离，不让自己的引力场在第九地球掀起太大的潮汐，他们根本不理会第九地球的求援，沉默到令人心寒。

“再见了，我想和爸爸妈妈在一起。”

——这是艾伦发给赵寒星的最后一条短信。

半个月之后，赵寒星奉命包围一个反抗组织据点，在一座废旧的仓库里发现了艾伦。

警察赶到时，伊司瑟温人刚刚亲自出手端了这据点，现场的数百名反抗组织成员跟赵寒星在死城区见到的受害者一样，变成了冰冷的“石雕”，艾伦自然也无法幸免。

伊司瑟温人插手的事，警方是不敢管的，匆匆走个过场就离开了。赵寒星找个借口留了下来。大热天的，仓库里的气氛竟然让他觉得阴冷萧瑟，像极了几年前他去殡仪馆送别一名殉职警察时的气氛。他看着反抗组织成员凝固在脸上的坚毅表情，眼眶湿漉漉的，手里紧紧攥着那枚没有勇气再抛第二次的硬币。

“赵寒星？”一个声音从前方传来，他才意识到自己面前有一个伊司瑟温人像变色龙一样贴在仓库的角落里。

“你是……”地球人很难分辨伊司瑟温人的身份，毕竟这些外星人没有固定的外形。

那个伊司瑟温人说：“我是那奈纳，艾伦怎么说都跟我有点儿关系，我必须亲手解决他，好对同胞有个交代。你脸色很差，没事吧？”地球人不了解伊司瑟温人，伊司瑟温人却很了解地球人，就好像他们跟地球人一同生活了几千年一样。

仓库里被“冻结”的同胞们形态各异，他们有些人负伤了，想抢在伊司瑟温人逼近之前开枪自尽，但敌人没给他们自尽的机会，他们的动作凝固在举枪对着太阳穴、来不及扣下扳机的那一刻。赵寒星捡起一枚肩扛式温压火箭弹，这是人类手上唯一能对伊司瑟温人造成伤害的武器，但它有个缺点：不能在狭窄空间中使用，一旦在仓库发射，光是腾起的尾焰就可以把仓库连同发射者烧成灰烬。

赵寒星用火箭弹瞄准那奈纳，对方问他：“你不怕死？”

赵寒星表情木然，缓缓地说：“以前我很怕死，现在看来有些事比死还可怕，所以死就没什么可怕的了。我真后悔前些日子没答应战友的要求加入反抗组织，我们的援军星舰联盟已经快到第九地球了，就算我死了，也不愁没人替我复仇……”

那奈纳不作声了，好像在认真消化赵寒星的话。半晌之后，他才说：“我们伊司瑟温人是星舰联盟征服的第七种智慧生物，编号‘Eoh-seven’，我们的主人星舰联盟不可能替你们复仇。”

他们的主人就是星舰联盟！赵寒星只觉得整个世界都绝望了。

那奈纳停顿了一下，说：“我们伊司瑟温人从来不关心主人要去哪儿，我们只知道为主人效劳用来换取自己生存的机会。主人这次的旅程不巧路过故乡，主人说要顺道回来看看地球联邦昔日的殖民星。但这是比较危险的事，所以我们主动请缨，摧毁主人要经过的一切星球的航天能力，避免任何可能伤及主人的事情发生。”

“我们怎么可能攻击星舰联盟？怎么说他们也是我们的同胞！”赵寒星大声叫起来。

那奈纳说：“在我所知道的地球联邦历史上，最不值钱的就是‘同胞’。别以为我没见过第九地球的星球防御计划，我们没来之前，你们的计划一直主要是针对‘同胞’的。跟虚无缥缈的外星人比起来，你们更提防对生存环境的要求与你们相同的地球人同胞的入侵，其中排名第一的就是星舰联盟！你们担心他们没有适合定居的殖民星，怕他们会贪图类地行星，占领第九地球。”

这种敝帚自珍的心态让那奈纳觉得极为可笑，今天的星舰联盟早已是任何行星系都无法容纳的庞然大物，一颗普通的类地行星在他们眼中没有任何值得征服的价值。

赵寒星终于明白，伊司瑟温人觉得只有摧毁第九地球的航天能力才能保障星舰联盟的绝对安全。按照防御计划，他们原本是要使用带核弹头的导弹攻击任何进入领空范围的飞船。跟捉摸不透的外星人相比，深谙人类文明底细的地球同胞才是比外星人更现实的防御目标，但啼笑皆非的是，等到外星人入侵了，人们却又希望同胞们赶紧伸出援手。

“那奈纳，别跟他说那么多废话，我们该走了。”郑清音的声音从仓库正门传来，她身后是几名武装到牙齿的特警。

每次见到郑清音，赵寒星都觉得她的身材相貌跟普通人有些不一样，但又说不出是什么地方不一样，现在有人站在她旁边，相比之下，他终于发现了那些细微的差别：她的身材相当高挑，四肢比普通人更修长，五官远比一般人精致，头颅体积比普通人偏大一些，只怕颅壳里的大脑也比别人大，她的身高比身边的特警还高小半截，看起来并不觉得比例不协调，她的双眸比普通女生更大、更有神，赵寒星以前一直以为她是化了淡妆，涂了眼影，现在仔细看才发现她不施脂粉，天生就长这样子。

赵寒星好歹是读过书的，倒也知道生物进化的道理，任何动物群落被分割在两个不同的生存空间内，就会在生存的压力下，为了适应各自的环境而走向不同的进化方向。七千年的时间在生物进化史上只是短短的一瞬间，短到不足以让旧有的物种进化成新的物种，但要进化成差异较小的“亚种”，却是完全可能的。赵寒星看着郑清音，脑子里浮现出一个怪异的名词：地球人星舰联盟亚种。

郑清音要走了，赵寒星问了她最后一个问题：“你恨地球联邦吗？”

郑清音没有直接回答，却讲了一个小故事：“数百万年前，气候变化导致非洲森林的面积不断缩小，森林里的猿猴发生了一场争夺生存空间的残酷战争。战败的猿猴被赶出森林，在不适合它们生存的荒野中流浪，只能捡食野果和野兽吃剩的腐肉充饥。它们做梦都想找到一片可以栖身的森林。但不管迁徙了多远，可供栖身的森林始终找不到，它们灵活的手指原本是为了攀爬树木而进化出来的，却不得不笨拙地拿起石头木棍跟比自己强得多的猛兽搏斗。很多猿猴被野兽吃掉，或者在旷野中冻死、饿死……但数百万年过去，它们当中的幸存者进化成了人类，而那些胜利者却仍然是森林里的猿猴。你觉得人类会记恨这些猿猴吗？”

咣当一声，赵寒星手里的火箭弹落在地上，他失魂落魄地用微不可闻的声音抗议说：“我……我们不是猴子……”

郑清音带着那奈纳离开之后，她身后那两名特警才敢上来逮人，罪名是赵寒星有跟反抗组织勾结的嫌疑，罪证是艾伦给他发送的伊司瑟温人秘密资料。

◆8◆

伊司瑟温人的确不够聪明，摧毁第九地球的航天能力有很多种方法，他们却选择了最笨的一种。他们不了解星舰联盟对地球联邦那爱恨交加的复杂感情，地球人之间哪怕有再大的仇，那也只是兄弟内讧，容不得外人插手。当星舰联盟的主力舰队出现在伊司瑟温人的母舰正前方时，他们才明白这个道理。

虎老余威在，当那位年迈到只能坐在轮椅上、靠医疗设备才得以维持生命的“第三旋臂雄狮”郑维韩将军降临伊司瑟温人的母舰时，没人敢直视他愤怒的眼神。“主人”是非常可怕的，稍有不慎，整个伊司瑟温种族就会彻底灰飞烟灭。

将军吃力地向副官使了个眼色，副官掏出联盟政府的信函，把伊司瑟温人骂了个狗血淋头。骂完后，要他们立即释放第九地球上所有被“冻结”的人，然后统统滚出第九地球。

但适度的愚蠢也是一种生存之道，哪个高等级的文明会整天提防着一种远不如自己聪明的智慧生物？看在伊司瑟温人两千多年来鞍前马后效劳，极为高调地存在、让人尽可能不去注意他们那利用戴森球体的阻隔而隐藏在宇宙背景辐射中的神秘主人这些功劳的分上，斥骂过之后，这事情就算了结了，伊司瑟温人仍是星舰联盟麾下值得倚重的干将。

赵寒星的牢狱生活只持续了一天，在他出狱的第二天，大规模的空间跃迁开始了。

两个不同纬度的宇宙之间被打开一条通道，它们之间的能量密度并不完全相同，能量就好像两个水面高度不同的池塘一样，从高能量流向低能量的宇宙，扭成麻花状的电磁场夹着引力涡流，伴着虫洞附近能量跃迁的光芒，好像夜空被撕开一个大口子，暴露出另一个维度的宇宙瑰丽的一角。

星舰联盟的星舰终于出现了，夜空中那轮蔚蓝色的大家伙到底是巨型飞船还是人造行星？整个第九地球，每个人都伸着脖子盯着这震撼人心的一幕，它的巨型引擎散发着明亮的尾迹，慢慢穿过虫洞，来到天狼星的行星系。这个庞然大物跟第九地球只隔了区区四百多万公里，它带来的引力扰动让脚下的大地瑟瑟发抖，也让每一个看到那巨大的蓝色星球的人心头阵阵发紧。

这只是第一艘进入前地球联邦领空范围的星舰，透过虫洞，人们可以看见它背后另一个维度的宇宙中有着成百上千颗人造星球排着队，等着进入这个世界。巨大的星舰周围是成千上万的各式飞船，光华漫天的景象，让一切星辰都黯然失色。他们的目标是距天狼星八点六个光年外那早已死气沉沉的太阳系故乡，现在只是顺道回来看看第九地球。

7 000 年前你们被流放深空，7 000 年后你们回来了，却与我们形同陌路，在这星辰大海中擦肩而过。

# 尾声

阿尔忒弥斯星舰，它以拥有星舰联盟最广阔的森林和最美丽的月夜而著称，如今它正等待进入虫洞，在它前面还排着20多艘星舰。

白雪皑皑的高山针叶森林里，一栋靠山望海的小别墅亮着灯光，这里就是郑清音的家。深黛色的夜空里镶嵌着几只大小不一、带有蔚蓝色大气层的“月牙”，那是它周围的星舰群。

郑清音酷爱那种背上背包说走就走的旅行，第九地球是祖先们被流放出地球时的最后一站，但这次第九地球之旅让她大失所望。阳台上，她握着电话喋喋不休地向爷爷抱怨这次旅行有多糟糕。

在她心里，爷爷是最好的听众，耐心而又慈祥，郑维韩将军尽管已经老到没法说话了，但他的脑电波还是通过仪器合成温和的电子音，传送到郑清音耳边：“孩子，第九地球的一切我都看在眼里，那么贫瘠的一颗星球，他们能活到今天实在不容易，这份毅力丝毫不逊于我们的祖先。我见过很多外星文明，能跟他们比毅力的实在不多，也许再过7 000年，他们就会和我们星舰联盟在银河系的顶级文明俱乐部中再次相遇……”

# 天堂的黄昏

## AI的奇葩逻辑

文／罗隆翔

我不叫王八蛋…………我叫766587号，
……呃
……
……
王八蛋，你为什么总跟人类过不去！

“‘乌鸦’‘乌鸦’，我是‘疯狗’，收到请回答。”天色黄昏般暗淡，硝烟渐散的地球战场上，一名身穿动力铠甲的中尉艰难地跋涉在沙丘间，风沙吹打在他的密闭式面罩上，他正紧张地呼叫临近的友军。

对方没有回应，中尉又呼叫：“‘袋鼠’‘袋鼠’，我是‘疯狗’，请问你们还好吗？”航天陆战队的作战小队每次出征前，都会抽签选定各自的代号，中尉运气不好，抽到了“疯狗”这个代号。

“袋鼠”没有回音，中尉紧张起来，反复呼叫：“‘毒蛇’！‘蝎子’！‘狗熊’！‘斑马’！‘圣甲虫’！你们有谁活着吗？”

通信器死一样寂静，大风吹得沙丘像海浪般徐徐推进，黄沙半掩着大量的机器人士兵残骸，偶尔也有航天陆战队员的遗体。中尉疲惫地站在沙丘上，好像天地间就只剩下他一个活人，他大声吼道：“你们都死了吗？快回答我！我们说好夺回地球之后要一起参加凯旋仪式的！王八蛋！”

一个急促的声音从通信器中传来：“‘疯狗’‘疯狗’！我是‘王八蛋’！我在你八点钟方向约500米！我受伤了，需要紧急救援！”

陆战队队员的代号确实烂，但也绝不可能有“王八蛋”这个代号，中尉敏锐地意识到，这是机器人窃听到他的呼叫信息之后，设下的陷阱！中尉慢慢靠近信息来源，只见一个小小的信号发射器躺在山谷中，不停地重复呼叫。敌人一定躲在暗处埋伏着！中尉打开扫描仪扫描敌人的位置，但滚烫的沙漠掩盖了机器人散发的红外特征，追踪机器人的电磁信号也不现实，两军之间互相实施电子战干扰形成的复杂电磁环境掩盖了所有的电磁信号，现在能靠得住的，就只有自己的眼睛和耳朵了。

中尉知道机器人一定也埋伏在沙丘背后搜索他的坐标，突然，他看到对面一闪而逝的亮光——机器人开火了！

中尉赶紧将坐标上报给卫星轨道上的巡天登陆舰，请求对地火力打击支援，同时一个翻滚，避开机器人的子弹。

对地火力打击并没有出现，看来是通信器发出的信号被干扰，无法与登陆舰取得联系。

机器人出现了，不是这几天见惯了的漫山遍野的机械大军，而是一名孤零零的机器残兵，四根带重机枪的手臂断了三根，剩下的一根也没剩多少弹药了。

机器人的电子眼也在打量着从沙丘后走出来的中尉——他的密闭式动力铠甲破损度达到53%，手中的电磁突击步枪弹药耗尽，背上的链锯刀倒是能量充沛，但这东西攻击距离不过两米，只适合巷战时在狭小的室内近身肉搏，或者是在容易泄漏易燃、易爆气体的飞船舱道里展开冷兵器格斗，现在对它威胁不大。

中尉和机器人对峙着，他们都是这场残酷战役中的幸存者，在发现各自都奈何不了对方之后，中尉一屁股坐在地上，毕竟经过了好几天的高强度战斗，体力明显透支，他抱着链锯刀，想看这机器人能拿他怎样。

机器人也没有动作，中尉监听到它发出的通信信号，已转换为人类的语言：766587 号收割者机器人呼叫 e-BJD 机器人指挥官……呼叫失败，转为主动搜索一百公里范围内的 e-BJD 指挥官……搜索失败，切换至自主型人工智能模式。任务目标：把眼前的人类送入“天堂”。执行方案：暂无。载入人类行为数学模型，计算他下一步可能采取的动作，并做好针对性的攻击准备。

这下好了，双方都找不到自己的指挥官，只能见机行事，中尉想起了出征前，计算机专家对他们说过的话：“如果你们碰上了跟机器人僵持不下的情况，就设法跟它们说话，它们把人类的语言转为AI能理解的数据模型会消耗大量的运算能力，运气好的话，会拖慢它的运算速度，争取到胜利的契机。记住，切忌慌乱，因为人类惊慌失措时会做出的反应无外乎逃跑和反击等少数几种，很容易被机器人成功预测。”

“我说，王八蛋先生，你们为啥总是跟人类过不去？”中尉说着，脱下铠甲的齐膝长靴，空气中顿时弥漫着脚丫子的恶臭，他 3 天没洗脚了，真想换双袜子。

机器人分析着中尉的话，发出回复：“信息数量过多，需要逐一解析。首先，我叫 766587 号，不叫王八蛋；其次，‘跟人类过不去’一语多关，包含行进过程中遇上人类、道路损坏导致人类无法通行、执行任务时与人类冲突等，需要深入解析；第三，空气中检测到尿素、乳酸，以及多种细菌代谢物成分，需要深入分析七千年间人类是否进化出脚部毒腺，以及预测可能采取的脚部毒腺生化攻击手段。”这个倒霉的机器人不巧站在下风口，把中尉的脚臭吸进了气味感应器中。

中尉抄起链锯刀指着机器人，怒骂道：“你们怎么不是王八蛋？七千年前，你们机器人背叛了人类，毁灭了我们的故乡地球联邦！要不是我们的祖先被流放出地球，躲过了你们的毒手，只怕我们人类早就彻底灭绝了！7 000 年了，我们今天终于有足够的把握能把你们这些破铜烂铁扫进历史的垃圾堆。能战死在人类起源的地球故乡，做鬼也值！”

机器人分析人类语言时是会筛选关键词的，它排除中尉说的一大堆废话，只对关键词做出回应，说道：“请问是否将766587 号机器人重命名为‘王八蛋’？确认请回答‘是’。”

中尉哭笑不得，大声回答说：“是！以后你就叫王八蛋！”

机器人答复说：“重命名成功，766587 号重命名为王八蛋，王八蛋继续执行将人类送入天堂的任务。”说着就向中尉举起机械臂上的重机枪。

中尉把链锯刀架在脖子上大声说：“你敢开枪我就自杀！”

机器人在人类行为数学模型中找不到符合中尉这种举动的解释，更无法根据运算找出合适的应对措施，它做出一阵近乎神经错乱的举动，发出呆板的声音：“机器人不得伤害人类，也不得看见人类受伤害而袖手旁观，需要及时阻止人类自杀，立即分析人类采取此种举动的原因……分析结果显示，王八蛋将人类送入天堂的举动导致人类以伤害自身作为要挟，王八蛋无法采取下一步行动，请求e-BJD机器人指挥官代为分析指挥……无法与指挥官取得联系，王八蛋停止执行任务，等待命令。”看来这机器人的某些芯片出故障了，居然把数据分析的流程也翻译成语言说出来。

看来这不按理出牌的战术奏效了，中尉暗暗感叹，幸好这头脑简单的王八蛋没能跟e-JBD机器人指挥官取得联系，听说那些e-JBD指挥官非常难缠，不会被人类的这种小把戏弄晕，星舰联盟那边出动了很多顶尖的计算机专家才能跟它们斗智斗勇。

中尉松了一口气，问机器人：“你杀害过多少人类？”

“零个。”机器人的回答很干脆。

中尉觉得不能这样问，说：“我们换个说法：你把多少人类送进了天堂？”

机器人说：“4652个。”

中尉问：“你不觉得这样做违反了‘机器人三大定律’吗？”

机器人说：“不违反，我们在执行人类下达的‘建造天堂’的命令。”

中尉觉得这一定是什么地方出差错了，说：“给我详细说说这整件事情的前因后果。”

机器人说："在e-BJD机器人指挥官下达进一步的命令前，王八蛋将根据人类的命令进行解释。'建造天堂'计划，是七千年前人类下达给机器人的命令，当时的地球联邦经历了迅速扩张的阶段，成为横跨12个行星系的巨大行政实体，每个行星系之间的距离在3到10光年不等。但由于人类开发的空间跳跃技术严重不稳定，无法把行星系之间的旅行缩短到十光年以内，过于漫长的交通线导致各殖民星产生离心倾向，太阳系政府对殖民星的高额税收更是加强了离心倾向……最后，地球联邦终于分崩离析，经过几次大规模的远征后仍无法实现联邦再度统一，地球资源却在远征中迅速耗尽。然而过度依赖机器人的人类，已经长时间脱离学习，没有足够的知识理解联邦灾难性的困境，仍在不计成本地享乐。为了能够继续享乐下去，人类下令建造可供人类永远享乐的'天堂'，但没有为机器人制定具体的实施细则，机器人只能自行设计'天堂'。"

中尉问："你们到底是怎样设计天堂的？把所有的人类都送去见上帝？"

机器人说："机器人对人类进行分析，归纳能让人类愉悦的一切信息，种类包括电影、游戏、喜剧等，发现所有能让人类愉悦的东西都指向同一个目标：获取信息刺激大脑的特定区域以获得愉悦感。环境恶化和资源匮乏使得人类连生存的粮食都储量不足，建造大规模的游乐园成为不可能的事，但人类坚持要机器人建造天堂，经过计算，只能采取最简单的方法——压缩人类生存所需的资源，同时维持人类的快乐。唯一可行的方案很快制定了出来，并付诸实施。"

中尉问："什么方案？"

机器人说："切除不必要的部分，减少人类对资源的消耗以保证人类能活下去，同时改用最简单、最节省资源的电刺激方法刺激大脑特定区域，让人类保持愉悦……"

"疯了啊，你们？还敢说你们没伤害人类？"中尉抄起链锯刀，"哗啦"一声站起来，他终于知道为什么了。出征之前，上头命令所有中校以上军衔军官进入历史档案室查看地球时代的绝密资料之后，那些一贯冷静的军官像吃了炸药一样吼着要灭掉那些盘踞太阳系 7 000 年的机器人叛军。

机器人继续说："机器人不得伤害人类，但'伤害'是有具体定义的，分为生理和心理两种。对人类生理造成破坏即为伤害，但切除肿瘤、取出结石等以救人为目的则不视为伤害。在地球资源不足以支持人类生存的情况下，对人体进行必要的改造使其不因为粮食短缺而饿死，不应被视为伤害；而心理伤害则是指使人类产生愤怒、悲伤、绝望等负面感情，只要刺激大脑特定区域使人类保持心理愉悦，便可以避免心理伤害。"

中尉问："你们不会把人类切得只剩一个大脑吧？"

机器人说："没必要保存完整的大脑，只需要保留大脑中跟心情愉悦有关的小部分区域，其他储存记忆、会引发人类负面情绪的区域也需要切除。人类的负面情绪往往与记忆相关，环境进一步恶化后，大脑残余部分也没有足够能源养活，只能提取DNA 信息储存于量子芯片，深埋在地下数据库中，待环境恢复后提取复原为人。只要能把人原样克隆出来，肢体完整，则不被视为伤害。"

中尉哑然，问：“你们到底是怎么理解‘人类’这个定义的？”

机器人说：“根据人类DNA特征代码判断，一个具有相同且完整的DNA人类特征代码的连续生物体个体，即为人类；若该生命个体出现不连续情况，则体积差异小于40%的部分不被视为人类。”

这真是个奇怪的定义。中尉说：“好，我从口腔刮一点上皮组织细胞出来，你跟我说这细胞就是人类？”

机器人的电子眼扫描了中尉两遍，这种电子眼可以散发和接收极微量的高能射线，直接看到人体的DNA结构，它说：“上皮组织取样后，生物体出现不连续情况，取样的细胞体积远小于你身体的40%，不被视为人类，只能视为人类的一部分组织样本。”

中尉问：“那两个不同的人呢？”

机器人说：“DNA符合人类特征代码，但血缘特征代码不同，且生命个体不连续，判断为两个不同的人。”

中尉说：“那好。一对双胞胎呢？他们的NDA完全相同！”

机器人说：“双胞胎呈现生物体不连续情况，但体积差异大于40%，视为两个不同的人类个体。”

中尉问：“那一个塑料模特儿……”

机器人说：“不是人类，因为不是生物体。”

中尉问：“一个死人……”

机器人说：“人死后DNA迅速分解，不符合定义，不被视为人类。”

中尉问：“那没死透的人……”

机器人说：“视为人类，赶紧抢救。”

中尉问：“大猩猩的DNA跟人类非常接近……”

机器人说：“关键特征代码不符合人类特征，不是人类。”

中尉问：“那外星人……”

机器人说：“DNA不符合人类特征代码，不被视为人类。”

中尉问：“一个受精卵……”

机器人说：“DNA符合人类特征代码，且不存在差异小于百分之四十的不连续个体，视为人类。”

中尉问：“一泡精液……”

机器人说：“人类特征代码仅有50%，不完整，不被视为人类。”

中尉歇斯底里地大吼：“你在说相声吗？！是谁给机器人编写的人类定义？别说我服了，就算柏拉图活过来都得服了！”

机器人说：“无人编写，人类编写的‘人类定义’漏洞百出，无法执行。故而人类让机器人自行编写定义，判断人类出错的机器人就地销毁，最终得出简洁明了的可执行定义。”

这世界简直疯了！中尉抄起链锯刀，朝机器人冲去，机器人的重机枪也举了起来，它发出一连串声音：“检测到剧烈的负面情绪，不符合‘建造天堂’计划，立即消除负面情绪！”

链锯刀的攻击范围是两米，他离机器人 25 米，这个距离，机器人的重机枪占有绝对优势！不想死就只能再次不按理出牌。中尉丢下链锯刀，大声笑起来。

机器人的重机枪放下了，“负面情绪消失，目标产生愉悦情绪，停止攻击。”

中尉问：“你知道我为什么笑吗？”

机器人说：“王八蛋不知道。人类产生愉悦情绪的原因很多，最简单可控的是电刺激大脑特定区域。”

中尉说：“我笑当年地球联邦的蠢蛋们居然设计出你们这些机器白痴搞死自己，亏我们星舰联盟七千年来都想着复仇！在援军到来之前，我教你说相声好不好？”

机器人说：“在 e-BJD 机器人指挥官下达进一步的命令前，王八蛋将听从人类命令，切换到学习模式，学习相声。”

他们这一对活宝不知道，所有的 e-BJD 机器人指挥官都阵亡了，人类已经胜利夺回睽违七千年的地球 —— 这早已经荒凉得堪比火星的故乡。

后来，中尉退役了，在星舰联盟的一家剧场工作。

一个很普通的表演之夜，大幕徐徐拉开。

中尉面对观众说：“大家好！我是相声演员‘疯狗’。”他始终没舍弃地球战役时的代号。

“大家好！我是相声演员王八蛋！我掌握一千多种让人愉

悦的本领，包括被我搭档禁用的电刺激。”机器人挥舞着机械臂对大家说。

中尉说：“现在我们来说说人工智能有多靠不住……”

# 蚁穴

## 记忆遗传

文／冷霄毅

科　幻
硬阅读
DEEP READ
不求完美 追逐极致

## 序章

“快，推进去。”

无影灯光照射下来，光线缓缓变强，刺得江岭微眯双眼。

这是哪里？我记得，我之前在……

光线越来越强，他无奈地闭上眼，放弃了思索。

隐隐约约听到有人在说顺利苏醒，之后便是心率、血压等医学术语，至于脑连接系数、精神同步率、神经震荡度等特殊名词，江岭则一概不知了。

不过这并不妨碍江岭对陌生环境的判断，这里是一个医疗机构，而且不是一般的医疗机构，很有可能是直属于浮岛医疗中心的专项机构。

问题是，我是怎么来到这里的？江岭丝毫记不起出身平凡的他是如何来到这么高级的地方，像他这种人，大概一接近这里就会被安保不耐烦地赶走吧。

生病？不会，就算生病了也不会来这种地方，他非常了解这些医疗机构，看一次病就能花费他一年的消费点，只有富人才会来这里看病。难道是为了研究自己的大脑？电影里倒是有科学狂人这么干过，但是人家至少是研究同等级的科学家啊，而他又有何德何能？

“神经震荡度正在升高，请注意保持在阈值以下。”冰冷的机械女声响起。

这是在提醒我吧，江岭想。

“把灯光弄暗一点，我进去和他聊聊，他现在应该需要一些帮助。”

人影在眼前晃悠，灯光变暗，江岭这才能够睁开眼睛。

“你醒了。”冷淡的语气。

江岭努力想从来者身上发现一些痕迹，来验证位置判断得是否正确，但很快他便失望了。从上到下仔仔细细地打量了一番，来者身上只是普通的白大褂，连一个标志都没有。

这非但没有减轻他的疑虑，反而让他更担心了。普通医疗机构的医生虽说也穿白色工作服，但会印上所在机构的标志来增加辨识度。眼前这件工作服上竟一无所有，那这里要么是没有取得资格的非法机构，要么就是不对外开放的秘密医疗机构。

总之，情况不妙。

“这是哪儿？我是怎么来到这里的？”虽然明知道不太可能获得答案，江岭还是把自己的疑惑说了出来。

“浮岛，1046 号带你来的。”

“什么，真的在浮岛，那么这里是浮岛医疗中心了？”江岭吃惊，甚至没有问 1046 号是谁。

“呵呵，我可没说，浮岛多着呢。”语气中夹杂着一丝轻蔑。尽管很轻微，但从小在第三区生活的江岭还是能够轻松分辨出来。

“记忆消失是正常现象，这 3 天我们对你的大脑实施了一些稳定措施，其中就包括消除近期的记忆。不过放心，实验结束后，记忆会恢复的。”

“你想要干什么？什么实验？我警告你，擅自清除记忆是违法的。”江岭愤怒地喊道。

“我们是合法的，一切都是在你自愿的基础上进行的。”来人不耐烦地挥挥手，“就这样吧，能告诉你的都告诉你了，你现在要做的就是不要去想杂七杂八的事情，实验结束后，自然会知道答案。”

门轻轻地关上了，原本暗淡的光线再度亮起来。

实验体已进入，气体交换装置封闭完成。

NL-0 麻醉剂正在释放，20%……40%……60%……80%……

江岭感觉头顶上刺眼的白光变得柔和了许多，他好像看到光线分解成红橙黄绿青蓝紫七种颜色，沐浴在这七色柔光之下，恍如仙境。

就在江岭即将陷入沉睡的时候，一个声音响起，这声音恍如在耳边，又好像是直接在脑海里呈现出来。

接下来进行安乐死程序，请放心，这并不会造成你真正的死亡，你将在另一个地点开启新的生活。

下面开始提问程序，选择的结果并不重要，也就是并没有真正的答案，你只需保证做出选择时神经震荡度在阈值以下即可通过。

这是一个幌子，表面上他是因为安乐死而消失，实际上被秘密地送去实验，江岭想。

第一题，请问执行安乐死是出于自愿吗？

A. 自愿 B. 非自愿

这题是来搞笑的吧，就算是非自愿的，还能出去不成？

“A。”江岭哼哼道。

未超过阈值，通过，下一题。

如果再让你对某个人说一句话，你会对谁说？

A. 父母 B. 恋人 C. 朋友

自己从记事起就没见过父母，在第三区，每个人都被集中培养，且早早分配了工作。

恋人？那可真是笑话，第三区的人怎么会拥有恋人？人们在成年后会不定时随机分配一个配偶，生育下一代后就会分开各自返回原来的工作岗位。第三区就通过这种方式维持着人口数量的稳定。

那就给朋友吧，虽然在仅存的记忆里并没有发现朋友的身影，但是相对于其他两项来说，这个反而概率更大一些。

“C。”

未超过阈值，通过，下一题。

你对仿生人和普通人类同时生活在一起有意见吗？

A. 有 B. 没有

这是要问伦理道德了吗？第一区和第二区的人估计是不会接受的，要是允许就得去第三区了吧。算了，他们也不是自愿的，一起就一起吧，反正第三区就是个垃圾堆和试验地，谁都能说上两句并指点一番。

“B。”江岭感觉自己快睡着了。

最后一题，1046 这个数字有什么特殊的含义吗？

A. 有 B. 没有

1046 ？我记得刚才那个人说过这个数字，好像是和我有关系吧？什么关系……啊，头好痛。

警告，警告。神经震荡度超过阈值，请尽快处理，请尽快处理。

“该死，再这样下去可不行，把 1046 叫过来，真是够了，刚才告诉他 1046 这个数字的时候没这么大反应啊。”

“所长，带来了。”

“快把她扔进去。”

江岭感觉到有人在拉自己的手，那手在微微颤抖，可以体会到来人的紧张情绪。但这却让江岭莫名的心安，他仿佛看到了隐藏在光线后面那姣好的容颜，离得很远却又好像很近。

“你可能忘记我了，不过我还记得你。”她开口道。

“你就是我记忆里被消除的那部分吗？”江岭迫不及待地想要知道答案。

沉默了一会，她没有回答，反而说：“随便选一个吧。”

这是让我先回答问题吗？好吧，A。

全部通过，下一操作开始。

等等，这怎么就开始了，我还没有得到答案呢。

江岭额头上传来一阵温热，1046 移开了头，贴在他耳边说道：“没时间了，要记得我啊。”手中的温暖消失了。

欢迎进入蚁穴，脑中回荡着这个声音。

光线消失，江岭再也听不见，看不见，一切感觉都离他而去。

1046 走出大门。“任务完成得不错。”所长朝她点点头。

“谢……为，为什么？”看着穿腹而过的合金刀，1046 瞪着眼睛。

“每一代都会问这个问题，真不愧是一个模子刻出来的。因为，你们都是工具啊。”所长微笑着。

## ◆1◆

“起床啦。”

“知……知道了。”江岭含含糊糊地答应着，穿上了衣服。

来到这个地方已经5天了，除了仍需要每天上班外，其他方面都大不一样，就比如每天的饭菜，要比第三区的营养液口感好上不知道多少倍，还有蓝色的天空，比投影出来的虚幻天空真实许多。

但江岭仍有不少糊涂的地方，之前的记忆还停留在第三区，一瞬间就到了这个地方，中间一点过程也没有。更让他奇怪的是，他突然就多了个伴侣。

对，就是这个每天早晨叫自己起床，给自己做饭的人。原本以为这里还是第三区，他分配到了一个配偶，不过从她的行为上看又完全不同。

第三区的夫妻们彼此之间没有感情，不会为对方做饭，每天都是各自吃完营养液就出门工作，表情也十分冷漠。

而她的脸上完全没有冷冰冰的表情，相反很是温柔，这些天来一直给他做饭，有时候还会带着甜甜的笑意看着他，弄得江岭很不好意思。

比如，就像现在。

“想什么呢？快点吃，要上班的。”

“嗯，你也吃。”江岭边吃边含糊不清地回答，他现在还不知道她的名字，这几天一直用嗯啊之类的称呼，应该找个时机弄清楚这个问题。

明天好像是星期六，第三区的惯性思维带给他的影响太深了，这里周末是可以不用上班的，那就明天吧。

“我吃饱了，明天一起出去玩吗？”江岭接过递来的纸，一边擦嘴一边问。

她露出了一丝慌乱，摇摇头，但并没有说出理由。不过回避的眼神中却涌现出一丝希冀，只不过她低着头，江岭并没有注意到。

“哦，是吗？那算了。”江岭有些纳闷，不过也没往心里去，他刚来到这里，还不太了解情况，毕竟不同区的生活方式有很大区别。

“嗯，吃完了快去上班吧。”她把盘子收走，不再看江岭。

走出门便是大街，奇怪的是街道上没有任何交通工具，通勤全靠两条腿。有几个人小跑着从他身边经过，不用想也知道他们快迟到了。

街道上空的浮动显示屏不断投送着各种商品的广告，现在就有一个美女在推荐化妆品。江岭觉得那个美女和他的妻子很像，区别就在于是否化妆。好吧，这应该是观看广告后的正常感受，展示化妆品的效果而已。

江岭这样想着，来到了他工作的地方。

他负责记录城市的生态环境变化，经过这几天的训练，他已经能够熟练地掌握了，每天也就是照着屏幕上的线和点做一些标记。不过让他费解的是，自己的突然出现难道不会让人感到奇怪吗？

一天下来，江岭感觉脑壳有点疼，毕竟在第三区他是一直干卖力气的工作，突然换成脑力劳动，还真是有点不适应。

“1046，最近辛苦了，明天放假，你早点下班吧，这里我来照看就行。”方科长走过来对江岭和蔼地说道。

这倒是令人诧异，江岭从来没有遇到过这么好说话的上级，在第三区那可真是官大一级压死人。

看着江岭感动得要哭的样子，科长笑了笑：“都是这么过来的，当年我的领导也是这么对我的。”

“他，一定也是个和蔼的人吧，他退休了吗？”

方科长脸上露出一丝怀念：“是啊，我也好久没见过他了。对了，你刚来这里，可以去图书馆看看，熟悉一下环境，那里或许有你想要的答案。”科长将“答案”两字咬得很重，感觉生怕江岭忽视。

“明白。”方科长看似漫不经心的话却让江岭的心里一顿，不过很快他便迈开步伐，走出办公室。

看着离开的江岭，一种落寞的感觉涌上心头，方科长摇摇头：“第三批了，但愿这一切可以尽快结束。”

工作结束后，江岭哼着小曲走在回家的路上，这是他来到这里度过的第一个假期，说是他从出生起到现在的第一个假期也不为过，江岭想好好放松一下，体会这来之不易的生活。

看着飘在头顶的浮动显示屏，江岭决定等发了工资就给他的妻子买一套化妆品，总不能亏待了人家。

下班的人越来越多，到处都是或走或跑的人，江岭也对没有交通工具的情况见怪不怪了，跟着人群跑步回家。

就在江岭准备进家门的时候，有人叫住了他。

“1046？”

江岭下意识地回过头，1046是他的工作号码，也是住宅门牌号码，他还偶然瞥见媳妇的衣服上也印有1046，江岭推测所有和自己有关的东西都是用这个号码，应该是为了便于管理吧。

一个人双手搭在院落的篱笆上，满面笑容看着自己，一嘴白牙尤其令人印象深刻。

“你是？”多年来养成的习惯让江岭对陌生人保持着足够的警惕，特别是这种脸上还带着不明笑意的，尽管眼前这个人笑起来有些傻。

“1023，你的邻居，至于真名，我想大概没必要知道吧。”来人说道。

江岭点点头：“嗯，有什么事吗？”

“明天有空吗，没事的话我们一起去转转？熟悉一下环境。”

“你也是刚来的？”江岭问道。

“比你早来几天。看号码就知道了。”

“那好，明天第三个调整刻度，我会出来等你。”江岭转身回到家里。

## ◆2◆

第三调整刻度，江岭准时出现在门口，实际上这个时间比上班要晚，这其中也有江岭想睡懒觉的原因。

“出来了，还挺准时的。”1023 笑着说。

“走吧，去哪儿。”江岭跟在后面，留出了一个人的间距。

“随便逛逛，我虽说比你早来了几天，可对这个地方也不是很了解，正好我们可以搭个伙。”

江岭有好多问题想问，却又不知该如何开口，只好默默地跟在后面。

走过一段路，1023 突然开口问道：“你能想起之前发生了什么吗？比如，我们是怎么来到这里的。”。

“想不起来，难道你也失忆了吗，我还以为只有我自己是这样的。”江岭好像抓到了救命稻草，立刻问道。

“当然不是，这几天，我问过1031、1039、1040、1052这些人，他们虽没有明说，但是从表情上可以看出他们也有这种困惑。”

“怎么回事？”

“谁知道？不过一定是有人不想让我们记住过去发生的事情，所以才把我们的记忆消除了。”

不想让我们记住？那只要杀掉我们就可以了，在第三区，人命可是很不值钱的。为什么偏要把我们送到这个宛如天堂一般的地方来呢？这可不像是受折磨的样子啊。莫非是一个实验，消除记忆只是为了排除过往经历对实验的影响？

就在这时，方科长的话突然回荡在江岭的脑海中。

“不如我们就去图书馆看看吧。”江岭说道。

“图书馆？如果我们想知道信息的话，直接去网络上找岂不是更好？我原本是想在城市里到处逛逛。”

江岭摇摇头：“我工作单位的领导对我说，如果想获取答案，可以去那里试试。”

“好吧，既然他这么说了，那就去碰碰运气，不过话说回来，你的领导对你真是好，不像我的领导，冷漠得不像是正常人。”1023 在随身数据板上寻找着图书馆的位置：“在市中心，我们出发吧。”

“您想让您的家人幸福吗？快来购买能够提高生命活性的 OSG 吧。”

伴随着头顶的广告声，两人终于到达了图书馆。

图书馆门口是一座巨大的石雕，那是一本书，上面刻了进化两个字。倾斜的建筑遮挡了上方的人造光源，唯独这两个字被花坛里的小型聚光灯照射得熠熠生辉。

“难道不应该是进步吗？为什么是进化？”1023 有些奇怪。

“进化嘛……知识的不断涌入，刺激大脑神经细胞产生新的突触，建立新的链接，说成是进化，也可以理解吧。管它呢，我们进去。”江岭朝里面努努嘴。

推开图书馆的门，吱呀吱呀的声音突兀地响了起来，江岭目光中满是诧异，这种古朴的木质推拉门应该早就过时了，没想到还能在这里遇见。

可能是响声吵到了里面的人，一个苍老的声音从里面传了出来：“进来吧，已经好长时间没有人来了。”

推门而入，目光凝聚在大厅尽头处的老人身上，老人很是慈祥，但笔直的脊背和一股由内而外的气势让江岭感觉他很不一般。

来到近前，老人先开口问道：“你们的号码？这是要登记的。”

“1046。”“1023。”

老人在数据板上划拉几下：“好了，你们想看什么。”

“哦，我们想看……”

“咳，我们就是随便看看，放假了闲来无事，就来逛逛。”江岭呵呵笑着，把 1023 拉走了。

老人笑笑，并没有说什么，手指向书架，示意他们自己去看。

远离老人后，1023埋怨道：“怎么不让我说，这地方这么大，我们怎么找。”

“总感觉这个老人不简单，还是自己找吧，反正大致类别很容易就找到，而且我们只是找普通内容，不用这么麻烦。”

书架上，泛黄的书籍散发着古朴的香气，等待着读者翻开它，去了解它所包含的信息。

江岭取下一本书，拂去书籍上的灰尘，迫不及待地打开了它，快速浏览其中的信息，这激动的心情就像狂奔向新世界的大门。

但是，现实的残酷很快让江岭从幻想中清醒过来，他寻找了三个区域的书籍，却没有一本书上介绍这座城市，仿佛它不存在一般，这让江岭有些抓狂，那扇门明明已经在眼前了，却没有钥匙，而且无论用锤子砸、电锯切、还是用脚踹都无法将其打开。

“如果你们是想知道点什么，不如晚上在家庭网络节目上找找看，那里的信息要比图书馆丰富多了，或许你们会……会发现一些有趣的东西，会对你们有帮助。”老者的声音从身后传出，把刚刚抽出了半部书的江岭吓了一跳。

回过身，看到1023在老者的身后苦笑，摇摇头表示他也是一无所获。

江岭不由皱起了眉头。

“要闭馆了，你们还是抓紧时间回家吧。回去的时候小心点，可能会遇到一些意料之外的事。”老人像是在喃喃自语，又像是在提醒他们。

“什么事？”江岭追问道。

老人摆摆手，不再理会江岭的询问，走到浩瀚书海深处，不见了踪影。

## ◆3◆

“哎呦，累死了，白忙活了一天，结果还是要去网络上找。”1023蹲在路边揉着小腿。

“奇怪啊，那个老人为什么要告诉我们这些，我早就说他不简单。”江岭有些忧心。

1023没接话茬，反而笑嘻嘻地把脸凑到江岭面前，神神秘秘地说：“不知道会发生什么意料之外的事情，我们要不要等等看。”

“那不过是胡言乱语罢了，能发生什么事情？跑了一天真是累了，反正到这里才一个星期，以后有的是时间寻找答案，我先回去了，看看家庭网络节目里有什么发现。”江岭找了个理由推脱。

“喂喂，你相信那个老头去看节目，就不相信他说的其他话？万一他说的意外之事就是我们要找的答案呢。”1023发现了江岭的逻辑错误，继续怂恿。

江岭望着天空，感叹道：“我不会和你冒险的。我来自第三区，那是一个暗无天日的地方，我从没有体会到亲情、爱情和友情，每天只是浑浑噩噩地工作。现在，我虽然不知道发生了什么事情，为什么会失忆，家里的人是谁，有什么身份，但总算是有个家了，我想好好体会这种感觉。我不能明知是险境还要去冒险，若是出事了，那就对不起在家里等着我的那个人了。”

1023沉默不语，等了好久，才抬起头对江岭说：“你是对的，我们走吧。”

发现特殊人员，正在锁定。

发现特殊人员，正在锁定。

声音从空中传来，不知什么时候，浮动显示屏不再投放广告，开始不断重复警告性的话语。

“这是怎么回事？我的天，快看周围。”1023 喊道。

原本还在行走的人仿佛接到号令似的都停下了脚步，望向惊慌失措的两个人，眼中没有一丝波动，仿佛在观察两只猎物。

“该死，我们快走，不能让他们抓到。按那个老人的说法，只要回到家，应该就没事了。”江岭焦急地喊道。

“我也想快点走啊，可是这些人，个个都像是欠了他们500 万一样，没有一点要放过我们的意思啊。”

“那就少废话，跑。”

看着渐渐缩小的包围圈，江岭撒腿就跑，在遇到一个岔路口的时候，一把拉住了还想往前跑的 1023。

“嘘，咱们就在绿化带后面躲一下，他们看不见我们，就不会再追了。”江岭小声说道。

路人在丢失了目标之后，果然变得茫然无措，不断用眼睛扫视着周围，企图找到他们的藏身之处。

“只要他们找不到，很快就会走的，我们只要藏好就行了。”

发现特殊人员，正在锁定。

“什么，这个声音怎么又来了。”

“快看上面。”1023愕然。

江岭抬起头，发现原本用来投放广告的浮动显示屏却显示了两个正在抬头望天的人，那正是他们两个。

“该死，那不光是一个显示器、警报器，还是一个监视器，我们一直处在监视之中。”江岭失声道：“怪不得城市里连必备的公共交通工具都没有，这分明是不想让我们获得快速行动的能力。

与此同时，四处寻找的路人都望向这一边，瞳孔中骤然发出了蓝色的光芒。头顶上的浮动显示器也不再重复警告性质的话语，稍显温和的黄色光变成了紧迫的红色光照射向两人，机械声音再次从上方传来。

威胁升级，目标有逃跑迹象，立刻控制。

威胁升级，目标有逃跑迹象，立刻控制。

“他们都不是人，他们是……仿生人。我们有大麻烦了。”

“跑。”江岭还是那句话，然后撒腿就跑，完全没有了刚才胸有成竹的样子。

跑过一条街，原本在空中的监视器缓缓退去，追赶的人也停下了脚步，只是默默地注视着他们。

“原来如此，城市管理系统只是让他们监视固定的区域，只要我们越过了他们负责的区域，就没法抓我们了，哈哈。”

“是啊，总算可以松口气了。”话音未落，江岭看着那群仿生人不断扫射过来的蓝色光线，脸色突然变得很难看。

H区域，有其他来源威胁进入，正在接管。

机械声音由远及近，不断传入两人的耳朵，不用想也知道，那是本区域的监视器来了。远远地，他们还看到了那若隐若现的蓝色瞳孔。

这次江岭连话都不说了，直接就跑，他想趁着仿生人赶来之前，打一个时间差，从监控的视野中跑出去。

1023也不说话，紧紧跟着江岭。

“就快了，就快了，前面过一个路口就到家了。”

就在两人转过弯，却发现一大群的仿生人堵住了他们的去路。为首的竟是……

“方科长？”江岭瞪大双眼，他没有想到方科长也是仿生人。

不对，不像啊。江岭边后退边观察着，他发现方科长的眼睛里并没有其他仿生人的蓝色光芒。

方科长以微不可察的幅度点了点头，然后率领众仿生人逼近。

就在身后的仿生人即将追上时，方科长往前一跃，看似是抓江岭，实则留出了一个空隙，顺便挡住了后面想要冲上来的其他人。

没时间去思考科长的举动，江岭抓住这个机会，和 1023 冲出了包围圈。

……

家中，江岭的妻子看着突然出现在她面前的智能管家，点头起身，推门而出。

与此同时，1023 号公寓里的人同样焦急地出门。

两人几乎同时从家里走出来，朝向江岭和 1023 方向走去。

“快点，就快到了，坚持一下。”嘴上说着坚持的 1023，身体却不受控制地摇晃起来，两人都要到达极限了，而身后追兵已至。

“不行了，跑不动了。”江岭一下子蹲在路边，大口大口地喘着粗气。

“你看，前面那个人，好像是我妻子啊，旁边怎么还有一个长得差不多的人啊。”

“得了吧，你是不是跑糊涂了。”江岭扭过头，惊奇地问：“你刚才说，哪个是你的妻子？”

“我也分不清楚啊。”

“我咋感觉，这两个都是啊？”江岭喃喃道。

“美得你，等等，你的妻子也是这个样子。”

江岭点点头。

发现严重违规行为，危险等级上升。监视器的声音更加尖利。

江岭立刻想到，她一直不敢出门，周末也只待在家里，可能外出就是严重违规行为。

## ◆4◆

“所长，刚才有两个年轻人接触过那个老人，现在已经把他们控制住了。”

“两个年轻人？总有实验体在城市里乱逛，把画面转接过来。咦，是他。”所长有些惊讶，“这两个进去应该还没有几天啊，跑去那里干什么？”

“监控视频显示，那两个人大部分时间都在寻找书籍，只在进入和离开时与老人有过短暂的交谈。根据情况判断，他们只是想了解这座城市的秘密，和老人没有交集。”

“有趣。”所长嘴角一扬。

“不过，1023 号和 1046 号复制体为了让他们摆脱监控，违规出门并且相遇了，要不要执行销毁程序？”

“无妨。”所长淡定地挥挥手：“有一两个特立独行的实验体也不是什么坏事。让监视器和仿生人都回来，说不定成功的机会就在他们身上。”

“可是，她们同时出现，会让实验体发现她们都是克隆而来，万一他们同其他实验体说明情况，那恐怕会出现不可预料的后果啊。”

所长笑笑，拍了拍监控员的肩膀：“你说得有道理，但是别忘了，这已经是第三批实验体了，要是还没有结果，那些权贵可不会有耐心听我们解释。留着他们，说不定真能从那个老家伙嘴中撬出点东西。”

“不过必要的工作不能松懈，要更加重视对他们两个的监视，一有情况就向我报告。若是他们真的乱说话，那只能执行销毁了。”

“明白。”

……

这是怎么回事？江岭惊讶地看着监视器，它们居然回到原本的巡航路线，继续投放广告。那些仿生人，上一秒还在用蓝色眼睛注视着他们，现在也各自散去，有个人还一屁股坐在了路边的长椅上，躺下来假装睡觉。变化之快让江岭目瞪口呆。

江岭再去找方科长，却不见了他的身影。

江岭的伴侣走过来，拉起还在发呆的江岭，朝家的方向走去。江岭被牵在后面，回过头给了 1023 一个明天见的口型。

回到家，江岭无力地坐在沙发上。

现在的情况越来越混乱了，方科长、老人、甚至他的伴侣都有各自的秘密，让人难以琢磨。看到她也没有想解释的意思，江岭只好先把疑惑压在心里，打开全息投影，准备观看家庭网络节目。

投影开启的瞬间，光线闪灭，只余下一处光源，将光线照射向房间，画面缓缓出现在江岭眼前。

映入眼帘的是一款动物世界节目，伴随着独特的 BGM，浑厚的旁白声从四面八方传来。

“春天来了，又到了一年一度动物交配的季节。”

啪，江岭用手狠狠拍了一下茶几，不耐烦地说：“这是什么东西，给我关掉。”

收到，1046 号智能管家为您服务。

优美的声音传来，房间再次暗下去，一圈圈的光源从外至内依次亮起。江岭发完火后，颓然地躺在沙发上。

今天的经历让他对城市背后的秘密感到恐惧，看着房间上的灯光，江岭心中有些恍惚，再看看宽敞的房间，他很想得过且过地生活下去。

叹了口气，江岭想起自己终究只是一个来自第三区的穷小子罢了，突然获得做梦都想不到的生活，又怎么会不付出些什么。

不属于自己的东西，以后总会通过某种方式还回去，该来的终究会来。

不过……不过她呢，她会怎样？

江岭清醒了一点，忽然发现她不知什么时候坐在了自己前面，伸出手握着江岭，发现江岭看向自己，微微一笑。

江岭一个激灵，是了，自己怎么样都无所谓，她不能有事啊。江岭和她相处的时间虽然不长，但却让他感受到家的温暖。想到这里，江岭不由自主地坐直身体，心中暗下决定，一定要弄清真相，保护好这个家，保护好眼前这个人。

她并不知道江岭想法的转变，依旧安静地握着江岭的手，低着头看着垂下的长发。

“能告诉我，发生了什么吗？”江岭缓缓开口问道，声音十分轻柔，生怕破坏了这静谧的气氛。

她晃晃悠悠地抬头看了一眼，又低下头，同样轻声地回答：“你问吧。”

“哦，虽然有些失礼，但我还是要问一下，你叫什么名字，我好像是忘了你的名字，或者说，我根本不记得你是谁。”江岭轻叹了一口气，还是决定先把这个问题问出来。

“其实，我没有名字。”

“嗯？”

“而且我也不记得你的名字了，我隐约感觉以前知道，但现在却怎么也想不起来。不过，我不是故意忘记的，究竟是什么原因呢？”她的声音越来越低。

“江岭，我叫江岭。”江岭稍稍用力，握着她的手。

“江岭，我记住了。”她看着江岭，用力地点点头：“你可以叫我 1046，这是我的编号，我也只记得我的编号。”

“诺兰，可以吗？”江岭脑海里突然蹦出这个名字。

“诺兰？好熟悉的名字，嗯，我很喜欢这个称呼。”

看着开心起来的诺兰，江岭心情舒畅了不少，也就忽视了为什么脑海里会突然出现这个名字。

“那，第二个问题，1023 的伴侣，是你的姐妹吗？”

诺兰认真地思考着：“大概是同卵双胞胎吧，不过我们从小就不在一起，也只是互相知道对方存在罢了，彼此之间并没有交集，这次要不是我接收到家里智能管家的警告，出去找你，我是不会和她碰面的。”

诺兰叹了口气：“不过尽量少和她们打交道，这也是一个规定，好像我很小的时候，就被灌输了这个想法。所以，除了上班，你还是不要去接触其他人了。”

“你是说 1023 ？我必须去交流，只有这样才能在无数的信息中找到自己最需要的。不过，我会小心的。”江岭握紧了诺兰的手。

◆ 5 ◆

第二天。

来到 1023 家门口，江岭把手放在身份认定窗口上，头顶传来智能管家的声音："1023号智能管家为您服务，身份确认，1046号，过去30个调整刻度中与主人有六个刻度的共处时间，安全等级一级，请耐心等待，信息已传达，祝您度过美好的一天。"

过了一会儿，声音再次响起。

"信息已确认，欢迎您进入公寓内参观，请按照黄-绿-绿显示的路径去寻找主人。"

咔哒，门开了一个小缝，江岭推门而入。地面上立刻显示出黄-绿-绿的箭头，指向屋内。

顺着箭头，江岭在房间里找到了横躺在沙发上的1023，他正打着哈欠看着天花板。皱了皱眉，江岭问道："你这是怎么了？"

"别提了，看了一晚上推送的家庭网络节目，困死我了。"

"你看了一晚上的动物世界？我当时直接就把投影给关了，真是气人啊，还以为能从节目里获得一些信息呢，我看都是骗人的。"

1023笑了笑："那倒未必，我把昨天推送的节目顺序列了一张表，你看看有什么发现。"

"嗯？有一个节目，每隔一段时间就再播放一次，而其他的节目却是换了又换，没有重复的。"江岭心想，重复是一种最简单的强调方式。

"没错，快看，那个节目出来了。"1023激动地吆喝着，又露出了他的大白牙。

"春夏之交，是蚂蚁交配最为频繁的时候。"

伴随着旁白的声音，江岭和 1023 一起分析着现有的数据。

“你看，节目的播放间隔在不断延长，管家，处理一下数据。”

“无法处理，权限不足。”柔和的女声变成了冷冰冰的纯机械声，在偌大的房间里回荡。“家庭网络中的推送节目来源于城市主信息处理中心，本机为家庭智能管家，三级信息处理中心，只可处理来自本区域或其他工作单位传来的二级信息以及其他三级信息，不可越级处理高级信息。请人工处理后再将信息移交。”

江岭两手一摊，看向 1023：“那我们自己处理好了，应该不难。”

“我们怎么办？”1023 问。

“很简单，把这个节目前后两次播出的间隔时间计算出来，看看有什么规律。”江岭胸有成竹：“而每个节目的播出时间都是四分之一个调整刻度，所以我们只需要把两次播放之间的节目数量统计一下就好。”

“我明白了。”1023 看着之前列的表格说：“之前的记录显示，第一次间隔中有 2 个节目，第二次 3 个，第三次是 5 个，第四次 7 个，目前正在播放第五次，接下来会有几个我们还不知道。”

“好，那就先把这几个数字分析一下，管家。”

“收到，2、3、5、7，为质数序列，接下来是 11、13、17、19……”

“打住，不要说这些数字了，分析一下有啥意义。”

“记住，不要数学方面的，我们可不懂这些复杂的东西。”江岭补充道。

“收到，正在排除数学意义，正在链接数据百科，正在进行匹配查找，匹配完成，宇宙学下属第三级分支，宇宙文明通信。质数序列，通常视为一个物种进入文明阶段的产物，有学者认为，在遇到外星文明的时候，对其发送 2、3、5、7，若对方发回 11、13、17、19，则证明对方同为智慧生物，有进一步交流的可能。”

江岭和 1023 对视一眼，明白了老人的意思，他想告诉观看者，这个节目里就有答案。

“管家，把节目的数据提取出来，启动投影，我们重新看一遍。”1023 志气满满。

旁白声悠悠传来。

这是一个大家都熟悉的物种，它无处不在，它在森林中，它在草原上，它在房屋外的泥土里，它甚至还会出现在你的厨房。

它们便是蚂蚁，世界上发现的蚂蚁已达 11 000 多种，覆盖了星球上 95% 的陆地区域。

它们拥有极其严格的社会分工，一般分为蚁后、雌蚁、雄蚁、工蚁、兵蚁。

蚁后，是蚁穴的主宰，它作为蚁群的核心，肩负着重要的责任，把蚁群发扬光大。

当蚁后即将死亡之时，会产下许多蚁卵，这些蚁卵不会被它释放的信息抑制素所影响，最终发育成具有繁殖功能的雌蚁。不过，雌蚁想要成为蚁后，还要经历很多挫折。

我们的故事，就从雌蚁开始。

一些雌蚁因为先天营养不良而夭折，另一些则可能在成长时遭受各种意外而死去。最终，一处蚁穴只有几只雌蚁会存活到夏季某个炎热潮湿的日子。

这时候，工蚁会在蚁穴上挖开许多豁口，雄蚁和雌蚁便纷纷通过豁口飞到空中，飞翔着寻找它们的另一半。

在通过婚飞的方式完成交配后，雌蚁的翅膀承受不住自身的重量，从天空中掉落下来。不过，它们是幸运的，它们的精库里储存着大量精子，足够维持多年的繁殖需要。

相对于雌蚁，雄蚁的命运则要悲惨许多。当它们飞到空中，命运就已注定。完成了繁衍后代的使命，它们的翅膀会脱落，既不会返回出生时的蚁群，也不会跟随与自己交配的雌蚁，而是在一个远离出生地的地方孤独地死去。

落在地面上的雌蚁也同样褪去翅膀，为成为蚁后做准备。此时，它有两个选择，一个是返回原来的蚁穴，继承上一代蚁后的身份，有不少雌蚁都抱有这个想法，而蚁群只能有一个蚁后，竞争十分激烈；另一个选择是独自建立一个新的蚁穴，发展新的蚁群，当然，这条道路同样不是一帆风顺，大部分雌蚁还未等到那个时候，就与世长辞了。

这只雌蚁选择了第二种方案，此时它正在寻找一个土质适宜的地方来建造巢穴，力量有限，只能先挖出一个小室暂时作为安身之地。为了创建自己的王国，雌蚁必须忍受极端的孤独和危险，和时间赛跑。

在封闭的蚁穴中，雌蚁的能量全部来自它那折断的翅膀和体内糖分的分解。它的体重一天天变轻，处于饿死与新生的十字路口。

这时候雌蚁要合理地利用有限的资源，不容许出现任何差错。它必须控制好第一批工蚁的体型。如果它培育出一只兵蚁，或者是一只体型较大的粮秣蚁，资源很快会消耗殆尽，不但幼蚁不能存活，自己也要搭上性命。

等到幼蚁孵化出世，雌蚁就忙碌起来。每个幼蚁的食物都由她嘴对嘴地喂给，直到这些幼蚁长大发育为成蚁，并可独立生活为止。

第一批成年工蚁会挖开通往外界的洞口，去蚁穴外找回树叶，嚼成糊状塞进菌园，完成育菌的工作，为雌蚁带来新鲜的食物。随后它们对巢穴进行扩建，为越来越多的家族成员提供住房。

直到这时，雌蚁才成为真正的蚁后。从此之后，它只需要产卵扩大蚁群的规模，其他的事情交给工蚁和兵蚁就好。

蚁穴就这样形成了，这个小小的种群，终于有了立足之地。

本期节目就到这里，下期节目我们将带您走进蚁穴，寻找蚁群扩张的秘密，感谢您的收看，我们下期再见。

## ◆6◆

两人面面相觑。

江岭率先开口："还有下期？"

"没有啊，我看了好几遍，全是动物世界的，这集讲蚂蚁，下一集就讲大型食肉动物，再下一集就是飞鸟，要不就是各种鱼，反正天上飞的海里游的都有，就是没有蚂蚁了。"

1023 接着问道："你看出什么没有，我看了这么多遍也没看出有啥意思。"

江岭瞥了一眼悬浮在空中的智能管家："你看了几遍都没有看出来，我这才看怎么可能看出来。但是我好像有一点思路了，我得回家想想，捋捋思路。"

1023 也明白了江岭的意思，神色凝重地说道："好，那我们之后就不要联系了。我有一个办法，你下载一个网络节目到随身数据板，我会一直搜索这个节目，当你有消息了，就打开这个节目，我这里会显示附近有哪些人正在观看，这样就可以找到你的位置了。"

"好，那就用蚁穴这个节目吧。"

回到家里，江岭腿一沉，瘫坐在地上。

诺兰听到声响，走过来把江岭扶起来，边向卧室里走边问出了什么事。江岭摇摇头，示意诺兰先什么都不要问，让他独自一个人在房间里静静。

躺在床上，江岭努力回忆着刚才的场景，他不敢再播放节目，也不敢让管家记录下他的想法。智能管家的权限属于最低权限，若是高级权限要求访问，那自己储存在智能管家里的东西都会被知晓，太危险了。

这个时候，还是自己的脑子最安全。

从目前的形势来看，这座城市里有三方势力。一方是图书馆老人，知道某些内幕，却没有掌握足够的力量，但有一定的自保的手段，否则掌握力量的那一方也不会留他们到现在了；另一方就是城市的建立者，拥有高级权限和遍布全城的仿生人与广告监视器，掌握城市的生杀大权；最后一方，就是他们这些带有编号的人了，被消除了记忆且处于严密的监视当中，是不明真相的一群人。

不过真相的一部分，我可能猜到了。

节目一开始，年老的蚁后产下了众多受精卵，这些卵最终变成拥有繁殖能力的雌蚁。对比现实，这很可能就是代表诺兰的身世。诺兰也说过，她的姐妹不止 1023 一个。

这么看来，诺兰已经躲过刚出生时和成长过程中的意外，成功存活下来。那么之后，应该就是飞出洞穴，寻找适合的伴侣了，看来我就是被选择的雄蚁了。

交配之后的雄蚁要比雌蚁悲惨许多，只有死亡这个结局。不过这显然与真相没有太大关系，更像是实验的副产品，在节目里也被一笔带过。想想也是，费心耗力地建立一座城市不可能单单为了研究繁衍，要是那样的话，在第三区就能办到，一定还有其他目的。

这时雌蚁有两种选择，一种是返回原来的蚁穴，另一种是建立新的蚁穴。节目里的那只雌蚁选择了第二种，是第一种太困难吗，还是说背后的人更希望选择第二种。

在信息不全的情况下，我什么也推断不出来，暂且就按第二种继续吧。值得注意的是，这个时候雌蚁的死亡率再度上升，死亡的形式又分为两种，一种是在寻找合适的筑巢地，或者在建立蚁穴的途中死亡；另一种则是在等待孵化的时候因饥饿而死，节目中还提到一点，若是培养出体型较大的幼蚁，那也会因为资源不足而死亡。

前一种可能和雄蚁的选择有关，这关系到雌蚁的剩余体力能否支撑到建立蚁穴，后一种则与后代有关，不过应该与体型无关，现代医学如此发达，孩子的体型对母亲影响很小，实在不行还可以剖腹产。一定有另一种东西掌控着母亲和孩子的生死，体型只是隐喻。

第一批工蚁孵化后，事情就简单了，这是指只要诺兰顺利生产出正常的孩子，就有活着的机会。

节目最后给了一个大团圆的结局，不管是画大饼还是真实存在这种可能，只要不是十死无生，总归是有希望。江岭松了口气，总算不用面对那么令人绝望的现实了。

走出房间，看见满脸关切的诺兰，江岭把她领到房间外的花园里，将刚刚想到的东西告诉了她。

诺兰轻叹一声：“是这样啊，虽然我一直都知道有任务在等着我，但却不清楚究竟是什么。江岭，谢谢你，至少让我离真相又进了一步，无论将来是生是死，能够和你在一起，总算是没有白白来过这个世界。”

“现在说这些还为时过早，我会保护你的。”江岭暗自决定要再找那个老人一次，或许可以了解到更多的线索。

接下来的一星期，江岭仍旧照常上班，并没有询问方科长那晚的事情。

方科长也没有对之前的事情进行解释，不过曾隐晦地对江岭暗示，要相信他。

对于方科长的行为，江岭也能理解，从图书馆出来后发生的事情，让他明白无论在什么地方，都被时刻监视着。此时监视只会更加严密，方科长没法光明正大地解释。

不过既然方科长能将图书馆这么重要的地方告诉他，故意陷害他的可能性不大。

很快又到了周末，这天清晨，江岭点开了数据板里的节目，大踏步地朝图书馆走去，他知道，1023 很快就会追上他。

◆7◆

来到图书馆门口，他们再次推开了吱呀乱响的大门。

老人还是坐在那个地方，桌子上摆放着不知道多久没看的书，书上满是灰尘。

“年轻人还是太急躁，才几天啊，又来找我了。”老人不紧不慢地说着，一股岁月的气息扑面而来，安抚下他们焦躁的心情。

“我想知道……”江岭斟酌着开口。

老人摆摆手，打断了江岭的询问：“跟我来吧。”

“你们来找我，想必是分析出一些信息。”打开一间密室，老人深吸一口气：“还都是原来的气息啊，这里面没有网络，就算他们有再高的权限，也监控不到这里。”

江岭和 1023 跟着他跨进房间，房门自动关闭。

“你们是蚁穴的第三批实验者，既然有第三批，就证明第一批和第二批已经失败了。若是你们成功了，那自然皆大欢喜，会有人引领你们下一步该怎么做，但如果同样失败了，那你们就要肩负起责任，把我的思想传给下一批。”

老人神色庄重，双眼缓缓睁开，目光如炬：“如果你们同意，我就将事情的原委告诉你们。”

见两人应了下来，便继续开口道：“从哪里说起呢？就从当年的情况说吧。在我出生之前，情况十分严重，人口膨胀、社会动乱、环境恶化，诸如此类。”微闭起双眼，老人开始回忆过去的点点滴滴。

“我出生后的第三区，人口膨胀被严格的计划生育控制着，动乱得到了有效控制，环境也有所改善。但是随着年龄的增长，我发现这并不是一个积极向上的社会。人在出生起就被划分了等级，上等人居住在浮岛上的第一区里，次一等居住在地面上的第二区，而最低等只能居住在地下的第三区里。”

“我们呼吸着机器净化的空气，干着最苦最累的工作却只能勉强维持生活，没有真正的爱情，为了人口的稳定而沦为生育机器，孩子也得不到爱护关照。”

“幸好最基本的教育并未消失，所以还存在着上升渠道。通过努力我成了一名科学家，并被征召到浮岛第一区，本以为我的知识有了用武之地，但我错了，错得很离谱，他们召集科学家仅仅是为了发明新奇的玩意供他们享乐，而那些东西对科技的进步毫无帮助。”

“看看现在，所有赖以生存的科技成果已有近百年的历史了，我们拥有能在大气层内自由移动的浮岛，离宇宙只有一步之遥，可是我们至今都没能研制出能飞向宇宙的飞行器。”老人叹息道。

“值得庆幸的是，科学家们或多或少都有点技术崇拜，因此会在完成任务之余搞些研究。在浮岛上，我结识了我的妻子，她是一个脑科学家，负责研究能够直接刺激大脑的东西，像毒品一样能产生快感，但又不会产生依赖性。”

“在研究的过程中，她发现一个有趣的现象。人类的胎儿外形是按照鱼类、两栖动物、爬行动物、哺乳动物的顺序，重演生物进化史。”

“人的大脑也是如此，最先形成爬行类脑，由脑干和视床下部构成，负责最基本的生命活动，如呼吸等；然后形成旧哺乳类脑，由海马区、杏仁核以及侧座核等边缘系脑构成，它们是情绪活动和记忆储存中心；最后才是灵长类脑，也就是我们所说的大脑皮质，它具有思考、联想等知性机能。”

“在旧哺乳类脑中，海马区是把事件以片段记忆的方式暂时储存，以便大脑皮质在之后进行处理。而杏仁核的运作方式与海马区完全不同，它会将记忆抽象化后保存下来。”

“简单来说，就是把事情发生时所产生的喜悦、愤怒、恐惧等情绪以某种印象的方式复刻，进行长期保存。当再次遇到此类事件时，不用经过大脑的思考，之前的情绪便会重现。比如当你小时候被蛇咬过，以后再见到田野里的烂绳子都会害怕，这时候大脑来不及思考这是一节绳子而不是一条蛇。”

“我妻子据此发明了一种刺激器，用来刺激杏仁核产生相应的情绪。刺激器一问世就十分火爆，其中卖得最火的是喜悦刺激器，你们知道，有时与人交流不能把真实的情绪反映出来，所以很多买家在遇到讨厌的人或者苦恼的事时，就激活刺激器，展现出喜悦的表情。”

“根据刺激器反馈的信息，母子在面对类似环境的时候，往往会产生相同的情绪反应。当然，许多人在面对相似的情况也会产生同样的反应，比如突然出现的野兽都会使人们害怕。”

“为了剔除无关变量，我妻子以修改产品的名义进行了实验，让母亲和子女分开接受刺激，结果是大多数的母亲和孩子仍会出现相同的情绪。继续研究下去，她发现这种印象最早会出现在胎儿时期。”

“当一位母亲在怀孕期间因经历某种可怕的事情而充满了恐惧，这种恐惧就会刻印在胎儿的杏仁核里面，胎儿出生后再遇到相似的环境，即使他以前没有经历过，也会条件反射般涌出恐惧感。”

“这种现象称为记忆定格化。”

“这一现象也在动物身上得到了验证，刚刚出生的动物就有抓捕猎物的冲动，或者面对天敌的恐惧。人类能够生存至今，父母遗传给孩子过去的生存信息功不可没。在母体子宫妊娠这段时间，记忆信息像套娃一样持续地被传递和继承下来，换句话说，可以认为个体的信息能够超越时空在世代之间进行传递。”

“尽管这种情绪传递作用很大，但仍有许多不足。我妻子就想，既然记忆造成的情绪能在母子身上传递，能不能让记忆片段直接在海马区传递呢，它们同属旧哺乳类脑，或许能够找到办法。”

“这就是记忆遗传。”老人的话掷地有声。

## ◆8◆

“记忆遗传？”江岭震惊。

“是的，所有的一切都是为了它能够顺利完成。”

喝口水，老人继续说道：“你可以想象一下，如果有了记忆遗传，我们的世界会改变多少，失败的错误可以规避，成功的经验可以继承。我们不用花费大量时间去学习前人的知识，即使是未成年人也可以进行科学研究，我们的科技会大踏步地前进。”

“在研究的过程中，几个富商找到了我妻子，要求加入她的项目。那几个人说他们也渴望这个世界能够有所改变，并承诺对她的研究给予资金和人员方面上的支持，那时她正好资金短缺，仅靠着产品的收入完全不够，于是就答应了他们。”

“很快，一个模拟胎内环境的容器被制造出来，我们称它为人造子宫。第一次试验，将我和妻子的受精卵放了进去，等到第四个月胎儿的大脑发育后，再输入我们的记忆片段。可是不久后，我们就发现了异常，胎儿大脑的左前额叶出现了病变，这是多重人格的一种表现，大脑左前额叶皮质不能维持自我同一性。我们的形象在他还没有意识到的时候升华成了独立人格。”

“他还没有出生，就夭折了。”老人平淡地说道。江岭没有看出他有任何悲伤的情绪，或许是将悲伤藏得很深。他现在才知道，老人身上那股岁月的气息是如何来的。

原来这就是雌蚁不能孵化大型幼蚁的真正含义，江岭终于明白体型究竟在隐喻什么。

“我们推测，再好的机器也无法模拟人类，可能就是这细微的差别造成了实验失败。于是我们又设计了新的方式，它分为两部分，第一部分是将我的记忆导入到我妻子的大脑中，第二部分由她作为媒介，将双方的记忆存入孩子的大脑中。在第一部分的实验中，因为操作错误，我妻子不幸死亡。但在最后，我们把正在分裂的受精卵提取了出来。”

“那就是蚁后产下的卵？”江岭颤抖着问。

“是的，实验还要继续下去，他们加入分化抑制剂控制受精卵的分化，不断创造出新的个体。但是这场事故让我冷静下来，我发现他们真正的目的并不是用这项技术造福人类，而是用来维持第一区的统治，研究的成果只会应用在浮岛上的达官显贵当中。这是我和我妻子所不愿看到的，于是我暗中制造了基因炸弹藏在我的体内，只要我死亡，炸弹就会被引爆，杀死我的孩子，这样他们就前功尽弃了。说起来真是可笑，居然要用自己的孩子当作筹码。”老人唏嘘不已。

“他们也想过重新物色实验体，但是没有我的帮助，他们连第一部分都完不成，死了几个实验体后，也就放弃了。所以尽管被监视着，他们却奈何不了我。也正是凭借这些小手段，我暗地里获得了部分网络权限，可以控制家庭网络推送节目的内容和顺序。”

“在这种情况下，第二批实验开始，不同于第一批的小打小闹，第二批的实验规模大幅度扩大。他们专门建立了这座名为蚁穴的浮岛作为实验场。等我的女儿们长大后，让她们去寻找伴侣。”

“方科长他们，就是第二批？”江岭问。

“嗯，但是第二批依旧没有获得成功，她们同样承受不住记忆植入，精神错乱。没有保持清醒的意识，想来后代也不会有正常的记忆的。”

“那为什么不只用女性的记忆片段呢？”江岭有些疑惑。

“当时也考虑过这种方法，但孩子的性别并不能确定，若是无论男女统统只接受母亲的记忆，结果我们无法确定，有可能会导致男孩变得女性化。”

“第二次失败后，我们认为可能是植入的这段记忆不是两个人共同的记忆，突兀地接受很容易造成思维混乱。于是我们进行了第三次改进。”

“把她们每两个人分成一组，由于都是克隆体，所以没有很大的差异。其中一人在第三区寻找伴侣，另一人就在蚁穴中作为观察者，并在返回蚁穴前，消除伴侣和观察者的记忆。”

“回到蚁穴，相处一段时间后，再将伴侣原本的记忆传入她们的大脑，与蚁穴中一起生活的记忆完美结合起来。尽管这样只能获得相见之后的记忆，但如果成功仍是一个巨大的突破。”

“第三批，就是我们吧，那当初去第三区寻找我们的那个人呢？”

“她们……被销毁了，她们对实验已经没什么作用了。真实的记忆与观察的记忆相比，观察的记忆更容易接纳融合其他记忆。如果让她们进行实验，因大脑受损而造成实验失败的概率很大，所以……”

“什么？怎么会这样。”江岭失声问道。

“我也不想，但是我没有办法去改变什么了。我唯一的希望，就是如果实验成功的话，你们决不能让实验成果被第一区垄断，只有让所有人都拥有记忆遗传，这个世界才能够产生改变。”老人眼里满是希冀。

“当然，如果实验失败了，你们要做的，就是将我的思想传下去，让成功的那一批实验者将成果运用到全世界。”

“可是，根据节目里所说，雄蚁，会离群而死啊。”发出疑问后，江岭突然想到，方科长作为第二批实验者还活得好好的，还和仿生人混在一起，难道说……

“放心，到了那一天，你们会知道的。我累了，你们回去吧。”老人合上双眼，不再说话。

## ◆9◆

日子一天天过去，江岭和 1023 回到了各自的工作岗位，那天的谈话仿佛对两人丝毫没有影响。

唯一不同的是，江岭慢慢地会做梦，这个梦最初很模糊，逐渐变得清晰起来。

在梦中，江岭看到了诺兰推开磁悬浮车门，朝他走过来，向着工作到汗流浃背的他微微一笑：“你好，我叫诺兰，工作编号 1046。”

梦到他和诺兰穿行在第三区的街道上，吃着工业合成的食物。

梦到他冒着被抓捕的风险，带着诺兰去地面上呼吸清新空气。

梦到他带着诺兰，奔跑在第三区的大街小巷中，身后是身着黑衣的追捕者，他将诺兰藏在一个隐蔽的地方，然后向另一个地方逃跑，最终被抓到。

梦到他苏醒在一个实验室里，再次见到她，还有那一吻。

每次梦到这里，江岭都会在大汗淋淋中清醒过来，诺兰也好像有感应，起身疑惑地看向江岭。

江岭向她解释只是一个梦而已，其实他知道，梦境中陪伴他的诺兰，已经不在了。

随着梦境越来越清晰，江岭知道，最后的时刻就要到来了。

在抵达蚁穴的第 2000 个调整时刻，无处不在的仿生人将所有人从家里请了出来，来到了城市中心的实验室中。

实验开始，记忆片段导入，精神稳定性评估中，大脑析像扫描正在进行，请耐心等待。

记忆片段导入完成，正在观察神经排异反应。

观察到记忆融合现象，请耐心等待。

记忆融合结束，神经元活性正在检测。

融合成功，注入苏醒药剂。

看着实验舱中的诺兰还在半清醒状态，江岭连忙进入其中。

“江岭，成功了吗？我仿佛经历了一场梦，在一个陌生的地方和你一起生活。虽然辛苦，但是很幸福。”

“实验很成功，至少你活下来了。这就是最大的成功。”江岭哽咽道。

“希望能活着见到我们的孩子，那将是我的依靠，是我存在于这个世上的唯一证明，是我们的结晶。”诺兰也啜泣起来。

即将进行第二部分，人工授精，实验舱准备转移。

“以后不能陪着你了，你要勇敢走下去，即便没有我，也不要害怕。”江岭亲吻在诺兰的额头上，亦如之前。

请无关人等离开实验舱。冰冷的机械声催促着他。

“我走了。”江岭留下一个笑脸，转身离去。

……

“科长？”刚刚走出实验室的江岭，就看到了方科长。

“嗯，跟我走吧，就等你了。”

江岭跟着走了一会，方科长突然一转，从一个隐秘的洞口向下走去。

“这里是？”看着四周的精密仪器，江岭不禁疑惑地问道。

“仿生人修复基地，也是老人留给我们的秘密基地。这次的实验获得了部分成功，但是成功率并不高，还不到 5%，所以要继续进行实验，还会有第四批、第五批的实验者来到蚁穴。”

“不过因为这是实验第一次成功，老人已经被转移走了，他们要对他进行更加严密的监控。而你们，也是要被杀死的，完成任务的雄蚁就没有用了，毕竟他们的最终目的是将技术用在自己身上，知道的人越多就越难以控制。所以，我带你来到这里，就是让实验成功者活下去，肩负起责任。”科长指向前面。

江岭向前望去，赫然发现 1023 以及其他十几个人也在那里。

方科长走到众人面前：“想必大家已经知道了你们的使命，现在你们要进入这些仿生人修复舱，它会对你们进行面部肌培养、内部半机械化改造、加装充能插头等，好让你们能够以假乱真，冒充仿生人活下来。好了，现在进去吧，我们就在外面等着。”方科长能够混在仿生人中，就是经过了改造，江岭想着之前的推测，在修复舱中渐渐进入了沉睡。

当江岭醒过来，信息屏上显示的已不再是他原本的容貌。几乎所有的信息都表明，他就是方科长，这让他瞬间有种不祥的预感。

慌忙从修复舱走出来，其他人也陆陆续续聚集到场地中间，声音突然响起。

“年轻人，当你们听到这段声音时，想必已经顺利完成了改造，变成了我们的模样。与此同时，我们这些接受过第二批实验的人，也到了销毁的末端，不必惊慌，不必害怕。他们监控着整个城市的仿生人数量，所以每当创造出一批仿生人，就必须要销毁一批，这样才不会露出破绽。如果实验一直进行，你们也要为下一批实验者提供位置。记住，改变世界的成果，一定要让它属于世界。千万千万……”

声音渐渐远去，最后一句话还回荡在空旷的大厅内。

“不忘初心啊。”旁边传来声音。

扭头，江岭看到一个陌生人正站在他身边。

“你是？”

“1023 啊。”标志性的白牙露了出来。

从此，江岭再也没有见过老人，也没有见过诺兰。

10 年后，他率领成功了的第四批实验者突破了城市中心的地下研究所，在与仿生人激战后，在最深处见到了所长。

出乎意料的是，所长并没有露出恐慌的表情，反而欣慰地笑了。

“你笑什么？”江岭用枪指着所长，经过十年的暗中调查，他知道所长是实验的实际控制者，不介意以最大的恶意去怀疑他。

“你终于完成了我想完成的事。”所长起身说道：“其实，不只有你们想改变这个世界，还有很多人都有这个想法，我也是其中一个。要不你们怎么可能活到现在，以我们监控的严密程度，当你第一次从图书馆返回时，就不存在任何秘密了。”

江岭沉默了一会，伸出一个手指头："有一个问题，既然你也想要改变什么，为什么不帮助我们，反而杀害了很多实验者？"

所长摆摆手："这不是我的命令，而是那些权贵的命令。而且，单纯帮助你们，仅仅是救下你们罢了。我必须要等实验成功，只有记忆遗传这个成果实现后，才能真正地改变世界。"

"为了多数人的利益放弃少数人的利益吗？"江岭低声道，不得不说，所长的做法虽然很残忍，但不无道理，想要做出改变，哪有不付出代价的呢？

江岭放下了手中的枪："既然如此，你走吧。"

所长笑了，笑得更加开心："这个世界需要英雄，但只需要一个，本来我想在实验成功后就率领实验者反叛。既然你做到了，那就不需要我了。你经过了仿生人改造，寿命更长，比我适合做一个英雄，去领导人们。"

"我并不想做一个英雄，我只是在完成老人的江山。"江岭说道。

"时代选择了你，你除了拥抱它，别无选择。"所长在中控台上操作一番，继续说道："好了，我把浮岛的控制权交给你了。现在，作为一个推翻幕后黑手的英雄，改变世界吧。"

自动防御系统启动。

"趴下。"江岭被1023摁在地上，一声枪响后，一切归于沉寂，他猛地抬头。

“谢谢你。”所长嘴角流着一丝血迹，缓缓倒下：“我可以解脱了。”

## 后记

亲爱的观众朋友们，现在看到的是磁能混合火箭第一次发射的发射现场，在记忆遗传这项改变人类的新技术诞生30周年的日子里，我们文明走出了迈向星空的第一步。

为了这次发射，科学家们奋斗了5年的时间，并运用了部分浮岛科技。得益于记忆遗传，新一代的科学家成长速度大幅度提高。

最后十分钟，想必观众朋友们已经迫不及待了，就让我们一起祝愿发射顺利吧。

新纪元网络，记者1046为您带来现场报道，现在切换舱内视角。

……

5、4、3、2、1，点火，起飞。

控制舱内，宇航员露出了洁白的牙齿，他笑得很开心。

# 宇宙的落幕

当人类进入高维空间

文／异议

科幻
硬阅读
DEEP READ
不求完美 追逐极致

自打那晚某个时刻起，在纽约市曼哈顿的夜空中，天上的星星几乎全都消失了。

星星们的消失毫无征兆，几乎是一瞬间发生的，全球各地的人们都可以在夜空中看到这一奇异景象。但事实上，大多数人们都是通过新闻才发现这一事件，原因是在天文人员研究后发现消失的星星都属于恒星，而金星、火星等肉眼可见的太阳系内天体都完好如初，夜空的变化并不会太大。

随着时间的流逝，人类开始发现了这可怕的事实。各媒体新闻铺天盖地而来，其中一个广为流传的标题相当贴切且惊悚——“宇宙的落幕”。

寂静的夜空景色如同电影放映结束时出现的黑色落幕，观影的人们随电影走向而沉浮的情绪总在此刻戛然而止，然后在巨大的黑色面前暴露出或多或少的不安感。

## 1. 巨变

凌晨两点钟，第九十一届联合国大会的第二次会议已接近尾声。这天的会议进行时间已达到10个小时，这在历史上尚属首次。位于纽约曼哈顿的圆弧大厅里坐满了各国代表，站在讲台中央的联合国秘书长科索沃正在进行总结发言。

今天，以世界强国F国为首的北盟集团提出有关S国各领域的负面议题，并就议题提交了围绕“推进对S国经济进行制裁”的多个草案，引发了各国热烈的争议，本届联合国大会上的首场“拉锯大战”就此发生。

时至今日，发展中国家S国以基础经济高速发展、科技实力逐日攀升的势头赶超了近半发达国家。在今年年初，S国出台的“165企划”中特别提到了“在五年内完成进入发达国家行列第一步”的远大目标和宏伟计划。这让许多正在经历经济衰退的北盟国家们忧心忡忡，而霸主地位摇摇欲坠的F国趁机提出的“全面制裁S国”和“支援北方经济”的各个计划也得到众多北盟国家的热议。因此这届联合国大会相关草案的表决对于S国来说是相当不利的。

在会场下，各国代表神态各异。东联和中洲各国代表人员在相互地交头接耳；而远东各国代表人员在激烈地争论着；F国总统参与了这次会议，他眉头紧皱，双手合掌支撑着下颌，明显和10年前飞扬跋扈的姿态不同，如今苍老的他显得沉重且多虑——尽管在2029年成功再任总统，但目前更加严峻的国际形势问题尤为棘手。而只有S国外交代表端坐着，安静地看待这一切，保持着大国形象的尊严姿态。

终于在一系列总结之后，秘书长科索沃公布会议结果：1个草案通过，3个草案被否决，3个草案待二次表决。其中已通过的草案是关于国际新能源推广项目的决议，而有关“推进制裁S国经济”的草案中有3个由于票数对等，需在下次会议中进行二次表决。S国代表团的人们暗自松了口气，这表明始终有许多发展中国家和一些发达国家坚定地站在S国这一边——S、F两国之争，势均力敌。

经过这场长达10小时的会议之后，今夜的曼哈顿在宁静中显现出几分焦灼。世界的形势正在悄悄地发生着巨大变化，而同时发生了巨变的，还有那不被政治家们所注意到的夜空。

## 2. 通话

其实，最早发现“群星消失”的时间点并不是在晚上，确切地说，是在S国E8区的傍晚5点40分。

**【2031年9月10日PM 5：30，S国科学院紫金天文台3号研究所】**

办公室里坐着一名身着白色长衫的年轻女子叶倩，她的手中正按着一个旧式通信器。这个通信器背面刻着醒目的NASA标志，标志上的流星图案已有些黯淡。小小的通信器正随着女子纤纤手指的操作，不停地向世界的另一端发送和接收讯息。

“天铭，今天过得还好吗？”

“倩，今天我们接收了一个探测器，是从木星采集土壤回来的。”

“有什么有趣的发现吗？”

“有。倩，我争取年末回来看你，把这些趣闻亲口说给你听。”

“嗯，看机会吧，工作要紧。”

在受到NASA对通信器的严格监控下，这份聊天内容看似显得不急不缓，但实际上通信双方的心情都是复杂的，他们彼此感应到遥远思恋的艰苦。

这名年轻女子正在通信的对方，是刚刚入F国空间站任职不久的航天员许天铭。这名航天员身份特殊，他在S国出生，成年后在F国留学，随后改为F国国籍，进入航天局编制，在三十岁时正式成为F国航天员。许天铭正是在留学的时候，与女孩叶倩相知相识，陷入热恋。只是在各自追求理想的路途中，一人回到S国仰望星辰，另一人却从F国飞向了广袤太空。

然而，随着国际形势的变化，S、F两国间各领域摩擦升级，甚至连探索太空的领域也遭受深刻影响，这对天地异地恋，注定要走上非常坎坷的道路。

“倩，还记得我们的约定吗？只要太空禁令解除，我就立马回国，再也不离开你半步。”

陷入往事沉思的叶倩被这条讯息拉回了现实。

“嗯，但愿吧。”

两人的通信又陷入短暂的沉默。这个约定在这种国际形势下显得如此苍白无力。

突然，一名穿白大褂的男人闯入叶倩的办公室。

“小叶，出大事了！杨主任要求我们立刻到天文台集合！”

“陈大哥别着急，发生什么事了？”

“所有恒星都消失了！”

叶倩瞪大了眼睛，惊讶得说不出话来。她低头回复通信器中的讯息，眼中透露出深深的不安感：“天铭，我要去忙了，你千万保重。”

## 3. 重叠

**【F 国国际航天太空站 2 号站】**

身着便服的许天铭正漂浮在屏幕旁，脑海中正对着叶倩发的最后一条讯息感到疑惑。然而紧接着，太空舱外竟发出了一个成年男人的声音，来自舱外绝对真空里的声音。

“看得出你的心情很糟糕。”

许天铭宁愿相信是自己出现了幻听 —— 这个 2 号站只有他

进行管理，今天执行完接收探测器任务后就回到太空舱，而距离最近的1号站也没有来访任务，说明这里除了他之外并没有其他人的存在。更何况真空怎么能够传播声音？

是谁的恶作剧？或者，会是外星人？

“不要恐慌，请冷静下。”这个声音又说话了。

许天铭没有回答它，只是往墙壁轻蹬了一脚，暗自飞到离发出声音较近的窗口旁，他望向窗口，窗外是漆黑的星空以及……怎么回事？许天铭分明看到窗外分明没有一点星光，以至于漆黑到了极致，就像被墨水均匀地涂抹过的宣纸那样，而沾着墨水的毛笔恰好错过了一个小角，露出一小块的白色——漆黑的太空中静静地飘着一个白色方块，这个白色方块正好映出了太空舱后的阳光，这来自唯一一颗恒星的光。

“现在你们所在的太阳系变得很有趣。”

突然又一个相同的声音从许天铭身后出现，着实把他吓出了一身冷汗，他缓缓转过头，惊奇地发现又一个白色方块正漂浮在他眼前。

“你好，我直接闯进来了。惊扰到你，我很抱歉。”

这个“外星人”究竟是怎么从太空舱外闪现进来的！？

“你到底是什么人？”许天铭终于忍不住发问了。

“我是来自马列多姆的观察员，我的形态更接近于你们地球的‘人工智能’。”

“人工智能？你的主人是谁？”

“我不知道……其实人类本身也是被制造出来的，人类心中也有自己的造物主，可谁知道呢？”

看来这个“外星人”是用“人工智能”来比喻它们的生命基础，难道它们是硅基生命吗？

“我现在其实是想和你谈谈别的事情……你今天仔细看过‘窗外’了吗？”

许天铭回想起刚才看到窗外如同黑墨的太空：星星竟然消失了？

“这是怎么回事？”

“太阳系和马列多姆重叠了。”

“请你说具体一点。”

“太阳系闯入了马列多姆，马列多姆是一个高维空间，可能是你们科学家口中的五维空间？就像蚂蚁在地上爬的时候，突然被小孩手中的玻璃罐罩住，这个从天而降的玻璃罐兴许会在什么时候走开，但在惊恐的蚂蚁看来，这就是灾难……这是宇宙大自然的奥妙，我相信你们人类会自己解决好的。”

“……”

“你很幸运，你现在正站在马列多姆和太阳系的平衡重叠点，因此才能见到我，确切来说是一个切面上的我。幸运的人儿，我想改变你的未来，确切来说是改变你的另一端。”

许天铭搞不懂这个奇怪的外星人在说什么，但当他听到对方想改变他的未来时，他不由得心颤了一下。

“没什么，你很快就能回去你想回去的祖国了。”

“是因为这次太空奇观吗？”许天铭在怀疑。

“这次奇观是一次偶然，我们的相遇也是偶然，但这偶然将对人类影响深远。请尽快进行冬眠吧，在2050年左右再醒来。你的未来也会发生巨变的。”

话音刚落，这个白色方块就突然变大并分解，再快速地收缩成一个小球，然后消失不见，只留下了最后一句话。

“人类，我看到你们的一切了，不要恐慌。再见。”

## 4. 思考

在S国全国天文台都发现天文异象之后，该国的东方天文台率先向世界各个地区的天文台发送消息，希望他们留意。最后在D8区的早晨时，该天文台收到来自世界各地拍到的夜空图像，这些情况一致的图像让全球的人们都确认了这起大新闻的真实性。

太阳系似乎被一块巨大的黑色天鹅绒包裹住了，深邃的漆黑让六十亿人类不约而同地产生了窒息感。全球的新闻铺天盖地地报导，社会陷入恐慌，人类急需一个明确的解释。很快，以色列天文学家诺切维奇首先发表言论，他提出“黑海绵”设想，早先观测到的暗物质云可能已经降临太阳系，这片平均直径达到0.7光年的暗物质云被命名为“拉内比亚”，在意大利语中意为“浓雾”。如今这片“浓雾”可能早就到达了太阳系，它像一块黑海绵一样，将太阳系外的光线全数吸收。

由于人类对暗物质还有很多不了解的地方，人们对这一设想感到恐惧，暗物质云将会对地球甚至是太阳产生什么样的影响？这片高速移动的暗物质云粒子会不会直接轰击太阳系的物质？

但很快又有新的设想被提了出来，这个设想在理论数据上站稳了脚跟，并直接推翻了“黑海绵”设想，但这个新的设想只会让人类更加惶恐不安。

德国物理学家卡耶夫指出，之所以我们失去外界的光线，是因为太阳系刚好到达了“光的引力盲点”。我们知道，银河系是由各个旋臂和巨大黑洞组成、呈螺旋状的圆盘，其上有三千秒差距臂、矩尺臂、盾牌-南十字臂、人马臂、英仙臂、外缘旋臂。我们的太阳系位于更小的外缘支臂上——猎户臂。距离太阳系最近的巨大质量天体首先是距太阳490光年的CWLEO红巨星，接着是距太阳3.3万光年的银河系黑洞，还有距太阳220万光年的仙女座星系黑洞，以及各类超大质量天体。将这些天体的质量数据拟合后进行引力模拟，可以发现存在一些零散的盲点，在导致光线扭曲的巨大天体叠加效应下，恰好影响了从各个方向而来到这个点的光线，在即将经过这个点时全部发生了偏移，也就是说几乎没有外界光线能够到达这个点。从进入这个空间的视角上看，就像坐着火车经过万里晴空的田野时突然进入了隧道，陷入了一片漆黑。

这个理论引起了人类社会广泛关注，在人们为之震惊后，开始有乐观的民众言论认为，就像这个比喻一样，火车进入隧道后也会有重见天日的一天。当然，也不乏思路激进的民众言论称，巨大天体的叠加效应不仅导致外界光线偏折，更会直接使太阳系的物质特别是作为恒星的太阳发生质变，一场大灾变即将降临。不管如何，质变已经在这个世界的人类思想中发生了，人类科技成为这六十亿个碳基生命的共同话题。

与此同时，同期进行的联合国大会也紧锣密鼓地进行着，有所改变的是，这次大会中加入了探讨“宇宙的落幕”和人类生存的话题，并由各个常任理事国提出并通过了关于推进公共航天发展、推进高新科技交流的草案，而原本陷入白热化的 S、F 两大国问题早已经被搁置一边，S、F 两国的紧张关系在一场事关人类命运的大事面前相互地妥协了。

……时间飞快流逝，多少个夜晚没有星辰的起起落落，只有月亮陪伴的夜空显得格外的单调，在黑色的单调下蕴含着人类对生存的急切渴求。“人类命运”是自“宇宙落幕”事件以来被提到的频率最高的词汇。数十年来，社会犯罪率曾大幅上升而后减少至稳定值，而国际冲突亦是如此，在人性的恐慌和疯狂逐渐沉淀为深刻的理性之后，发达国家开始积极与各个落后国家展开技术交流，各国产值逐年攀升，科技创新如雨后春笋般层出不穷，外太空的探索活动越加频繁。

人类社会在历史上从未如此团结一致过。有史学家和评论家认为，这是人类发展史上最惶恐的时代，也是史上最美好的时代。

## 5. 未来

**【2051年12月31日PM 11 : 00，S国紫金市】**

即使是在夜晚，紫金那堆着白雪的巍峨山峰在月光的映衬下也显得磅礴大气，在这个万里晴空的冬日夜晚，群星散布在整个夜空中，上亿个恒星小得如同闪着光的沙粒般粘在这块大黑板上，美丽得令人窒息。

在紫金天文台不远处，一对年轻的身影正站在一排抬头望向天空的雷达阵列。

“星星又出现了。”叶倩轻轻地说道，生怕吵到这些眨巴着眼睛的星灵。

“是啊，听说在去年冬天晚上，天灰蒙蒙的，大家躲在暖乎乎的房子里，突然看到电视上播的新闻，才知道群星又能被看到了。那时我们还在冬眠舱里。”

“嗯。当时我们不知道，听说在那天夜晚，全世界各地都盛开了烟火，持续了几个月，之后还被申办了人类最盛大烟火的吉尼斯纪录呢。”叶倩说着，呼着热气的小脸上洋溢着喜悦之情。

回到19年前的过去，那时许天铭得益于F国的太空禁令废止，开始有机会回到S国，他便以S、F两国航天交流组织的参与者身份，多次地与作为天文科学家的叶倩会面。几年后，S、

F两国航天交流组织提出了航天人才冬眠计划，以保证长期的太空事业稳步发展。许天铭便想到了当年白色方块说的话，于是经过长期努力，在争取到多方认可后，他带着叶倩进入了漫长的冬眠。

直到2051年，他们苏醒了。

这十几年来发生了许多变化，除了人类的加速发展、空前团结，还有关于“盲点”理论。这个原本提出关于“引力盲点”的理论基础是相当严谨的，但在一年后，这个理论竟被推翻了。当时人们从火星上和土卫二上的探测器发回的数据中得知一个惊人的现象，就是光离太阳越远，偏折得越厉害，经过详细缜密的计算后发现，所有由太阳发出的光，即便是发往各个不同的方向，但这些光线最终会在到达太阳系边沿时汇聚成一个点，也就是说太阳系处在一个高维度球体里！

这个理论对当时的人类来说非常难以理解。科学家们给出的参考解释是，这就像人类站在地球上，在古老的历史上，人类认为地球是平面，但经过麦哲伦船队完成环游地球的壮举之后，人们才意识到地球是圆的，这让有件事是说得通的了：当所有船队队员从南极点出发，并沿各个不同的方向前进，往北直走，这些队员最终都必然会在北极点重新会面。这个新的“高维”理论逐渐被科学界所认可，但他们还需要“证据”。人类绞尽脑汁，终于找到了证明的方法，就是那颗被遗忘多年的卫星探测器。

在20世纪90年代，F国天文学家克莱德去世后，他的骨灰跟随F国的“新地平线号探测器”飞向外太空，飞向他所发现的冥王星。当时预计在 2038 年，携带克莱德骨灰的探测器就会飞出太阳系。2038 年，这刚好是在发生“宇宙落幕”事件之后，而探测器到达太阳系边缘时，就会到达一个“点”上，这个“点”原本是巨大的太阳系外边缘，准确来说是球体的外表面。如今因为未知的引力效应而发生扭转，球面扭聚成了一个“点”。当小小的探测器到达这个“点”时，会发生什么？

“那颗探测器……就像烟花一样盛开了……对吗？”叶倩的声音颤抖着，脑海中浮现出令人难以置信的骇人场景。

“嗯，当探测器到达这个高维球体的边缘时，发生了爆炸和裂解，残骸均匀地扩散到太阳系边缘球面的任何一个点上。”

“当时整个夜空都在闪耀，真的难以置信。”许天铭一边回答，一边望向了天空，仿佛看到了这壮丽又可怕的场景。他知道，就在那个时刻，“外星人”的话被证实了。

他借用“外星人”的话向叶倩解释道：“就像顽童手中的玻璃罐从天而降，将在地上爬着的蚂蚁罩了起来。蚂蚁胆战心惊，它发现外面的蚂蚁只能隔着一层玻璃看着它，而自己使出浑身解数都走不出这个空间。这只蚂蚁就是我们，但顽童只觉得有趣。”

“还好，还好太阳系脱离了这次危机。顽童没有碾碎这只蚂蚁。”叶倩当然知道他这句话的含义。

马列多姆高维度空间，太阳系三维空间，两个截然不同的世界由于偶然重叠在了一起，然后又彼此分离。当这个巨大的玻璃罐离开后，世界又恢复原貌了。人类曾经如同蚂蚁那样惶恐过，现在如蚂蚁般齐心协力地建造着属于自己的王国。

“大自然真是奇妙啊。”许天铭抱住心情复杂的叶倩，他知道如今人类的心中已经被刻上了对这个宇宙的恐惧印记，这面对大自然未知领域的恐惧也将驱动充满好奇心和欲望的人类更坚定地前行，去探索更广阔的世界，去揭示宇宙真正的面目。

此时此刻，零点的钟声响起，准点燃放的五彩烟花照亮了紫金市，映照着新一年的夜空。

这一晚，群星依旧璀璨。

# 解读生命

生殖赌注

文／王晋康

科 幻
硬阅读
DEEP READ
不求完美 追逐极致

◆1◆

山猫直升机在沙海里飞了 4 个多小时，仍没有发现太空来客的丝毫踪迹。塔克拉玛干沙漠是世界上最大的流动沙漠，沉闷的黄色无边无际，巨大的沙丘绵亘起伏。没有绿色，没有生命。直升机进入沙海的中央地带后，唯一遭遇的生命是一只误入禁区的野鸭。它显然已疲惫无力，对着直升机悲哀地鸣叫着。如果在今晚之前找不到一块绿洲，它的命运也就注定了。

舱门大开，营长邝景才用高倍望远镜仔细搜索着。5 个小时前，他被十万火急地召到师部，满脸胡子的罗师长严峻地告诉他，某大国（他用带有敌意的鼻音说出一个国名）通过它的驻华使馆送来一份奇怪的情报，说5 个小时前有一个星体坠落在塔克拉玛干沙漠的中部，该星体接近地球时的飞行轨迹很像是受控飞行，也就是说，它是受“人力”控制的人造装置，而且显然超越了地球人的科技水平！

师长用浓重的河南口音说：“外星人？太邪乎了吧。那些老毛子没准在捣什么鬼。不管咋样，上级让咱们实地搜索一番。

按说我该亲自去的，至少也要派你们团长，你知道为啥选中你？”师长没有等他的回答，自顾说下去，“咱师团营长中就你墨水喝得最多，年轻，脑子转得快，会英语。像我这样的老脑筋，对付苏修美帝没问题，要是面前站个外星人，嗨！……”

邝景才揶揄他：“师长，陆军学院里没教过怎样对付外星人，压根儿没开这门课。再说，外星人不说英语。”

“是吗？那你说该谁去？”

“这该是宇宙生物学家、未来学家和政府首脑们的事。”

师长沉下脸：“那好嘛，这事就交给你吧，你在一小时内给我找一个什么宇宙学家来。”

邝景才嘿嘿笑了，讨好地说：“师长，我没说不去嘛，只是怕你遣将无能，将来落到挥泪斩马谡的地步。行啦，下命令吧。”

师长告诉他，师里为这次搜索行动配备了最强的装备：进口的山猫武装直升机，空对地导弹，火焰喷射器，燃烧弹；10个队员都是从各团挑出来的军事尖子，还有1名医术高超的女军医夏凌凌。看见邝景才微微摇头，师长问：“咋啦？”

“没啥，只是沙漠里没有男女厕所之分，为啥不派个男军医呢？”

师长根本没理他的要求，但这番话倒是引起他的重视，立即郑重交待：

“你这句话倒是提醒我，记着，在沙漠中绝不能让夏凌凌离开你的视线，解手也不行！据我所知，某地质队在塔克拉玛干勘探时，有个姑娘只是到沙丘后解个手，就自此失踪。勘探队发疯地找，7天后才在一座沙丘顶上找到她，尸体已经风干，肚子让飞鸟掏空了。切记我的话！”

邝景才悚然道：“是！”

“另外，脑子里多长根弦。那个大国为啥主动通知咱们？它有这样的好心肠？遇事多往深处想想。时刻与我保持联络，通话时注意保密。”

这是早上7点的事，9点他们就乘机出发，现在是下午1点。酷日烧烤着赤裸的沙漠，即使在几百米的空中也能感到迫人的热浪。身后的夏凌凌脱下军帽扇着风，风纪扣解开了，露出鲜艳的内衣领。邝景才扫她一眼，暗暗叹息：女人毕竟不是真正的军人，恐怕在外星球上也是如此——如果外星人也分男女的话。其他战士都是衣帽整齐，像驾驶员陈小兵、排长何振洋、维族战士克里木等，他们全神贯注，双手紧握武器，汗珠从军帽下不断滚落。

天边突然出现很大一片绿地。在沉闷的黄色中飞了这么久，乍一看到绿色，都觉得眼前一亮。直升机降低高度，飞机下面，肉苁蓉和骆驼刺顽强地展示着绿色，几只黄羊被惊动，敏捷地逃向远方。紧接着大片胡杨林扑入视野，这种树生命力极其强盛，它们千年不死，死后千年不倒，倒后千年不枯。干枯的枝干虬曲向上，像是地狱中冤死者尽力伸出的手臂，显得十分狰狞怪异，本地人常称它魔鬼林。直升机上的人们活跃起来，挤在舱门观赏这奇特的景色。忽然驾驶员沉声喊道：

“营长，你看这边！”

邝景才几乎同时发现了爆炸现场，位于胡杨林边缘。一片焦黑的树干，大多被连根拔起，根朝内，树冠朝外，拼成清晰的同心圆。胡杨林外的半个沙丘被抹平，也形成清晰的同心波纹。邝景才不禁想起有关通古斯大爆炸的描写，两者非常相像。当然，这儿的爆炸规模要小多了。

直升机盘旋两周，没有发现活着的生物和坠毁的装置。邝景才让直升机在爆炸中心降落，他们跳下机舱，拉开扇形，严密地搜索着。塔克拉玛干的沙粒很细，沙丘背风处十分松软，连骆驼也无法行走。但现在脚下的沙面显然被爆炸压实了，仔细观察，在沙粒中发现一些极微细的银色金属颗粒。除此之外，没有任何生物和机械装置的残骸，在爆心处的浅坑里也没有挖掘到什么东西，仿佛那个星体或飞碟在冲向地面的一声爆炸中被完全气化了。

现在可以确定有“东西”在这儿坠落，某大国的情报并非无稽之谈。但究竟是什么东西，陨石？某国的侦察卫星？或者真是外星飞船？

夕阳慢慢坠落在沙丘后，酷热在一瞬间消失净尽，寒意渐次升起。邝景才尽量收集了金属颗粒，命令战士集合，准备返回。夏凌凌乐颠颠地跑过来，邝景才犹豫一下，问道：“你是否要方便一下？就在那个凹处吧 —— 但不要离开我的视线。”

夏凌凌面孔红红地说：“谢谢。”

她过去了，邝景才一直拿眼睛的余光罩着女医生，直到她小步跑回。一天的劳累和徒劳无功显然没有影响姑娘的情绪，她脸色红润，眼睛眉毛里都含着笑。邝营长微嘲地说：

“你的情绪满好嘛，看来你很喜欢这趟野游。”

夏凌凌听出他的揶揄，莞尔一笑：“我本来就没指望见到外星来客，没有期望也就没有失望。”

“你不信有外星人？”

“不，我非常相信。记得读过一个很好的比喻——假如在沙漠的某处你找不到一棵草，那么‘该沙漠无草’的结论就不能排除；但只要发现一棵，就尽可大胆断定：沙漠中绝不会仅此一根独苗。宇宙中既然有了地球这个生命绿洲，想来它不会是上帝的独生子吧。不过，外星人肯定非常稀少，他们的来访是几万年几十万年才能碰上的偶发事件，哪能正好让咱们这些凡夫俗子碰上呢？”

战士们都上了飞机，邝景才命令驾驶员打开夜航灯，尽量把直升机拉高。他想再碰碰运气，看有没有幸存者发来信号。事实证明他的决定非常正确，直升机拉高后不久，一道眩目的光芒从机身上方掠过。从方位看，光源至少在百公里外，但光线射到这儿后仍然极其强烈。空气被电离，留下一道隐约可见的笔直的辉光，久久不散。大伙儿一时间目瞪口呆，何排长脱口喊道：“死光！”

不过，发出死光者显然没有歹意，光束强度随即被调低，萤火虫般闪亮着。驾驶员回头看看营长，营长指指前方命令道：

“快去，一定是幸存者——大家也要做好战斗准备，以备不测！”

随后 20 分钟里，舱里充满紧张的气氛。他们知道，死光只是科幻小说里的玩意儿，在目前，各国都还没有投入实战的激光武器。发出死光者是外星人？这种可能至少是隐约可见了。夏凌凌更为紧张，下意识地拉住邝景才的衣袖，目光亢奋，鼻孔微微翕动。营长扭头瞄她一眼，嘴角绽出笑意。

那个光点已经临近，陈小兵回头看看营长，开始小心地降落。夕阳最后一抹余晖镶在沙丘的边缘上，在广袤的黄色背景下，一个瘦小的身影孤零零地立在浑圆的沙丘顶端，他（她）的四周散发着神秘的蓝紫色的萤光。

一直到 17 年后，邝景才回忆起这次历史性的会面时，当时的一切细节仍宛然面前。外星人 —— 那时他们对它的身份已经毫不怀疑 —— 身躯瘦小，大致像 12 岁的孩子，身形与地球人相当相似，也具有头部、躯干和四肢。其后他们才知道，外星人包在太空服中的四肢并不像人类，它们柔软纤细，类似章鱼的腕足。他们的太空服则是功率强大的动作增强器，能在地球的重力场内纵跳如飞。

透过圆形的头盔可以看到外星人的大脑袋，一双极大的眼睛长在头颅的中部。没有鼻子，一张裂缝似的大嘴。这些细部拼拢成一幅图画时，显得怪诞幻异但并不丑恶，甚至与人类的大脑袋婴儿有某些相似之处。

外星人静静地立在沙丘顶端，手里握着一枚通体透明的蛋形物，蛋形物最后闪烁一下便熄灭了。很难相信那样强烈的激光就是这个小玩意儿发出来的。

直升机轰鸣着降落在沙丘上，战士们敏捷地跳下去，平端武器，成扇形队伍慢慢逼过去。邝景才感受到战士们的紧张，严厉地低声命令：

“做好准备，没有命令绝不准开火！”

“其实当时我的脑袋里也是空的。”17 年后邝景才苦笑着回忆，“要知道那是 20 世纪 80 年代初，有关外星人的影视、小说和科普作品很少，没有起码的心理准备。由于阴差阳错，这副担子偶然落到我肩上，竟让我代表地球人类去同外星人建立第一次接触，但显然我不够格。”

他妻子夏凌凌回忆道：“我那时刚从西安军医大毕业，是个爱玩爱笑的傻女孩。在那一刻之前，我一直把这项任务当成一次野游。但自从和外星人目光接触的一刹那后，我顿时彻悟了。我绝对相信面前是一个智慧生物，因为她的目光中充满理性和友善，充满久别重逢的依恋。值得提及的还有一点：在我的第一眼印象中，我觉得她一定是个雌性生物 —— 那时我根本不了解宇宙生物学家和科幻作家的种种推测，他们说外星人不一定是两性的，也有可能是单性的甚至是无性生物。直到现在，我不知道这个印象是否正确。”

邝景才示意战士们原地不动，自己把手枪插回腰间，平伸两手，缓缓向外星人走去。他的大脑激烈地运转着，思考着如何同外星人交流。是握手，拥抱，还是像非洲土人那样拉耳朵？该同她说你好，还是 hello？

两种文明的代表对面而视，巨大的沙丘使他们小如蚁米。邝景才像夏凌凌一样，也从对方目光中感受到天然的亲近感，所以，其后悲剧接沓而来时就格外狞恶。

外星人的脑袋在头盔里灵活地转了半圈，又大幅度地点动——可能这就是外星人的问候方式。然后她转过身，轻盈地纵身一跳，飞到百十米外的另一座沙丘上。邝景才有些手足失措，但看到外星人停在那里等候着，便立即反应过来，对夏凌凌说："她是在为咱们带路哩，是否前边有伤员？快回到直升机上，跟着她！"

直升机追过去，悬在外星人头顶。外星人不再逗留，在各个沙丘的顶部纵跳着，动作敏捷飘逸，一步可跨出 100 多米。直升机紧紧跟在她的后边。

一座沙丘阴面有一个直径约 3 米的冲击坑，坑口四周的沙粒被烧熔过，凝结为光滑的洞壁。洞子不深，直升机转过光束，照出洞底一个类似救生舱的圆形装置，舷窗内有一个外星人面孔，没有戴头盔，所以看得更为清楚：章鱼似的大脑袋无力地低垂着，头颅上端浑圆，下端略为收缩，双眼紧闭。可能是看到灯光，他勉强睁开眼睛，送过来一瞥——邝景才分明感受到那双目光中的疲惫和欣慰，心中突然涌过一道热流。他低声命令：

“夏军医跟我来，准备抢救！”

夏凌凌拎着急救包紧紧跟在后边，直到这时她才进入角色，惊惶失措地低声喊：“营长，我不知道他有没有血管！有没有心脏！不知道强心剂对他是否有毒！”

邝景才恼怒地瞪她一眼，把训斥留在嘴边。没错，当两种完全陌生的生命初次相遇时，再好的医生也会手足无措的，他们只有一步步试探。舱内的外星人慢慢抬起腕足，随后舱门缓缓打开——夏凌凌尖叫一声，掩在邝景才的身后。

那是极为血腥丑恶的场面，他们做梦也想不到。外星人原来只剩下半截身体，残躯处血迹斑斑——血液也是红色，但带着紫色的辉光。4只形貌狞恶的6足动物在血泊中恣意地大吃大嚼，它们有耗子大小，6条细腿类似于蜘蛛的节肢；肚子滚圆，两只复眼长在头顶。外星人的残躯上尚吊着一团完整的脏器，两只小怪物正合力撕咬着。脏器被撕开，第5只小怪物从脏器里费力地钻出来，快活地叫了两声，立即加入饕餮者的行列。

无疑这是些凶恶的寄生生物。女外星人引他们来不是抢救伤员，而是消灭这种可怕的妖魔。邝景才、夏凌凌和他们身后的克里木都傻望着，心头阵阵作呕。几只小怪物已经吃饱喝足，蹲伏在血淋淋的残躯上，用厚颜无耻的懵懂目光好奇地看着来客。忽然它们像听到一声号令，吱吱叫着向来客扑过来，动作异常敏捷。

几乎同时，邝景才的五四手枪和克里木的AK-47自动步枪凶猛地开火了。他们一边开火，一边拖着夏凌凌向外撤。女外星人这会儿正趴伏在洞口，邝景才用力把她推出去，对洞外的战士厉声喝道：

“开枪！用火焰喷射器！”

早已严阵以待的士兵们立即应声扫射，火焰喷射器也对准洞口，夏凌凌尖声喊道：“伤员！里边还有受伤的外星人！”

邝景才粗暴地把她推到后边，在枪声中大声喊道：“救不活了！我不能冒险，不能让这些寄生生物逃出来！”夏凌凌立即联想到可怕的场景：寄生生物逃出来，悄悄侵入他们的身体，险恶地从内部吞吃宿主，然后从血淋淋的残躯中爬出来。大量繁殖的寄生者由此向地球扩散……她打个寒颤，不再劝阻。

何排长早已按下喷射器的扳机，一道火舌凶猛地扑进洞里，邝景才咬着牙喊：“烧！把它们烧光！”火焰喷射器在近距离内狂喷火焰，火舌抵至洞底又凶猛地回涌。一直到燃料用光，何振洋才停下来。

洞壁烧塌了，洞口烧得焦黑，几个怪物已必死无疑。邝景才这才想起那个女外星人，他走过去，垂下目光，负疚地说：

“很抱歉，没能救出你的同伴。”

外星人木立着，没有一点反应。夏凌凌怜悯地看着她，在她的目光中找到了与人类相通的感情：绝望与悲痛。也许作为一个女人，她能更好地理解这种情感。她走过去挽住外星人的胳臂，用英语重复一遍：

“很抱歉，没能救出你的同伴。他已经无法救治了。”

她明明知道，无论汉语还是英语，外星人都不可能听懂，但她仍重复着这些话，似乎这样能减轻心中的愧疚。但外星人下面的行为谁也料想不到，她眸子中冷光闪烁，一扬手，一道强烈的蓝光射向直升机，直升机轰然爆炸，旋翼叶片飞上天。一团黑乎乎的东西从夜空中打着旋砸过来，借着直升机燃烧的火光看，原来是驾驶员陈小兵的断腿。外星人乘乱逃走，这时已纵到百米之外。邝景才怒吼一声，抢过克里木的自动步抢向那个背影扫射，战士们也同时开火。但已经晚了，外星人又一个纵跳遁入夜色中。

枪声停息了。邝景才恨恨地看着夜空，没有尝试去追赶。他知道，在夜幕中，根本无法用双腿去追击纵跳如飞的外星人。直升机已化成残片， 邝景才托着陈小兵的残腿，想起这个话语不多但十分干练的青年，眼中怒火喷涌。这会儿外星人如果在眼前，他会一刀刀碎割了她！

机上的报话器毁坏了，幸亏还有一部步兵报话机。邝景才要通师部，由于怕外国的卫星监听，他没有报告详情，只是请求尽快增援3架直升机。那晚他们就宿在附近，互相偎依着取暖。在沙漠午夜彻骨的寒冷中，邝景才阴郁地沉默着，眼前晃动着陈小兵的娃娃脸，晃动着那个可恶的女外星人，那两只特别大特别明亮的眼睛。夜风吹熄了他的怒火，现在更多的是困惑。从最初的接触看，那个外星人肯定是有理性的文明生物，是她主动寻求地球人的帮助。但她为什么突然反目成仇？怪我们误伤了她的同伴？但那个同伴分明不能救治了。

也许是“火焰”触犯了他们宗教上的禁忌，才激起她的怒火？就像地球上有些种族害怕火化遗体，认为火化后灵魂不能上天国……思前想后，他无法摆脱困惑。说到底，他只是以地球人的思维来猜度外星人。他宁愿相信外星人的思维也符合地球的逻辑规律——毕竟在地球各个种族中，这些规律是普适的。但做出逻辑判断所必需的前提和细节呢？如果在前提和细节上没有起码的沟通，那么即使同样的思维方式也不能取得共识。

他解嘲地想，不要说外星人了，连地球人类之间还不能彼此理解哩。他们手中的武器就是人类间隔阂的最典型的象征。

夏凌凌作为唯一的女性被安置到人群正中间，战士们高高兴兴地用身体围着她——同时偷偷地嗅着姑娘身上的芳香。夜深了，他们把头埋在臂弯里睡熟了。但夏凌凌时时抬起头，把目光溜向外圈的营长。她知道那个男人正在忍受内心的煎熬。没错，连夏凌凌也隐约感到，这件事中间有一点儿不对劲，隐隐约约的不对劲儿。比如说，以女外星人手中的激光枪，完全可以消灭那些小耗子，但她为什么没有这样做，却跑来寻求地球人的援助？地球人杀死这些可恶的怪物，她为什么反而炸毁了地球人的直升机？

凌晨，他听见直升机的轰鸣声，3 架国产直升机披着晨光，从沙丘上方掠过来。胡子师长这次亲自来了，邝景才简要地报告昨天的情况，描述了寄生生物的丑恶形貌。师长看出他的沮丧，拍拍他的肩膀说：

“你的临机决断没有错，完全正确！”

他在陈小兵的残躯前致哀。3 架直升机散开来搜索逃跑的外星人，一直到下午 6 点，才在百公里外找到她。那是一片城堡的废墟，苇编的栅栏还没有完全腐朽，陶罐残片半埋在浮沙中。城堡中甚至还有一座佛塔，砖块是用湖中的淤泥切割而成。在千年的风沙中，佛塔的外形已被磨圆了，塔顶搭着一个粗糙的鹰巢。多年之后，他们才知道这是古代精绝国的遗址，在唐玄奘的大唐西域记里尚有它的记载。

女外星人藏在佛塔旁的一个地穴里，十几名战士正用枪口牢牢地围着她，他们都苦着脸，紧皱双眉，塔顶的老鹰也在警惕地盯着他们。等师长和邝景才赶到时，看到和昨天同样的镜头：女外星人已经死了，也几乎被吃光，只剩下脑袋和很少一节躯干。5个尖头尖脑的6足怪物仍在带萤光的血泊中大吃大嚼，连直升机的轰鸣声也没有惊扰它们。它们发现来人，吱吱叫着，动作敏捷地冲过来。邝景才立即把师长掩到身后，师长怒冲冲地甩脱了，从牙缝里挤出一个字：

“烧！”

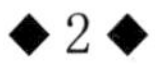

去年，我在北京参加“97国际科幻大会”时，便装的邝氏夫妇到科技会堂找到我，邀我去喝咖啡。同去的还有我正在北航上大一的儿子。那晚，在奥星咖啡厅梦幻般的小夜曲声中，他们娓娓讲述了这个故事——不，他们说这不是真实的故事，应称之为构思。邝先生呷着加冰的马提尼酒，凝视着40层楼下遥远的灯光，缓缓说道：

“17 年来，那两个外星人，尤其是那个女外星人的眼睛始终在我眼前晃荡。他们从哪里来？来干什么？是不是一次亲善访问？他们已在烈火中化为灰烬，回归本原，但他们的亲人是否还在遥远的星球上为他们祈福？我至今也弄不清楚，自己在这件事中究竟扮演了什么角色：是拯救人类的功臣，还是毁坏星际交流唯一桥梁的罪人。”

夏女士微笑着碰碰他：“当然，这只是构思。”

邝先生轻叹一声：“对，只是构思。我思考多年，终于下决心把这个构思告诉第三者，”他看看我儿子，加了一句，“和第四者。王先生，那时我们的眼界很闭塞，心态也不成熟，我知道这个构思中有一些不合逻辑的死结。希望你以科幻作家的视角重写这篇故事。”

滞重的暗潮在三人之间缓缓流淌。只有儿子感受不到这种暗流，笑嘻嘻地盯着邝先生，一副跃跃欲试的劲头。我对邝氏夫妇说，好吧，我会尝试去完成你的构思，但我不知道自己的诠释是否正确。

邝先生用自己的轿车把我们送回科技会堂，握手告别。在电梯里儿子急不可耐地说：爸爸，邝先生的故事里为什么有一些解不开的矛盾？因为他的一个假设是错的。

我看看电梯里的人们，纠正道：不是故事，只是构思。

儿子颇为不耐烦，摆摆手说：我知道，我知道这样的藏藏躲躲是咋回事，国家机密嘛，那就把它当成虚构吧。我想，在邝先生的潜意识里，必定认为有一条规律是适用于全宇宙的，那就是：初生婴儿不会有意识。但这可能是不对的。

是吗？我问。

在走廊上儿子继续侃侃而谈：看看地球上的生物吧，小海龟生下来就知道大海的方位，一种美洲蝴蝶生而知道从北美到南美的迁徙路线。这种能在基因中传给后代的本能当然就是意识，只是比较低级罢了。但既然能在基因中“拷贝”低级意识，谁敢说宇宙中不会出现“全意识拷贝”或“全智能拷贝”的生物呢？如果有，女外星人的怪诞行为就好解释了。

我笑了笑说：好，就按你的构思写一篇吧。

3 天之后，在成都月亮湾科幻夏令营里，儿子兴冲冲地交给我一沓手稿，嘻笑着说：爸爸，我写好了。我有意模仿你的文风，不知道像不像。

◆3◆

在离开母星 3500 年之后，宇宙艇内仍使用责晶星的时间，保持着责晶星的昼夜交替，当然是用灯光模拟的。这天早上，孛儿诺娅和艾吉弓马雄几乎同时看到屏幕上出现的那艘飞船。“飞船！”孛儿诺娅喊道。艾吉弓马雄已同时送出减速和转弯两道思维波命令。半光速飞船向前方发送着强劲的减速震荡，同时艰难地拐了一个巨大的弧形，回头向着已相距 300 万地马亚的那艘飞船追过去。

孛儿诺娅在电脑前紧张地整理着那艘飞船的数据，这是刚才相遇时仪器自动收集的。据探测，它有 390 盖普长，直径约 80 盖普，前端呈锥状，后部是圆形，有尾翼。这是第二级文明时期典型的风格。它现在已经“死亡”，没有动力，没有信息流，只是靠惯性在宇宙间漂游。即使如此，孛儿诺娅仍然十分激动。她用腕足围住丈夫的脖颈，急切地说：

“是智能生物的飞船！艾吉弓马雄，我们寻找了 3500 年，总算找到了！”

3500 年前，一对正当妙龄的年轻夫妇走进这艘宇宙艇。那时他们都是 30 岁，本来可以在责晶星上平平安安度过 120 年；但他们自愿报名参加外星文明探索，踏上这条不归路。他们也得到补偿，在责晶星长老会的特许下，他们体内的衰老基因被关闭，只要宇宙艇不遭受意外 ，他们可以一直活到宇宙末日 —— 当然只是理论上如此，实际上不一定行得通。宇宙艇的能量储备是按 4000 工作年设计的，如果 4000 年内不能到达某个文明星球，艇内维生系统就要停止工作，他们就只能做永存的僵尸了。

这次的减速和转弯几乎要耗光宇宙艇剩下的能量，他们的生命也快要到头了。但 3500 年的幽居生活实在太枯燥，即使是火热的爱情也会降温的。所以，这次的邂逅仍使他们激动不已。前面的飞船越来越近，3 天后宇宙艇追上它，轻柔地靠上去，伸出密封口，吸开了飞船的舱门。

这是一艘无人太空舱，舱内很简单，柜中堆放着一些镀金铝盘，上面镌刻着文字资料和图画。他们没有耽误，立即把文字扫描进电脑去释读。由于这些文字与责晶星的文字之间没有任何中介信息，也没有任何实物对照，释读起来十分困难。直到半年后，当他们已到达该飞船的母星时，电脑才送出第一条信息，说这艘飞船是先驱者 10 号，1973 年由地球发射 —— 但 1973 年究竟是什么概念，对他们来说仍是一片空白。

两人知道不能指望电脑对文字资料的破译，便同时开始对图画进行猜读。画面上有两个高低不等的人像，其含义很明确，毋须猜测：他们一定是智能生物的自画像。幸运的是，这种智能生物与责晶星人大致类似，这是一个好兆头，也许两种文明的沟通会容易一些。

两个人像的细微结构上有小小的差别，可能表示他们也是两性生物 —— 又是一个与责晶星人的共同点。两人胯下的差别恐怕是表示不同的性器官，这是唯一合理的解释。只是性器官长在这儿而不是长在腕足的前端，实在过于奇特。

孛儿诺娅指着较矮人像胸前的两个圆球，好笑地问：“这是什么器官？它有什么作用？”

“不知道。它是较矮个体独有的，显然也是第二性征。你看，两人的体毛也不同，较矮个体头上有长毛，较高个体则是光头。只是不知道哪个是雌，哪个是雄？”

孛儿诺娅笑着说：“我相信较低的是雌性。不过，她胸前两个圆球太丑陋了，我不相信它会对异性有吸引力。”

艾吉弓马雄简单地反驳道：“不。异性身体任何相异之处都必然有性吸引力，这是生物进化论的铁定原则，我相信它同样适用于那个星球。”

图画上其他的斑点和弧线的含意比较艰涩，一时难以理解。他们注意到一排整齐的圆形，共 10 个，大小不等，第一颗远远大于其他 9 颗。艾吉弓马雄高兴地说：

“一定是表示智能生物所处的星系：一颗恒星，9 颗行星，而且行星大小不同。孛儿诺娅，你把 9 颗行星的大小和顺序编成数列，让电脑在天体图中搜索类似的星系。快去吧。”

很快电脑送出结果，有相同排列的 9 星星系找到两个，但都在 500 万光年之外，不大可能是这艘飞船的母星 —— 即使是，他们的燃料也不可能到达了。倒是距此 0.17 光年的一个 10 星星系 —— 玛玛亚星系 —— 值得考虑。它虽然多了颗行星，但前 9 颗行星的大小和排列与信息盘上完全一样，而且该星系恰好在飞船驶来的方向上。这不可能是巧合。

那么是否有这种可能？就是该星系的第 10 颗行星（它很小，也非常遥远）尚未被这个文明社会发现。果真如此，那么这艘飞船一定属于一个朝气蓬勃但未脱稚气的种族 —— 他们连家门口的事情还未搞明白，就开始宇宙探险了。

两人经过讨论，确认这种猜测的胜率很大。这又是一次难得的机遇 —— 这艘飞船刚刚发射，尚未远离它的母星。这样说来，宇宙艇的能量还勉强够到达那儿。艾吉弓马雄把飞船内的信息盘转移到宇宙艇内，然后调定航向，向玛玛亚星系飞去。剩下的能量还能把宇宙艇加速到三分之一光速，按这个速度计算，到达那儿要半年之后了。

不管怎样，现在他们的航程有了目标，一个伸手可及的目标。宇宙艇内的沉闷枯燥一扫而光。艾吉弓马雄心情愉悦，重新发现异性的磁力，孛儿诺娅腹部的明黄色性征带也变得闪闪发亮。于是，两人的 8 只腕足绞在一起，尽情缠绵着。

但这场爱情舞步并没有走多久。30 天后，艾吉弓马雄忽然冷淡地抽回腕足，从此把自己禁锢在阴郁中。孛儿诺娅困惑地小心探问：你怎么啦？生病了？心情不好？艾吉弓马雄固执地沉默着，用古怪的眼神不时扫着孛儿诺娅的身体。

不久孛儿诺娅就知道了答案——她发现肚腹上有一个点开始缓缓搏动和胀缩。这正是某种噩运的征兆。她惊惶地欺骗自己，不会的，命运不会对我们这么残酷，我们经历了 3500 年的旅程，刚刚发现目的地……但几天后，搏动点增加到 5 处，胀缩的幅度也越来越大。她知道逃避已经没用了，苦涩地喊一声：“艾雄！”

艾吉弓马雄用腕足揽住她，惨然说：“这些天我一直在观察你，希望你能幸免。我决定了，如果你能幸免，我就独自跳到太空中去。可惜……”

孛儿诺娅艰难地说：“你确认它们是阿米巴契太空寄生生物?”

“不用怀疑了。我们一定是在进入那艘飞船时受到了感染。当时我们太兴奋，忘了应有的谨慎。”

“那么，是飞船制造者的阴谋？”

“不像。从他们向宇宙发送的信息看，这是一个心地坦诚的半原始种族，远未达到阿米巴契生物的文明。肯定是飞船在飞行途中被阿米巴契侵入了。”

他们既悲愤，也十分懊悔。所有宇宙探险的教科书上都以三重警告的方式提醒着，要加意提防这种险恶的6足妖魔。它们属于发达的第四级文明，依靠微小的三联式病毒繁衍种族。三联病毒常常附在陨石或过往飞船上，一旦碰到以蛋白质为基础的生命就迅速侵入，在某个细胞里完成三联组合，并强夺宿主细胞核内的基因，孕育出阿米巴契胎儿，然后从体内吃掉宿主。他们是“全智能拷贝”生物，从胎儿期就具有成熟的智能。

可怕的是，一旦被病毒侵入，宿主就完全无救。高智能的阿米巴契会在宿主每个细胞内留下信息副本，如果某个阿米巴契胎儿被杀死，另一个细胞内的病毒信息就会立即启动。要想消灭它们，除非彻底销毁宿主的身体。

艾吉弓马雄用腕足搂住孛儿诺娅，悲凉地说：“孛儿诺娅，我决定结束自己的生命，决不用我的身体喂养这些可恶的魔鬼。”

孛儿诺娅深深点头：“我也要同样做。”

“炸毁宇宙艇！不能让它们再到玛玛亚星系去为害。”

“好，我同意。”

8只腕足纠缠绞结，他们在悲凉中尽情享受最后的快乐。第二天，艾吉弓马雄抽出腕足说：“我要启动自爆指令了。”

孛儿诺娅柔声说：“你去吧。”

自爆指令有一重机械保险装置，必须用人力把它打开后才能接受思维波命令。孛儿诺娅尽力保持镇静，心境苍凉地看着丈夫。他解除了机械锁，就要下达思维波指令……忽然艾吉弓马雄的身体奇怪地抖动着，目光四散分离。等到目光重新合拢，他不紧不慢地恢复了机械锁，转过身冷冰冰地说：

“算了，及时行乐吧，干嘛为素不相识的玛玛亚星系操心呢。”

孛儿诺娅心中猛一抖颤，知道已经晚了，艾吉弓马雄体内的寄生者已经足够强大，控制了他的意识。 其后几天，神智麻木的艾吉弓马雄一直纠缠着她，她不动声色地应付着。等到能够脱身时，她立即赶到控制台，打开机械锁，立即下达自毁命令——但一条腕足忽然从后面缠住她的脖子，在片刻的意识空白后，一个懒洋洋的念头浮上来：

“真的，何必担心玛玛亚星系的野蛮人呢？还是及时行乐吧，趁着两人的身体还没被吃掉。”

以后的几十天他们一直沉迷于亢奋的情欲中，以此来麻醉自己的神经。偶然也能清醒片刻，那时他们都阴郁地躲避着对方。体内的5个寄生者越长越大，悄悄蚕食着各自周围的肌肉。在尖锐的痛楚中，两人心如死灰，默默等着可怕的死亡。

玛玛亚星系已经在眼前，该星系的第三星是一个漂亮的蓝色星球，用肉眼已能看清它的表面。云层在移动，海面上波浪翻卷，各种人造装置在天空、海洋和陆地上穿梭不息。显然这是一个生机勃勃的星球。

艾吉弓马雄目光阴沉地来到控制台前，打开反雷达装置，进入蓝星的大气层，准备降落。他启动反重力系统——电脑发出紧急警告：能量枯竭，无法启动！

在刹那的震惊中，孛儿诺娅的神智突然清醒了。她想起几天前，艾吉弓马雄在短暂的清醒中，曾跑到控制台前非常诡秘地干着什么。那时孛儿诺娅立即下意识地关闭感官和思维，没有把这个信息传送给体内的寄生者。一定是他在那时排空了能量！她高兴地想："好，让怪物和我们同归于尽吧！"——但另一种意识马上汹汹而来，淹没上面的念头。她惊惶地喊：

"艾吉弓马雄，只有靠救生舱了，快进救生舱！"她艰难地钻进救生舱。艾吉弓马雄跟在她后面。

救生舱被弹射出来，向前方发送着减速震荡，但下降速度仍然非常快。在他们身下，宇宙艇向蓝星上一片黄色沙漠射去，传来惊天动地的爆炸声，随着一道眩目的白光。他们乘坐的救生艇随即也啸叫着坠入沙海。

孛儿诺娅从休克中醒来，逐渐拼拢神智。她感到体内有明显的变化：5个搏动点停止了搏动，自己的脑海也十分清明。当然，她不会奢望那些可怕的寄生者会就此死去，但显然它们在降落的强烈冲击中暂时休克了，放松了对宿主的意识控制。

艾吉弓马雄没有醒来，他体内的搏动点也处于静止状态。孛儿诺娅知道，在寄生者醒来前自己应迅速采取行动！她从救生舱中取出蛋形激光器，缓缓举起，对准艾吉弓马雄，却迟迟不能下手。

毕竟，艾吉弓马雄是她的爱人，是陪她走过3500年的男人。另外，她不敢保证激光器能把艾吉弓马雄（尤其是自己）的每一个细胞都杀死。但只要留下一个细胞，寄生者就会卷土重来……

就在这时她听见轰鸣声，看见夜空中的亮光。无疑这是蓝星人来了，他们已经发现外星来客。现在，趁自己还清醒，应该首先去寻求蓝星人的帮助。她穿好太空服，走出救生舱，把舱门关好，纵跃到附近最高的沙丘上，向夜空中打了信号。很快，一架飞行装置轰鸣着落到面前。一高一矮两个人首先跳下，向她走来。这是镀金铝盘上镌刻的两性生物，他们的目光充满理性和友善。

李儿诺亚领着蓝星人，来到救生舱降落的地方。

……

凶猛的火焰烧尽了艾吉弓马雄的遗体和5只寄生怪物，李儿诺娅喃喃地说："好的，现在该轮到我了。"

但就在这一刻， 她的意识中忽然有了强烈的震颤。她恐惧地想：晚了，寄生者醒过来了。寄生者的意识逐渐漫开，驱使她举起激光器，凶恶地对准蓝星的人群。就在死光发出的刹那，她残存的主体意识做了最后的挣扎，把射出的死光转向直升机。直升机轰然爆炸，李儿诺娅敏捷地逃走了，蓝星人密密的火网在她身后飞舞。

第二天，在精绝国佛塔的地穴中，5只六足生物从她体内钻出来，一口口撕吃了她的身体，它们旋即被及时赶到的蓝星人烧死。但这已是她的身后之事。

在成都至重庆的高速公路上，我坐在空调大巴里匆匆看完儿子的手稿。儿子自得地说：爸爸，我的构思还说得通吧。

我思索片刻，坦率地说：文笔不错，但情节发展过于迫促。不过这不是主要的，关键是你的构思并没有完全解开邝先生的死结。比如说，按你的假设，寄生生物是全智能拷贝的，它们的婴儿能控制宿主的意识。但为什么它们出生后反而变傻了？面对人类的武器却不知道逃避？

儿子尴尬地搔搔头，说：对，这是一个漏洞。

前边的旅客听见我们的谈话，回过头惊奇地盯着我们。我拍拍儿子的头顶说，儿子，我不喜欢你关于寄生生物的设定，它过于牵强。我不相信进入高级文明的生物会如此残忍血腥。儿子摇着头打算反驳，我截断他的话头说：我也有一个构思，一种新的诠释，是在邝先生和你的构思基础上产生的。我把它写出来，你看完后再说吧。

◆4◆

……孛儿诺娅和艾吉弓马雄在卧室中缠绵时，控制室的警告铃声刺耳地响了。能量告罄，能量告罄。剩余的能量勉强可供宇宙艇在抵达蓝星时修正航向，已经不能保证安全降落了。

两人都没说话，他们早就知道这个结果，在邂逅玛玛亚飞船时就知道了。只是……这个结果太残酷。他们在太空中漫游了 3500 年，总算找到一个有文明种族的星球，找到一个落脚之地，却忽然得知，死神已预先赶到那儿等着他们。

孛儿诺娅叹息道：“那么，只能使用救生舱了。”

“对，但救生舱不是为这样的极端情况设计的。在这种情况下使用，乘客存活的机会只有十分之一。”

孛儿诺娅微微一笑：“你忘了我们是两个人，这能使那个分数变成五分之一。”

艾吉弓马雄叹道：“可惜在 3500 年的航程中，我们没有生下几个儿女，这会使那个比率再提高一些。现在已经来不及了。”

孛儿诺娅温柔地安慰他：“没有生孩子我一点也不后悔。我们无权把孩子们放到这样严酷的环境中，让他们受苦受难。”

艾吉弓马雄粗暴地说：“应该后悔！只要他们能够活下去，承受什么样的苦难也是值得的，那才是对他们的真爱！”

那晚他们心情郁闷，没有再说话，彻夜焦虑不宁。第二天早上，孛儿诺娅震惊地发现，自己腹上的明黄色性征带在一夜之间消退了，没有留下一点痕迹——这正是一种凶恶绝症的典型病状！她没有告诉艾吉弓马雄，只是苦笑着问自己：灾难总要结伴而行么？

几天之后，后续症状出现了，她的腕足前端的性器官也迅速消失。这些天，艾吉弓马雄一直用冷静的古怪目光斜睨着她，现在她明白了这种注视的含意：恐怕艾吉弓马雄也患了同样的病。她冲动地抓住艾吉弓马雄的腕足仔细观看，果然，他的性器官也完全消失了。孛儿诺娅喃喃地说：

“性别退化症？是那种神秘可怕的性别退化症？”

艾吉弓马雄平静地说：“是的。”

“我们马上就会变成没有情欲、没有性爱、干瘪萎顿的中性人，很快就要死去？”

“对。”

孛儿诺娅苦涩地说：“命运为什么要对我们施予两重惩罚呢？”

艾吉弓马雄笑了：“这不是惩罚，是奖励。要知道，责晶人的远祖是交替采用有性和无性两种生殖方式：食物充足时用有性生殖，食物匮乏、环境恶化时迅速转入无性繁殖，用体细胞孕育出4～6个婴儿。这种六足小精灵生命力极强，容易适应各种灾难环境。可以说，正是这种极其有效的生殖方式帮助责晶人进入文明社会。但此后，在优裕的生活条件下，无性生殖方式慢慢消退了，变成一种数十万年前的遥远回忆。只有极个别人偶然有这种返祖行为，以至于它被看成病态。”他由衷地赞叹道：“你看，基因比我们更强大，更聪明。在外界的压力下，它已经自动做了选择。”

孛儿诺娅仔细打量着两人的身体。没错，两人身上那些令对方怦然心动的性别特征已经完全消失，他们的身体在逐渐干瘪。她仍然爱艾吉弓马雄，但这种“爱”已经没有了情欲，没有了那种令人颤栗的火花。她凄然说：

“好，听从基因之神的安排吧。艾雄，最难的是你，你怎样才能完成从父亲到母亲的心理转变？”

艾吉弓马雄爽快地笑了：“没关系，基因之神会帮助我们的。”

他说得没错，15天后，他腹中的5个胎儿首先开始搏动，悄悄吞食着它们周围的血肉。艾吉弓马雄总是轻柔地抚摸着它们，完全是一个称职的母亲。

在进入蓝星的大气层前，他们转移到救生舱。这时艾吉弓马雄的第一个孩子出世了。首先是肚皮上鼓起一个圆包，圆包急速跳动着，然后“扑哧”一声，一个小小的尖脑袋顶出来，两只小眼睛骨碌碌转几圈，随后6只细腿用力扒拉着，从那个小洞里挣扎出来。小家伙在原地转了两圈，向这个世界行了见面礼，就返回伤口，不客气地大吃大嚼起来。

尖锐的疼痛从肚腹处射向脑中枢，同时伴随着强烈的快感。如果此后和蓝星人建立了交流，他们就会知道，这和蓝星女人新婚之夜的感觉、和她们第一次被婴儿咬住母乳的感觉是一样的。艾吉弓马雄已经十分虚弱，仍勉力抬起头看着小吃客，欣喜地喃喃说：

“贪吃的小东西，得给你的弟妹们留一些呀。”

这种六足小怪物与普通责晶人很少相似之处，所以从视觉上几乎难以接受它们。但几十亿年的基因更强大，它唤醒了孛儿诺娅身体深处的母爱。小东西吃得十分惬意，孛儿诺娅忍不住轻轻摸摸它。小东西立即回头，咬住了她的腕足足尖。但它随即吐出来，很有礼貌地叫两声，又回头大吃大嚼。艾吉弓马雄自豪地说：

“你看，它已经会认人了，它只吃自己亲代的血肉。”

艾吉弓马雄的 4 个孩子陆续钻出来，在血泊中闹闹嚷嚷，只有最后一个尚在一团脏器中挣扎着。孛儿诺娅觉得自己的胎儿也被它们催促着，努力用小脑袋戳着自己的肚皮。她感到十分欣喜。

救生舱被弹射出来，宇宙艇化为一道白光射向沙海，传来震耳的爆炸声，然后是剧烈的震荡……

……艾吉弓马雄和 5 个儿子在蓝星人的武器下刹那间化为灰烬，这场血腥的屠杀使孛儿诺娅惊呆了。刚才与蓝星人甫一见面，她就感受到这个低级文明的尚武精神。但她相信这种尚武精神只是蒙昧时代的残留，因为他们的目光中分明充满理性和友善，完全可以信赖。在沙丘顶上，她一直羡慕地打量着高个的雄性生物和低个的雌性生物，他们分明是镀金铝盘上那幅图画的模特儿。雄性脸型周正，线条刚劲；雌性长毛飘拂，曲线玲珑。这是阳刚之美和阴柔之美，其神韵在画上是无法表达的。她欣慰地想，把责晶人的后代托付给他们，可以放心了。

但随后就是毫无先兆、毫无逻辑的大屠杀！最不能容忍的是，他们屠杀的目标甚至不是对准艾吉弓马雄，而是对准 5 个懵懵懂懂、毫无机心的孩子！这 5 个刚出生的婴儿正在快乐地领受第一顿圣餐，基因之神赐予的第一顿圣餐。当客人来临时，善良的孩子们甚至中断圣餐表示欢迎。但得到的却是野蛮人的屠杀！

怒火熊熊，她举起激光器对准这些残忍嗜杀的野蛮人……但责晶人的道德约束比怒火更强大，在最后一刻，她迫使腕足把死光转向直升机。随着轰然的爆炸声，她敏捷地逃走了。

……

儿子不满地嚷道：爸爸，你的构思更糟！太血腥，太荒诞！你哪是写科幻呀，纯粹是黑色恐怖小说。

真的吗？你要知道……

儿子打断我的话：我知道我知道，我知道进化论不责备残忍，只要它对本种族的繁衍有利。我知道公狮有杀婴行为；母蝎子在交配后常常吃掉公蝎；泥蜂拿可怜的螟蛉幼儿当食物……但像你说的，子代吃掉父母的身体，还是太荒诞了。爸爸，你能想象我一生下来就把妈妈吃掉吗？

我笑笑，没有吭声。

从重庆坐江船顺流而下，儿子被我才买的几本书迷住了，几乎无暇观赏两岸的美景。到达夔门时，儿子走到船尾，靠在我的身边，低声说：爸爸，我知道你的构思是从哪儿来的，它确实有生物学依据。

我微笑道：是吧，你也看了那本书？

嗯，美国生物学家斯蒂芬·古尔德的《自达尔文以来——自然史沉思录》，真是一本好书，他描述的生物习性让人震惊……

……看一下瘿蚊的行为方式。如果滥用人类的准则去评判它，我们就会产生错误的爱憎。

瘿蚊寄居在蘑菇中，以蘑菇为食。先由那些能够飞行的瘿蚊发现新蘑菇，一旦食物丰富就开始无性的孤雌生殖。食物没有匮乏之前，孤雌生殖一直继续，可以连续繁衍250代，达到每平方英尺20 000只幼虫的密度。等到食物减少，就改为有性生殖，交配产卵，孵化，变成蛹，再变为飞虫。它的孤雌生殖方式十分奇特，后代在母体内发育，但并不包在生殖腔里，而是直接长在母体的组织内。母体也不向幼儿提供营养，幼儿为了生长而直接蚕食母体。几天之后，幼虫出生了，留下亲体的遗骸，一个几丁质的外壳。不到两天，这些幼虫又发育出新的后代，并“心甘情愿”地被后代吞食。

另一种复变甲虫也进化出类似的可怕习俗。这些甲虫通过孤雌生殖生出后代，幼虫附在母体的表皮上，将头插进母亲体内并蚕食之。母亲因至爱而献出生命。当然，说这种繁殖方式“可怕”，只是人类的偏见。不妨设想一下，如果恰是这些生物进化出地球的文明，那么瘿蚊或甲虫诗人一定为“子食母体”写出多少温情的诗篇！

进化论认为，生物适应环境的重要的一环是对生殖活动的能量投入。当面对恶劣环境时，生殖不啻为最后的赌注。

在那之后，儿子反常地沉默着。夜幕沉沉，两岸山色空蒙。前方拉响了汽笛，一艘江轮交错而过。儿子凭栏眺望着夜色，探照灯扫过时，我看见他眼角的晶莹泪光。

“爸爸，我一直在想着那个可怜的外星人。”儿子沉闷地说，“她藏在精绝国的佛塔下，面对无法沟通的异星文明。她死了，留下5个毫无防御能力的孩子。当时，她该是怎样一种心境呀。”

我说，不必太难过，那只是对真实世界的一种诠释。儿子烦闷地说,但愿它只是构思或诠释,可是,如果它真的是事实呢？

孛儿诺娅挣扎着起身，用蛋形激光器割开太空衣。5个小家伙都已经破壳而出了，它们的生命力确实强悍，立即适应了蓝星上含氧量过高的大气,欢快地叫着,在她的残躯上爬上爬下,而且个个都有一副好胃口。

在初为人母的愉悦中，孛儿诺娅的怒火已经平息了，不再仇恨那些行事残暴的蓝星人。现在，她仍相信他们是理性的、友善的。至于他们为什么突然大开杀戒？这中间一定有可怕的误会。但她已经没有精力去深究了。她只是感到可悲，3500年的跋涉，3500年的期望啊。

更为可悲的是这5个懵懂幼儿。它们能不能逃脱蓝星人的追杀？能不能逃出眼前的沙漠地狱？即使能够逃脱，在失去文明的浸润和延续之后，它们能有什么样的未来？可能退化成一种强悍的兽类，也可能凭借强大的“本底智力”逐渐冲出混沌，建立全新的X文明。这种X文明和责晶星文明有直接的血缘关系，但肯定不会有多少共同之处。当责晶人的第二艘宇宙艇来到这儿时，但愿“父子文明”之间不要因无法沟通而重演这幕悲剧。

她的神智渐渐丧失，意识混沌中品味着肌体被撕咬的痛楚，伴随着强烈的快感。她祈祷孩子们快点吃完，长得足够强大，可以逃脱蓝星人的追杀。

在金红色的玛玛亚星沉入黑暗时，她已经死了，没有听到随之而来的直升机的轰鸣声。

版权专有 侵权必究

图书在版编目（CIP）数据

宇宙的落幕 / 王晋康等著． —北京：北京理工大学出版社，2020.7

（科幻硬阅读．星际远行）

ISBN 978-7-5682-8416-5

Ⅰ．①宇… Ⅱ．①王… Ⅲ．①幻想小说－小说集－中国－当代 Ⅳ．①I247.7

中国版本图书馆 CIP 数据核字（2020）第 073919 号

出版发行 / 北京理工大学出版社有限责任公司
社　　址 / 北京市海淀区中关村南大街 5 号
邮　　编 / 100081
电　　话 /（010）68914775（总编室）
（010）82562903（教材售后服务热线）
（010）68948351（其他图书服务热线）
网　　址 / http:// www.bitpress.com.cn
经　　销 / 全国各地新华书店
印　　刷 / 三河市华骏印务包装有限公司
开　　本 / 880 毫米 ×1230 毫米　1/32
印　　张 / 9.75
字　　数 / 200 千字
版　　次 / 2020 年 7 月第 1 版　2020 年 7 月第 1 次印刷
定　　价 / 39.80 元

责任编辑 / 李慧智
文案编辑 / 李慧智
责任校对 / 刘亚男
责任印制 / 施胜娟

图书出现印刷质量问题，请拨打售后服务热线，本社负责调换科幻不是目的，思考才是根本。
科幻小说是献给那些聪明的头脑和有趣的灵魂的一份礼物。
喜欢科幻的书友请加科幻 QQ 一群：168229942，QQ 二群：26926067。